WINZER TOD

CHRISTIAN KLINGER

WINZER TOD

Kriminalroman

STEINVERLAG

Covergestaltung: Simone Scheutz
Druck: Buchdruckerei Ernst Becvar GmbH, Lektorat: Mag. Sigrid Fichtinger

3632 Bad Traunstein, Oberer Markt 7

www.steinverlag.at

ISBN 978-3-901392-27-6

Neufried am Bach ist ein beschaulicher Weinort im Nordwesten Wiens, eingeklemmt zwischen die Neustifter Weinberge, den Wienerwald und Sieverings Hänge. Er ist in keinem Reiseführer oder Stadtplan verzeichnet und nur in diesem Buch zu finden.

Die Handlung und die Personen dieses Romans sind frei erfunden. Jede Ähnlichkeit mit realen Gegebenheiten, lebenden oder verstorbenen Personen sind nicht beabsichtigt und wären rein zufällig.

Die Endzeit

Der Nebel wanderte durch die Gässchen des Dorfes. Zwischen den Weinstöcken kroch er hinab und legte sich auf den nassen Straßenbelag, über den die grobstolligen Reifen der Militärfahrzeuge rollten.

Den meisten schien klar, dass das Ende gekommen war. Dennoch leisteten einige Kinder, Greise oder Versehrte verzweifelt Widerstand – der Volkssturm war ausgerufen worden, um die letzten Menschen einer teuflischen Idee zu opfern.

Am Himmel blitzten Feuer auf, und doch lag über der Stadt eine gespenstische Stille, unterbrochen von entferntem Donner und einzelnen Maschinengewehrsalven.
Ein Fahrzeug passierte in entgegengesetzter Richtung unbehelligt den Militärkonvoi, steuerte auf den Wienerwald zu. Der Scheibenwischer kratzte hilflos an der Kruste, die sich aus Schlamm und Schmutz auf der Windschutzscheibe gebildet hatte. Egal, das Ziel war nahe. Sobald die Winzerhäuser enger an die Straße rückten, bog der Wagen von der Hauptstraße ab und hielt kurz danach in einem Seitengässchen, das in die Weinberge führte. Aus der dunklen, mit Staub überzogenen Limousine stieg ein Mann in einem Ledermantel aus. Im schwachen Licht der Scheinwerfer folgte er dem Weg zu einem Seiteneingang in das Gebäude, das wie eine dunkle Burg neben dem Gässchen lauerte. Er verschwand darin.

Wenig später kehrte er zurück. Durch die geöffnete Tür fiel ein Lichtstrahl ins Freie, beleuchtete die anderen Insassen des Wagens. Der Mann im Ledermantel öffnete die Tür zum

Fond und half der Frau, die ein schlafendes Kind trug, aus dem Automobil heraus. Sie blickten sich um und verschwanden im Gebäude. Zwei andere Gestalten, die mit dem Mann gekommen waren, holten einen Schrankkoffer und trugen ihn ebenfalls hinein. Kurz darauf erschien eine davon nochmals, ein junger Bursch, wie nun im rötlichen Licht einer unweit detonierenden Granate zu erkennen war. Er startete den Motor und fuhr den Wagen in die Weinberge.

Kirtag

Frisch gestrichen!
Wien im Sommer. Wien lebendig!
Jede Stadt hat ihre eigene Art, sich im Sommer zu präsentieren. Sind es anderorts der Geruch oder das Getümmel, vielleicht auch der Lärm oder die Fantasie der Natur, die eine spezielle Aura schaffen, bildet Wien einen zusammenhängenden Organismus, der ein Eigenleben entwickelt. Die Stadt wirft ihr bestes Kleid über und strahlt der Sonne entgegen.

Und es sind nicht die renovierten Prachtbauten entlang der Ringstraße oder die Glasburgen, die man allerorts, etwa entlang des sich durch die Innere Stadt schlängelnden Donaukanals, aber auch jenseits der Donau, hingepflanzt hat, die diesen besonderen Glanz ausmachen, nein, es sind die sonst schäbigen, von blätterndem Putz versetzten Fassaden, die zu leuchten beginnen. Ein Weiß, wie man es sonst nur von den frisch gekalkten Hausreihen Santorins kennt; und sogar stockgelbe, fleckige Wände wirken wie frisch poliertes Elfenbein.

Dieser Veränderung entgehen auch die Wiener, sonst als ewige Grantscherm verschrien, was eine euphemistische Umschreibung ihrer selbstverachtenden Misanthropie bildet, nicht. Sie können sich ihr gar nicht entziehen. Wenn sie weder unter mehrwöchigen Regenströmen noch unter drückender Schwüle leiden, werden sie für dieses kurze Intermezzo mitten im Jahr um einen Deut liebevoller.

Wien ist Süden, geprägt von südländischer Lebensart. Das braucht vom Baustil her nicht zu verwundern. Ist er klassisch geprägt, entstammt er meist der Zeit der K.-u.-k-Monarchie, die ihren Kronländern und damit auch Städten wie Pula oder Triest, an die man sich nun wiederum erinnert fühlt, einen unverwechselbaren Stempel aufgedrückt hat. Ist er neueren Datums, wurden – wahrscheinlich oft aus einem Wunsch nach Ablenkung von tristen, bis zu acht Monaten dauernden klimatischen Verhältnissen heraus – Anleihen bei den Nachbarn genommen. So zieren Cotto-Fliesen Portale, heben sich rote Ziegeldächer vom Dunkel der Nachbarschaft ab und schmücken mediterrane Pflanzen wie Oleander oder Oliven in wuchtigen Terrakotta-Kübeln öffentliche Plätze. Italien ist beliebt, Wien wird belebt. Spitzenreiter: die Toskana. Bei einem Spaziergang durch die verwinkelten Gässchen der Wiener Innenstadt hat man mancherorts das Gefühl, es gäbe mehr Trattorien, Osterien, oder Ristorante als in Florenz und Pisa zusammen.

Gleicht sich der Sommer aber dann und wann an sein südliches Vorbild an, dann beginnen sie zu stöhnen, die Wiener. Man sucht Abkühlung. Äußerlich und innerlich. Ersteres kann man gratis haben in einem der vielen Schotterteiche an der Peripherie, ebenso auf der Donauinsel, einem der größten durchgängigen Freizeitgelände Europas oder gegen geringes Entgelt im Krapfenwaldl, dem auf einem Plateau unterhalb des Kahlenbergs gelegenen Sommerbad mit dem wohl schönsten Blick auf Wien. Innerlich hilft nur trinken, und da ist die Auswahl nicht minder groß, wobei sich neben den vielen Freiluftfestivals, den Biergärten, ein Klassiker besonders hervorhebt: der Buschenschank, gemeinhin unter der fälschlichen Bezeichnung Heuriger bekannt. Während nämlich der Heurige eigentlich nur ein Lokal ist, das Wein ausschenkt, ist der Buschenschank die Institution, die auf ein Patent Kaiser Josefs II. zurückgeht, das den Weinhauern die Ausschank eigenen Weins gestattet hat. Beim echten „Heurigen" wird also nur Eigenbau kredenzt.

Der ebenfalls als Heuriger bezeichnete Schankwein entstammt paradoxerweise meist der Ernte der Vorjahres und gilt so lange als „heurig", bis die neue Lese gekeltert ist und aus dem Traubenextrakt nach Most, Sturm und Staubigem der Jungwein endlich so weit gereift ist, dass er die Nachfolge antreten kann. Resch soll er vor allem sein, damit er gespritzt an heißen Tagen so richtig erfrischt. Unter diesem Gesichtspunkt wird verständlich, warum auch eingefleischte Weinbeißer vom Heurigen als Synonym für das dort verabreichte Getränk sprechen. Kühl ist es dort meist auch im Sommer. Denn die Weinstöcke wurzeln in den Hügeln der Wiener Außenbezirke. Kerzengerade stehen sie da, in Reih und Glied und ziehen ein unverkennbares Bild durch die Landschaft. Es sind die ehemaligen Weinhauerdörfer, seit gut hundert Jahren eingemeindet, die nun als Heurigenorte gelten.
Neufried am Bach, Kirtag!

Das dortige Publikum ist bunt gemischt, wenn auch, aufs ganze Jahr betrachtet, nicht allzu dicht gesät, sieht man von einzelnen Promi-Events, die in dem einen oder anderen Neufrieder Betrieb organisiert werden, ab. Untertags sind es oft Pensionisten, die nach einem Spaziergang Stärkung oder Trost gegen die Einsamkeit suchen. An einem schönen Wochenendtag kommen auch Jungfamilien hinzu, die hoffen, dass sich der Nachwuchs im Gastgarten austobt, ohne dabei sich oder andere gröber zu verletzen, um dann daheim, ausreichend ermüdet, schnell einzuschlafen. Selten muss man um einen Platz raufen, außerdem gilt hier die Tradition, sich nach Rückfrage an einen schwach besetzten Tisch dazuzusetzen.

Aber ein Ereignis – einmal pro Jahr – bringt sie alle hinaus, die' Leut. Der Bus spuckt sie massenweise aus. Einige kommen auch zu Fuß. Und ein paar Unvernünftige reisen mit dem Auto an. Die verzweifeln natürlich an der Suche nach einem Parkplatz.

Durch alle Schichten zieht sich der Wunsch nach ein paar unbeschwerten Momenten, nach Zerstreuung oder sinnloser Berauschung. Der Alkohol ist an diesem Fest ein wichtiger Wirtschaftsfaktor. Alle kommen, vom Prolo bis zum geschniegelten Schickimicki. Gemeinsam wird getrunken, gefeiert, im Plastikzelt zu deutschen Schlagern unterschiedlicher Güte bis in den frühen Morgen gegrölt. Beim Gedränge um Getränkenachschub wird die von Jürgens zeitgleich besungene Schlacht am Kuchenbuffet zum Kindergartenausflug.

Man möchte mit den Kindern Spaß haben. Beim Ringelspielfahren, an der Bootsschaukel, bei den vielen Verkaufsständen, die sich die Straße entlang ziehen wie die Bäume einer Alleereihe.

Wo sonst das Schmieröl undichter Motorblöcke zäh in den Rinnsaal fliest, tropft nun das heiße Fett gegrillter Hühner hinab. Wie die Holzperlen einer Rechentafel sind sie auf die Spieße aufgefädelt. Ein Abakus der Völlerei.

Wo sich sonst der städtische Gelenkbus durch die verwundene, enge Straße zur Endstation hindurch quält, wälzt sich jetzt eine Menschenschlange.

Lichtblitze, bunt und grell, Musik, Gelächter, ein lautes Rufen, die Fetzen eines Streits wirken zugleich auf die Sinnesorgane. Ein Drängen, ein Schubsen, ein Schieben, all das bestimmt das Gefühl, Teil der Masse geworden zu sein, ein Sandkorn an einem Strand.

Dabei handelt es sich nicht um eine Inszenierung für die breite Masse, keine touristische Show. Es ist ein Fest, das von den Weinhauern und deren Familien getragen und ausgerichtet wird.

Ganz Neufried feiert, halb Wien feiert mit, an den vier Tagen des Kirtags.

Der Detektiv

Marco Martin hatte nun die Familienmitglieder um sich herum versammelt. Er hatte alle für 19.00 Uhr in den Salon bestellt. Jetzt folgten sie mit angespannter Miene seinen Schritten, warteten auf das, was er ihnen zu verkünden versprochen hatte. Die Dame des Hauses hatte Enrico, den kleinen Chihuahua, auf ihrem Schoß sitzen und kraulte ihn zwischen den Ohren. Neben ihr saßen die Kinder, der halbwüchsige Tom und seine Schwester Carla. Sogar die Annegret, die Hausangestellte, stand stramm hinter dem Sofa und lauschte erwartungsvoll. Einzig Ministerialrat Plörer lehnte am geöffneten Fenster, den Blick starr nach draußen gerichtet, so als wüsste er bereits, welche Enthüllung die Familie nun erwartete. Im Nachbargarten heulte der Benzinmotor eines Rasenmähers auf. Der Ministerialrat schloss das Fenster.

Martin hasste derart theatralische Momente. Wie in einem Agatha Christie hatte er die Familie zusammengetrommelt, um die Lösung des Falls zu präsentieren. Täter wie Opfer saßen nun Seite an Seite, in der Mitte das Corpus delicti, ein kleiner Hund.

„Also, nun spannen Sie uns doch nicht so auf die Folter!“, setzte die Hausherrin an. Das Fellknäuel auf ihrem Schoß, das vor allem aus zwei überdimensionierten Augen und der spitzen Schnauze bestand, gähnte, als wollte es damit zum Ausdruck bringen, dass es sich bereits zu langweilen begann.

„Gut“, folgte Martin der Aufforderung und begann ein wenig ausschweifend, wie es manchmal seine Art war, den

Fall zu rekapitulieren. Auch Annegret gähnte bald. Das musste an der stickigen Luft im Raum liegen, dachte er sich. Es war ja Hochsommer.

„Und bald hatte ich eine Spur, die mich der Lösung näher brachte. Zunächst hatte ich ja einen ganz anderen Verdacht." Er wandte sich zu Ministerialrat Plörer, der ihm seinerseits auch den Kopf zudrehte. Der Beamte runzelte die Stirn, sein Blick entsprach einer Aufforderung. Los, sag schon endlich!, schien Martin in seinen Augen zu lesen. Es war der Blick des Delinquenten, der dem das Beil in Händen schwingenden Henker einen guten Schlag wünschte. Martin machte eine Kehrtwendung und ging auf den Mann zu.

„Ob Sie es glauben oder nicht, Herr Ministerialrat, aber zunächst hatte ich doch tatsächlich Sie im Verdacht."

„Aber Herbert!", tönte seine Frau entrüstet. Martin gab ihr sofort mit einer Handbewegung zu verstehen, dass sich der Verdacht nicht bestätigt hatte, was er dann auch endlich aussprach.

„Wie gesagt, nur ein Verdacht, ein falscher!" Ministerialrat Plörer schien ein wenig zu wachsen. Sofort nahm er den gleichen abwertenden Blick an wie die anderen, bereit, den wahren Schuldigen mit Verachtung zu strafen. Wieder waren fünf Augenpaare auf Martin gerichtet. Wer?, stand darin geschrieben.

Annegret war die erste, die es nun klar wissen wollte: „Und wer war es nun wirklich? Wer tut so einem kleinen Hund so etwas an?"

„Ihn in die Regenrinne stecken, wo er Gefahr läuft, über das Abluftrohr bis in den Kanal hinabzurutschen?" Martin spielte den Unwissenden.

„Schrecklich", meinte Frau Plörer auf Martins Skizzierung des Worst Case. Verkrampft zwirbelte sie ihren Schatz an den Ohren, was der Zwerg sichtlich genoss.

„Wenn ich das Winseln am Klo nicht rechtzeitig gehört hätte, wer weiß, was dann ..." Sie wagte nicht, diese Möglichkeit zu Ende zu denken.

„Jetzt mach endlich, Alter!", meldete sich nun Tom zu Wort. Martin hatte ihn von Anfang an aus dem Kreis der Verdächtigen ausgeschlossen. Er war der klassische „Couch-Potato", der jedoch dieses Sitzmöbel gegen seinen Computer getauscht hatte. Selten verließ er den Platz vor dem Bildschirm in seiner Dachkammer. Das Höchstmaß körperlicher Ertüchtigung bestand wohl in gelegentlichem Nasenbohren. Er war einfach zu fett, um auf das Dach zu klettern. Ganz im Gegensatz zu seiner wohlproportionierten Schwester. Er hob seinen rechten Arm und richtete seinen Zeigefinger auf Carla.

„Du hattest die Gelegenheit, und du hattest ein Motiv. War es nicht so, dass du mir anvertraut hast, du hättest viel lieber endlich eine Katze?"

„Aber Carla!", empörte sich Frau Plörer jetzt in die Richtung ihrer Tochter.

„Aber ich war doch in der Ballettschule!"

Martin lächelte. „Natürlich warst du in der Ballettschule, das heißt, deine Mama hat dich dorthin gebracht. Aber eure Lehrerin war krank, die Stunde ist ausgefallen. Ich weiß von der Kellnerin der Konditorei Frauenhuber, wo ihr sonst nach dem Unterricht meist noch eine heiße Schokolade trinkt, dass die Elevinnen deines Kurses den Nachmittag dort verbracht haben. Alle, bis auf dich. Das hab ich von deinen Freundinnen, die dieses Geheimnis nicht verraten sollten, wie du sie angewiesen hast. Sonderbar, nicht?“

Carla errötete. Sie senkte den Blick zu Boden. Sie schwieg.

Statt ihrer meldete sich die Mutter zu Wort: „Aber ich habe meine Tochter doch pünktlich vom Unterricht abgeholt. Sie hat schon auf mich gewartet. Außerdem wirkte das Mädel so erhitzt, dass ich sofort gesehen habe, wie hart sie dieses Mal trainieren musste.“

„Und selbst wenn“, mischte sich der Ministerialrat nun ebenfalls ein, „wie hätte sie es in dieser kurzen Zeit hierher und wieder zurück schaffen sollen? Die Ballettschule ist am anderen Ende der Stadt, öffentlich geht sich das nie aus. Und ausreichend Geld für ein Taxi hatte meine Tochter an diesem Tag wohl nicht, sonst hätte sie mich kaum am selben Morgen angepumpt. Ich hatte jedoch mein Bargeld im Auto vergessen und konnte ihr erst am Abend aushelfen.“

Martin begann nun im Zimmer auf und ab zu gehen, während er dozierte:

„Das, so muss ich zugeben, war die wirklich harte Nuss an diesem Fall. Was ich Ihnen bisher berichtet habe, hatte ich schnell heraus, aber auch ich habe mich natürlich fragen müssen, wie Ihre Tochter die Strecke hin und zurück so schnell schaffen konnte. Geholfen hat mir der Zufall, als ich die zuletzt erschienen Informationsblätter der Gemeinde angesehen habe. Keine drei Straßen von Ihrem Haus ist doch vor kurzem diese Seniorenresidenz errichtet worden.“

Er wartete bis das Ehepaar bestätigend genickt hatte, bevor er fortfuhr.

„An dem fraglichen Datum gab es dort einen Tag der offenen Tür. Weil aber die damit angesprochene Zielgruppe zu Fuß meist schlecht unterwegs ist, hat man einen Shuttledienst von allen Bezirksämtern dorthin eingerichtet, und Sie wissen vielleicht, dass ein Bezirksamt gleich neben der Ballettschule Ihrer Tochter liegt.

Frau Plörer drückte ihr Schmusetier noch fester gegen ihren Busen. Der auf ihre Tochter gerichtete Blick verfinsterte sich zusehends. Die Beweislage schien erdrückend. Dennoch setzte Martin noch eins drauf: „Es war einigermaßen schwierig, den Fahrer ausfindig zu machen. Es handelte sich schließlich nicht um eine ständige Route mit Dienstplan. Dennoch ist es mir gelungen. Der Chauffeur hat mir dann bestätigt, dass ein junges Mädchen, auf das die Beschreibung Ihrer Tochter passte, ihn gebeten habe, mitfahren zu dürfen. Sie habe ihm erzählt, sie wolle ihre Großmutter, die schon in das Pensionistenheim gezogen sei, besuchen."

„Carla!", zischte die Mutter nun ihre Tochter wie eine Königskobra an. „Geh sofort auf dein Zimmer! Vier Wochen Hausarrest!"

Das Mädchen erhob sich wie im Schock. Langsam kullerte der jungen Dame eine Träne über ihr Gesicht, dann noch eine, bis endlich ein Heulkrampf Besitz von ihr ergriff. Sie stürmte aus dem Raum.

Ihre eiligen Schritte begleiteten sie hinauf in den oberen Stock, zu ihrem Zimmer.

„Tja, das wär's dann also." Martin rieb sich die Hände. Er stellte ein aufgesetztes Lächeln zur Schau. Schwerfällig hievte Tom seinen fetten Hintern in die Höhe und schlurfte ebenfalls zur Stiege. Die Mutter machte einen beleidigte Schnute und fächelte dem Schoßhündchen Kühlung zu. Lediglich Annegret schüttelte verständnislos den Kopf. Auch sie löste sich aus ihrer Starre und öffnete ein Fenster, um endlich frische Luft in den überhitzten Raum zu lassen. Sie hatte zur Lösung des Falls nichts beitragen können, da sie am Tag des untersuchten Geschehens frei gehabt hatte.

„Kommen Sie, ich bringe Sie zur Tür", sagte der Ministerialrat, der Martin sanft an der Schulter zum Ausgang hin dirigierte. Im Eingangsbereich vergewisserte er sich, dass sie beide allein waren. Von oben war nur ein entferntes Schluchzen zu hören. Er griff nach seinem Portemonnaie und zückte drei Hunderter. Verschwörerisch hielt er Martin die Geldscheine hin und flüsterte: „Danke übrigens, dass Sie, ... ich meine, ... ach, Sie wissen schon ..." Ein verunsichertes Grinsen hinterließ seine Schleimspur im Gesicht des Ministerialrats. Martin machte eine abwehrende Geste.

„Nein, nein! Den Auftrag hat mir Ihre Frau erteilt. Versteht sich, dass ich das nur mit ihr verrechnen möchte, gehört zum Berufsethos. Auf Wiedersehen."

Er ließ den verwunderten Hausherrn stehen und trippelte die Stufen hinab in den Vorgarten der Villa. Aus dem geöffneten Mansardenfenster drang das Wehklagen der ertappten Tochter. Sie schien zu telefonieren. Einzelne Gesprächsfetzen drangen zu Martin, der seine Schritte verlangsamte und dann stoppte.

„Nein", erklärte Carla, man habe nicht herausgefunden, dass sie mit jemand anderem in der Wohnung gewesen sei. Sie habe sofort die Bettwäsche in die Maschine geräumt. Es wäre toll gewesen, die Strafe wert, jetzt erst fühle sie sich so richtig als Frau. Sie wiederholte offenbar die Frage nach bestimmten Schritten und lachte dann sogar ein wenig auf, als sie sagte, das müsse wohl ihr Vater gewesen sein. Als sie ihn am Abend darauf angesprochen habe, hätte er ihr Ersuchen um einen Vorschuss auf ihr Taschengeld sofort erfüllt.

Martin hatte genug gehört. Er verließ das Grundstück durch das runde Gartentor, um das sich ein Rosenbusch rankte. Während er den süßlich-herben Duft des üppig blühenden Gewächses inhalierte, dachte er, dass es schade sei, dass er nun nicht erfahren würde, wie Carla die Rückfahrt bewältigt hatte. Aber das war nun wohl irrelevant. Ebenso wie das seltsame Gehabe des Ministerialrats.

Szenen wie die eben erlebte, die herrische und zugleich hysterische Hausherrin, die in unterschiedlicher Hinsicht missratenen Kinder und der seiner Hoden beraubte Schlappschwanz von Ehemann, bestätigten Martin in seinem Junggesellendasein.

Er lockerte den Windsorknopf seiner Krawatte und schlüpfte aus dem Sakko. Er warf das dunkelblaue Leinenjackett über die Schulter und schlenderte die wenigen Schritte zu seinem Auto, das er im Schatten der als Allee gepflanzten Kastanienbäume geparkt hatte.

An heißen Augusttagen wie diesem fragte er sich, ob er bei seinem Berufswechsel tatsächlich nur gewonnen hatte. In finanzieller Hinsicht sicherlich, aber manchmal war es nicht leicht, mit den Spleens seiner Kunden umzugehen. Obwohl er da schon einiges an Erfahrung hatte sammeln können. Nur manchmal dachte er mit ein bisschen Sehnsucht an seine frühere Klientel, die ihm das Leben nur selten schwer gemacht hatte.

Martin nahm hinter dem Steuer seines Saab Platz und öffnete das Verdeck. Er holte sein Mobiltelefon hervor und aktivierte die Sprachnotizfunktion, um die letzten Posten für die Rechnung an Frau Plörer festzuhalten. Überschlagsmäßig kam da wieder einiges zusammen. Das war der Vorteil seiner jetzigen Klientel: Sie beschwerten sich nie über seine hohen Tagsätze. Geld war in diesen Kreisen kein Thema, wenn es um den guten Ruf oder die Wahrheit ging. Die Wahrheit, solange sie für die Beteiligten akzeptabel war. Oder eine Wahrheit, mit der man nach außen hin leben konnte. Darin sah er seinen Auftrag.

Martins Blick blieb im Rückspiegel an den Umrissen der zartgelb gestrichenen Villa mit den grünen Fensterläden hängen. Neben den Prunkbauten aus dem Anfang des vorigen Jahrhunderts nahm sich das Bauwerk jüngeren Datums beinahe bescheiden aus. Dabei hatte man sich in keinem der Räume, die er bei seiner Untersuchung unter die Lupe genommen hatte, beengt gefühlt. Beim Gedanken an das Jugendzimmer von Tom fiel ihm etwas ein. Er griff in die Innentasche seines Jacketts und holte den kleinen Schatz hervor, um den er mit diesem Pummelbären lange hatte feilschen müssen, und verstaute ihn im Handschuhfach. Dann betätigte er den Anlasser, der Motor schnurrte los, und Martin fuhr weg. Der Fahrtwind legte sich auf seine Haut. Und kein Gezeter, er möge sofort das Dach schließen, setzte ein. Koste eben der Luftzug seine Wangen. Kein Verlust ohne Gewinn.

Der alte Mann

Die Prozession setzte sich langsam in Gang. Zwei Burschen in Trachtenhemd und Lederhosen, die Wadenstutzen bis knapp unter die Knie hochgezogen, schulterten die Holzstange, auf der die mit Blumenschmuck verzierte Hauerkrone befestigt war. Die anderen Hiatabuam, wie die Weinhüter genannt wurden, folgten dem Symbol der Unabhängigkeit der Neufrieder Weinbauern. Deren Aufgabe hatte ehedem darin bestanden, die reifen Trauben vor der hungrigen Bevölkerung zu schützen, wovon noch heute unzählige, großteils verlassene Holzverschläge mitten in den Weinbergen Zeugnis ablegten. Der Zeremonienmeister schritt voran und der Zug steuerte den nächsten Winzer an.

Die Bezirkspolitik hatte, nachdem man sich zuvor bei der feierlichen Eröffnung ins Bild gerückt hatte, das Feld geräumt, ebenso der Großteil der Medien. Lediglich ein Reporterteam eines Lokalsenders begleitete den Umzug noch mit seiner Kamera. Der Kirtag gehörte wieder den Neufriedern, die sich auch von den heranströmenden Menschenmassen an diesem Tag nicht stören ließen.

Der Bus hatte gerade wieder einen Schwall Besucher ausgelassen, die das schöne Wetter nutzen wollten. Denn der erfahrene Kirtagsgeher wusste, dass von vier Tagen wenigstens zwei verregnet waren. Doch heute strahlte die Sonne vom kobaltblauen Himmel. Die wenigen Wolkenfetzen wirkten wie auf der Meeresoberfläche treibende Wellenschaumkrönchen.

Ein Polizist diskutierte mit dem Fahrer eines tschechischen Reisebusses, der vor der Straßensperre angehalten hatte. Mit rudernden Armen wies sein Kollege ihn an, den Kreisverkehr endlich frei zu machen. Offenbar misstraute dieser den Möglichkeiten verbaler Kommunikation mit amtlich gekennzeichneten Ausländern. Er schien jedenfalls damit Erfolg zu haben. Widerwillig umklammerte der Chauffeur das Lenkrad. Er betätigte das Gaspedal und trieb das wuchtige Gefährt bedächtig vorwärts, wie ein Hochseeschiff, das durch eine enge Hafenausfahrt gesteuert wird. Unmittelbar nach dem Straßenkreis hielt der Fahrer abermals an. Die Türen wurden geöffnet und hinaus strömte ein buntes Häufchen an unternehmungslustigen Touristen. Die Gruppe aus Tschechien sammelte sich am Gehsteig und wartete offenbar auf ein Zeichen. Das kam auch sofort in Form eines in die Luft gehaltenen roten Schirmes, dem das Grüppchen nun folgte.

In der Zwischenzeit hatte sich der Festumzug vor dem Buschenschank „Zum hängenden Balken" eingefunden und der Zeremonienmeister ließ das Winzerehepaar, dessen Familie, die Angestellten und die Gäste des Hauses hochleben. Einzeln natürlich. Denn nach jeder Ehrerbietung war es Brauch, das Glas zu erheben und einen kräftigen Schluck vom gereichten Wein zu trinken. Es entsprach der Tradition, dass die solcherart Geehrten den Festzug verköstigten, zumindest mit ausreichend Wein. Der Fürsprecher hatte bereits sämtliche Verwandte bis zur vierten Generation namentlich erwähnt, die Musik wiederholte Male einen Tusch dazu gespielt, die durstige Gesellschaft regelmäßig die trockenen Kehlen überschwemmt, als sich der Zug endlich wieder seinen Weg durch die dichter werdende Menge bahnen konnte.

Die Touristengruppe nutzte die Schneise, die das jubilierende Korps ihr durch die Menschen bahnte und folgte dem

Umzug wie ein im Windschatten des Vordermanns kleben-der Radrennfahrer. Die meisten hatten ihre Videokameras oder Fotoapparate gezückt und hielten diese Bildspeicher-geräte über ihre Köpfe, um die Straßenszenerie einzufangen. So trieb es die beiden Einheiten zum prächtigen Anwesen des Weinguts Fadinger, das direkt am Frostbachl-Weg lag. Das Frostbachl, ein im Sommer wie im Winter eisiges Rinn-sal, verschwand dort in der Kanalisation unterhalb der Neu-frieder Hauptstraße.

Als der Umzug vor den Stiegen zum Gut angehalten und der Festrufer begonnen hatte, seinen Jubelgesang auf den be-kannten Weinhauer anzustimmen, trat ein Hüne von einem Mann aus dem Lokal auf die Straße. Das dichte, schlohweiße Haar thronte kronengleich auf seinem Haupt. Seine Wan-gen leuchteten rot und sein Bauch wölbte sich unter dem Trachtenjanker wie ein dort versteckter Fußball. Gönnerhaft nahm er die Huldigung entgegen, lächelte aus schmalen, blutleeren Lippen.

Die Touristengruppe hatte sich ebenfalls vor dem Lokal postiert. Auch das Fernsehteam filmte den Vorgang, handel-te es sich bei dem Gewürdigten doch um einen Szenewirt, der des Öfteren Versorger der hungrigen Seitenblicke-Ge-sellschaft mit illustren Runden war. Sei es, dass ein liebestol-ler Baumeister seine x-te Freundin einführen oder ein blond-mähniger Schlagerstar seine Platinerfolge feiern wollte.

Fadinger genoss dieses Bad in der Menge. Dabei erweck-te der alte Mann mit seinem milden Blick durchaus den Eindruck der Warmherzigkeit. Das musste auch ein kleines Mädchen dazu veranlasst haben, auf den liebevoll erschei-nenden Onkel zuzulaufen. Sie trippelte mit ihren kleinen

Beinen die Stufen empor. Dazu wippten ihre blonden Zöpfe im Takt ihrer Schritte. Bei der letzten Stufe verhaspelte sie sich jedoch und stürzte auf den großen Mann zu. Fadinger hatte sie zuvor nicht bemerkt, als sie sich aus der Menge gelöst hatte. Umso erstaunter nahm er jetzt das Kind wahr, das da auf ihn zupurzelte. Das Mädchen kam am Bauch zu liegen, den Kopf in seine instinktiv zum Schutz erhobenen Arme gebettet.

Gerührt machte Fadinger einen Schritt auf das Kind zu und half ihm auf. Er umfasste es und wollte es zum Trost hochnehmen. Als er dabei in das Gesicht der Kleinen blickte, verschwand der Glanz in seinen Augen und er erblasste. Er stieß das Kind von sich, als hätte er soeben den Leibhaftigen gehalten und taumelte mit weichen Knien in die Schankstube hinein. Mittlerweile war die Mutter bei ihrer Tochter angelangt. Sie nahm ihr schluchzendes Kind in den Arm und schickte Fadinger einen Hass erfüllten Blick nach. Einer der Hiatabuam folgte Fadinger hinein. Die anderen begannen sich an den auf einem Heurigentisch bereitgestellten Getränken zu laben.

Unter dem Rundbogen des Eingangstors erschien Erwin Bogensberger, von allen Bekannten „Bogi“ gerufen, der alte Knecht. Er war jenseits der achtzig, half aber immer noch im Betrieb aus. Seit frühester Jugend. Er war so etwas wie ein Hausfaktotum, gar nicht mehr aus dem Frostbachl-Fadinger wegzudenken. Er machte einen Schritt in Richtung Straße. Sein müder, aus gallertigen Augen kommender Blick schien dort etwas zu suchen. Wenig später nickte er und war auch schon wieder im Lokal verschwunden.

Martins Leidenschaft

1. Martin hatte den Wagen unter dem Carport abgestellt. Einen wirklichen Schutz vor der Witterung bot dieser Unterstand nicht, aber immerhin war der Wagen nicht der direkten Sonne ausgesetzt. Martin fürchtete weniger die aufgestaute Hitze im Wageninneren, als dass das schwarze Verdeck zu rasch ausgebleicht werden könnte. Anders als die Mitbewerber hatte es Saab bislang nicht geschafft, ein Cabrio mit versenkbarem Blechdach herauszubringen.

Er eilte die wenigen Stufen durch den Garten zum Eingang seiner Wohnung in dem reihenhausartigen Gebäudekomplex. Er wollte rasch unter die Dusche, den Arbeitsschweiß abwaschen. Der Nachmittag hatte ihm doch zugesetzt, auch die Heimfahrt im offenen Wagen war kein Honiglecken gewesen. Zunächst der Stau bei der durch Gleisbauarbeiten verursachten Engstelle in Gersthof und dann noch die Straßensperre in Neufried. Er hatte über Pötzleinsdorf kommend, gar nicht daran gedacht, dass der Kirtag begonnen hatte. Er hatte mit dem Auto ein gutes Stück zurückschieben müssen, ehe er es geschafft hatte, in dem engen Gässchen umzudrehen. Dann durch eine für die Durchfahrt eigentlich gesperrte Gasse, bis er ein Stück weiter unten auf die Neufrieder Hauptstraße gelangt war, über die er zur Umleitung in der Ritterpolzer Gasse, die man aus Anlass des Kirtags in eine Richtung geöffnet hatte, gekommen war.

Zu alledem hatte ihm die Sonne unaufhörlich auf den Kopf gebrannt. Bei den vielen Staus hatte der Fahrtwind kaum für Abkühlung sorgen können. Er fühlte eine leichte Benommenheit. Vielleicht doch keine so schlechte Idee, dachte er, an solchen Tagen das Verdeck zu schließen und die Klimaanlage voll aufzudrehen.

Jetzt stand er vor seiner Tür. Unbewusst hatte er den Schlüssel in das Schloss gesteckt und wollte ihn umdrehen, als ihn ein Geräusch herumfahren ließ. Das Poltern herabfallender Steine ließ ihn fürchten, das Haus würde einstürzen. Sein Schwindel war vielleicht das Produkt heftiger Erdstöße. Das Kreischen einer Harpyie begleitete den Untergang. Doch die Quelle des Lärms war bald ausgemacht: Der neue Nachbar war gerade dabei, mit einem an eine utopische Weltvernichtungswaffe erinnernden Gerät Löcher in das Mauerwerk seines Eingangsbereichs zu bohren.

Sobald sein Kreislauf den Schockzustand überwunden und sein Herzschlag sich soweit normalisiert hatte, dass ihm wieder ausreichend Luft zum Atmen blieb, trat er auf seinen neuen Nachbarn zu. Seit dieser vor zwei Monaten eingezogen war, hatte es keinen Tag, Wochenenden eingeschlossen, gegeben, an dem nicht gehämmert, gesägt, gebohrt oder geschliffen worden war. Machte er sich einmal nicht in der Wohnung zu schaffen, fiel er mit elektrischen Scheren, rotierenden Messern oder kreisenden Schneidfäden über den Garten her.

„Hallo, was machen Sie denn da!", rief Martin ihm ohne vorherigen Gruß zu. Der Mann drehte sich zu ihm um und klappte seine mit feinem Bohrstaub überzogene Schutzbrille hoch. Er wirkte in seiner blauen Arbeitsmontur beinahe wie ein professioneller Handwerker, als er die Leiter zu Martin hinabkletterte.

Voller Stolz deutete er auf ein am Boden liegendes Vordach aus Stahl und Glas.

„Schön, nicht? Jetzt werd' ich in Zukunft nicht mehr nass, wenn ich im Regen meine Schlüssel such'. Praktisch, gelt?"

„Schon ..., aber es ist schon spät und so ganz leise ist Ihre Tätigkeit ja auch nicht ..., und ..."

„Na, meine Herren, beim Fachsimpeln?", die Stimme im Hintergrund überraschte beide. Sie gehörte Frau Pribil, einer Nachbarin, die es zu ihrem eigenen Vorteil schaffte, die anderen Nachbarn gegeneinander auszuspielen. Beschönigend ausgedrückt legte sie taktierendes Verhalten an den Tag. Unverblümt ausgesprochen war sie einfach nur intrigant.

Martin wusste um diese Eigenschaft, also gab er ihr ausweichend zur Antwort: „Nicht direkt. Es war ein anstrengender Tag und ich bin von der Arbeit müde und brauche ein wenig Ruhe, Sie verstehen? Also hab ich Herrn Korinek darauf hingewiesen, dass ..."

„Na Sie brauchen da nix reden, gell?", fiel ihm die Pribil ins Wort, „Ich erinnere mich nur, wie Ihrem Einzug ein wochenlanges Pumpern vorausgegangen war. Ihnen ist ja nicht einmal der Sonntag heilig gewesen."

„Aber ich stand unter Termindruck, das hab ich Ihnen doch erklärt. Die alte Wohnung war ja zu räumen, und ..."

„Darauf brauchen S' Ihna nix einzubilden. Der Herr Korinek macht's immerhin selber, der ist da versiert", lobte sie den anderen. „Übrigens, ich hab die neue Lampe für die Terrasse schon. Vielleicht ham S' morgen Zeit, sich Ihna des anzuschauen. Aber i muass jetzt weita, baba!"

„Natürlich, mach' ma, bis morgen dann, Frau Pribil", versprach Korinek.

Schlange, fiel Martin ein, jawohl, Schlange, so hatte sie ihm ein anderer Nachbar beschrieben.

Korinek schenkte Martin einen mitleidigen Blick. Er trommelte ungeduldig gegen den um die Hüften geschnallten Werkzeuggurt.

„Also“, stammelte Martin verlegen, „Sie wissen ja, also … auf Wiedersehen.“

Der Beton zermalmende Gesang des Bohrhammers ließ Martin schnell die Wohnungstüre hinter sich schließen. Das schnitt zumindest dem Quietschen ein wenig die Obertöne ab.

„Hallo, ich bin wieder da!“, rief er in die Wohnung. In die leere Wohnung. Daran war er noch nicht gewöhnt.

Im Innern der Wohnung war jetzt das dumpfe Grollen der von den mechanischen Schlägen zum Zittern gebrachten Wände zu hören und, wenn man die Wand berührte, auch zu spüren. Dabei dachte Martin in diesem Moment, dass so ein Vordach gar keine dumme Idee war. Man müsste es aber mit Seitenflügeln versehen, dann hätte man auch einen Schutz vor den neugierigen Blicken der Nachbarn. Diese Gedanken begleiteten ihn auf seinem Weg zur Toilette, beim Händewaschen und beim Sortieren der Post, die aus Werbung und einem Zahlschein bestand. Dann ging er hinauf in den oberen Stock, nahm sich ein Glas Mineralwasser und ließ sich auf der Terrasse in einen Ruhesessel fallen. Das Holz war heiß, nachwachsendes Eukalyptus natürlich, denn Martin agierte umweltbewusst. Daher plagte ihn auch ein schlechtes Gewissen, wenn er für die kurzen Strecken, die andere zu Fuß oder mit dem Rad zurücklegten, seine Benzinkarosse verwendete, aber immerhin, so meinte er, quälte er sich wenigstens mit ökologischen Grundfragen herum.

Die Sonne heizte ganz schön, dachte er sich, und die Markise war eingefahren, die Fernbedienung lag im Wohnzimmer. Sollte er aufstehen, sie zu holen? Dafür sprach, dass er dann sogleich die Kaffeemaschine hätte einschalten können. Doch die Faulheit siegte, kein Schatten, kein Kaffee. Er unterzog die Post jetzt genauerer Prüfung. Die Versicherungsprämie war wieder fällig. Plötzlich rutschte ein Kuvert aus einem Werbeprospekt heraus. Der erwartete Brief. Der Absender, ein Sammler wie er.

Er erstarrte, hielt den Atem an. Die Hitze! Das Handschuhfach, das mittlerweile die Betriebstemperatur eines Backofens erreicht haben musste.

Er sauste los, stürzte mit hektischen Schritten die Treppe hinunter, um in Windeseile zu seinem Auto zu hetzen. Der schwarze Türgriff glühte bereits wie ein Druckkochtopf in der Hölle. Ein Hitzeschwall schlug ihm ins Gesicht, als er die Tür öffnete. Er fingerte an der Schließe des Handschuhfachs herum. Federnd sprang es auf und blieb dann in der Arretierung hängen. Martins Befürchtung bestätigte sich. Ein verformtes Ding hatte seine Spuren am hellen Überzug hinterlassen. Aber vielleicht war es nicht so schlimm, wie es aussah. Der kleine gelbe Plastikbehälter daneben schien intakt. Er riskierte einen Blick und war sofort wieder eine Stufe entspannter. Er holte ein Taschentuch aus seiner Hosentasche und umwickelte das weiche Stück damit, um sich nicht ganz schmutzig zu machen. Das Handschuhfach war ohnehin versaut.

Behutsam trug er die beiden Stücke hinauf in seine Wohnung. In der Küche wickelte er das eine Stück wieder aus und begann säuberlich wie ein Pathologe, der sich auch durch verschiedene Schichten arbeiten musste, um dem Geheimnis des Todes auf die Spur zu kommen, das Cellophan von der im Schmelzen begriffenen Schokolade zu trennen. Endlich kam der Kern zum Vorschein, in Form und Farbe gleich wie das kleine Behältnis, das er vor sich auf dem Tisch liegen hatte. Behutsam wischte er es ab. Mit zitternden Fingern öffnete er die in die Länge gezogene Kugel durch sanften Druck auf deren Mitte. Sie sprang auf und mit einem Mal war die Spannung aus Martins Körper gewichen. Er nahm die Figur hinaus und schleuderte sie in eine Ecke. Wieder ein Snorre! Er hatte schon den zehnten Snorre, aber noch immer keinen Wickie!

Der ministerialratssöhnliche Unsportler hatte ihm während ihrer Unterhaltung am Vormittag erklärt, man könne den Inhalt der Überraschungseier am Strichcode ablesen. Und er war so verrückt gewesen, ihm zu glauben und für dieses Ei zehn Euro zu bezahlen. Gut, dass Sandrine das nicht gesehen hatte. Sie hätte ihn wieder für verrückt erklärt und ihm Vorhaltungen gemacht, wie lächerlich sein Hobby sei.

Martin öffnete die andere Schutzhülle. Wenigstens hier hatte er ihn nicht anlügen können. Diese Figuren gab es nicht mehr, sie waren nur unter Sammlern zu erstehen. Er holte vorsichtig die Figur hervor und stellte sie voller Stolz in seine Vitrine. Der Asterix aus der Serie „Asterix bei den Olympischen Spielen". Ein Lorbeerkranz, das Zeichen der antiken Sieger, schmückte den kleinen Gallier. Ein guter Tauschhandel: Die Figur gegen sein Schweigen. Immerhin hatte der Sohn für die fragliche Zeit ein kaum seinen Eltern präsentierbares Alibi. Er hatte mit einem Freund Pornos geschaut. Martin sinnierte, ob der Bursch nicht doch wenigstens einer Form körperlicher Betätigung nachkam. Angewidert von diesem Gedanken widmete er sich endlich dem Brief.

Er hatte sich wieder auf der Terrasse niedergelassen. Im Schatten und mit einer Tasse Kaffee. Der warme Wind trug akustische Fetzen des nahen Kirtags zu ihm. Zufrieden las er die Zusage, dass die Transaktion so stattfinden könne, wie von ihm vorgeschlagen. Gegen drei Schlumpfinen würde er endlich Gargamels Katze bekommen. Damit war wenigstens diese Serie komplett.

Zur Feier des Tages beschloss er, dem Kirtag noch einen Besuch abzustatten. Er wollte seine gute Laune mit anderen teilen.

Er duschte, schlüpfte in kurze Hosen und zog ein luftiges Leinenhemd an. Das Wetter würde halten, eine Jacke schien nicht notwendig.

Er kämpfte sich durch das ärgste Gedränge und blieb dann etwas unterhalb des Platzls, das durch die Kreuzung der beiden durch Neufried führenden Hauptwege gebildet wurde, beim „Probst", wo es weit weniger wild herging, sitzen. Der Heurige hatte nicht das ganze Jahr über geöffnet. Während des Kirtags bewirtete der Chef nur ein paar Stammgäste, die den Seiteneingang kannten. Martin plauderte mit dem Weinbauern, dessen rotgeädertes Gesicht verriet, dass er den Wein nicht nur mit viel Liebe produzierte, sondern auch gerne selbst trank.

Sie saßen in dem etwas abgelegenen Garten und sinnierten. Über die Zeiten, über die Gefahr, die ihrer schönen Gegend drohte.

„Wirst sehen", sagte Probst, „bald ham's uns die ganzen Weinberg' zubetoniert, dann is vorbei mit der Beschaulichkeit, geht eh scho zua wia in Texas."

Martin war sich sicher, dass der Winzer genau so wenig wie er selbst diesem Bundesstaat einen Besuch abgestattet hatte, nickte aber zustimmend. Der Mann hatte ja recht, es hatte tatsächlich eine rege Bautätigkeit in dem Vorort eingesetzt. Der Verkehr tat sein übriges, um die ehemals verschlafenen Hausreihen ordentlich wachzurütteln.

„So schlimm wird's wohl hoffentlich nicht werden", versuchte Martin ihn zu beschwichtigen. „Die Weinberge stehen doch unter dem Schutz des Wienerwaldabkommens, da darf nicht gebaut werden."

„Pah, als ob si da dran wer haltert. Und die Deppen machen mit, in ihrer Gödgier."

Probst deutete über die Dächer hinweg. Martin wusste, was er meinte. Dabei hatte er irgendwie das Gefühl, dass der abwesend wirkende Probst diese Worte gar nicht an ihn gerichtet hatte. Martin legte, einen weiteren Schluck trinkend, eine kurze Pause ein.

Dann sagte er: „Vielleicht hast Recht, ich weiß es nicht. Man soll aber nicht immer alles nur schwarzsehen. Geh, bring mir noch ein Achtel von dem Riesling, dann geh ich heim."

„Des is ka Schwarzmalerei, des is Erfahrung. Denk an meine Worte, i kenn die Leut, lang gnua, hab ja mei Lebtag mit nix anderm zu tuan g'hobt. Aber waßt es eh, wer ned lauter als die andern heult, den erwischt's, irgendwann."

Schwermütig und leicht betrunken machte sich Martin auf den Heimweg. Ein schlechtes Gewissen brauchte ihn nicht zu plagen, er war ja niemandem mehr verantwortlich, wann und wie er nach Hause kam.

Es war bereits nach Mitternacht, dennoch herrschte auf der Straße noch ein buntes Treiben. Aus den Lautsprecherboxen dröhnte der krächzende Gesang eines DJ Ötzi, der passend zum nachtklaren Himmel etwas von einem Stern sang. Alkohol, Zigaretten und stetes Ankämpfen gegen die Lärmkulisse durch stundenlanges Brüllen verschafften so manchem Besucher dasselbe Stimmtimbre wie dem auf Platte verewigten Interpreten.

Martin ließ den Trubel hinter sich. Musik und Gelächter hallten ein wenig durch die Häuserflucht nach. Martins Blick wanderte die Dächer entlang. Hinter der straßenseitigen niederen Hausreihe wuchsen bereits mehrstöckige Gebäude in den Himmel. Vielleicht hatte Probst ja nicht ganz unrecht. Auch hier wuchs die Stadt in die Höhe.

Als er seine Eingangstür erreicht hatte, verharrte er einen Moment davor. Es schien ihm in seinem Zustand jetzt wirklich eine gute Idee, auch ein Vordach anbringen zu lassen. Allerdings eben eines mit Seitenscheiben. Das würde ihm ein wenig Intimsphäre bescheren, wenn er, wie jetzt, etwas länger Zeit benötigte, um seinen Schlüssel korrekt in das Schloss einzuführen. Als er vorhin am Fenster von Frau Pribil vorbeigegangen war, hatte er bemerkt, wie sich der Vorhang bewegt hatte.

Nach ein paar Versuchen hatte er es geschafft. Begünstigt durch den Alkohol hatte sich eine bleierne Müdigkeit in seinem Körper breitgemacht. Er entkleidete sich und kletterte, nachdem er ein Fenster im stickigen Raum geöffnet hatte, ins Bett.

Sofort verfiel er in einen tiefen Schlaf, dessen Träume von der am Abend geführten Diskussion bestimmt waren. Überall im Wienerwald sprossen Hochhaustürme wie die Pilze im feuchtschwülen Wetter in die Höhe. Der rauchige Geschmack von geselchtem Fleisch, so wie es von Probst noch auf den Tisch gezaubert worden war, verfolgte ihn zusätzlich.

Er wachte nassgeschwitzt noch vor der Morgendämmerung auf und schwor sich dabei im Halbschlaf, spätabends nicht mehr so üppig zu essen. Dann drehte er sich zur Seite. Sein Bett war sehr groß, so als Singleschläfer.

2. Am nächsten Morgen hatte Martin Kopfschmerzen. In seinem Hirn heulte immerfort eine Sirene. Der Selchgeschmack in seinem Mund hatte sich verstärkt, zusätzlich roch es auch in seiner Wohnung danach. Er wankte in die Küche und holte sich einen Schluck Wasser. Dann ging er ins Bad und hielt seinen Kopf unter den kühlen Wasserstrahl. Das half ein wenig, um wach zu werden. Der Blick aus dem Fenster verkündete diesiges Wetter, obwohl die Sonne von Osten her bereits die bewaldeten Spitzen von Wechselberg und Herbertskogel beschien.

In der gesamten Wohnung roch es nach versottenem Kamin. Martin sauste durch die Räume, um die Fenster zu schließen. In Windeseile kleidete er sich an und trat vor das Haus, in den kleinen Vorgarten, wo einzelne Blätter mit einer feinen Ascheschicht überzogen waren.

„Beim Fadinger brennt's!", wusste Frau Pribil zu vermelden.

Martin war sich nicht sicher, was ihn so früh am Morgen auf nüchternen Magen mehr schockte. Die Nachricht oder deren Überbringerin. Beides, entschied er, wobei der Inhalt der Botschaft sein Interesse lockte. Er sperrte ab und machte sich auf den Weg. Da war die Sirene wieder. Real.

Überall auf der Straße standen Menschen. Sie diskutierten miteinander oder sie starrten in Richtung der Rauchsäule, die nur wenige hundert Meter entfernt in den Himmel stieg. Die Straße war zwar für die Durchfahrt ohnehin abgesperrt, dennoch riegelte die Polizei die Gegend um das Weingut zusätzlich ab, damit Schaulustige den Feuerwehreinsatz nicht behinderten.

Martin entdeckte Probst in der Menge. Er kämpfte sich zu ihm durch.

Die Feuerwehr hatte es zum Glück nicht weit, da die Feuerwache nur wenige Meter vom Brandort entfernt lag. Dennoch mussten sie Verstärkung angefordert haben, denn es standen drei Löschfahrzeuge um das Gebäude postiert und einige Mannschaftswagen waren auf der Straße abgestellt. Mit mehreren Schläuchen zugleich versuchten die Florianijünger die Flammen in Schach zu halten.

„Die schauen, dass des Feuer ned auf die vorderen Gebäude überspringt", erklärte Probst, der das Schauspiel offenbar schon länger verfolgt hatte.

Martin wollte antworten, doch der Rauch kratzte ihn im Hals. Er musste husten. Außerdem brannte er in seinen Augen. Er tat sich schwer, mit den zusammengekniffenen Sehschlitzen etwas zu erkennen.

„Das Feuer muass im hinter'n Teil vom Gut aus'brochen sein", erläuterte Probst weiter, „im alten Haus, des is' ja fast nur aus Hoiz. Woahrscheinlich ham da a poar Chemikalien zum Brennen begonnen. Wann der Fadinger a Glück hot, dann bleibt der vurdere Teil vom Heirichn verschont."

„Und wenn er Pech hat?"

„Wann mir Pech ha'm ", Probst betonte das Personalpronomen, „dann g'freun si de Herren Städteplaner, dass endli unsern Ort neu entwerfen können."

„Ich kenn' den hinteren Teil eigentlich gar nicht. Ich glaub nicht, dass ich dort schon einmal drinnen gesessen bin."

„Des is da oide Heiriche, den wos da Vater vom Fadinga baut hot. Den mocht er nua fia G'söllschoftn auf. Und da oide Knecht, der „Bogi", wohnt a no duat. Heast, i hoff, der hot des Feia mitkriagt."

„Muss das Gebäude eigentlich wieder aufgebaut werden, also ich meine, nur für den Fall, dass es jetzt ganz abbrennen sollte?"

Probsts Blick war das ganze Gespräch über auf die Feuersbrunst gerichtet gewesen.

Erst bei dieser Frage wandte er sich verwundert zu Martin: „Warum soit des wer wieda aufbaun? Des braucht doch eh kana mehr?"

Martin strich nachdenklich mit seinem Daumen über sein Kinn.

„Ist der Grund da eigentlich als landwirtschaftliche Nutzfläche gewidmet?"

Probst hatte sich erneut von Martin abgewandt, sein Interesse galt dem Schauspiel. Er stand da, den Mund aufgeklappt, und knetete seine Finger.

Er antwortete: „Die Grundstückl, de zua Stroßn gengan, san olle ..."

In diesem Moment kam ein Polizist und drängte mit weiteren Uniformierten die Leute zurück. Er rief in die Menge: „Weg da, da gibt's nichts mehr zu sehen, gehen Sie endlich auf die andere Straßenseite, Sie behindern die Löscharbeiten. Machen Sie, dass Sie weiterkommen!"

Widerwillig setzte sich der Mob aus Schaulustigen in Gang und wich ein wenig zurück. Ein weiteres Löschfahrzeug kam mit schrillem Sirenengeheul an und schwindelte sich gekonnt an der Menge vorbei. Die Türen wurden aufgerissen und Feuerwehrmänner mit Schutzanzug und schwerem Atemgerät sprangen heraus. Jeder griff sich eine Bergeaxt und stürmte los.

Martin fühlte sich an Berichte über Notfallsübungen, wo dieselben Abläufe trainiert wurden, erinnert. Doch dies hier war keine Übung, hier wurde nicht der Ernstfall simuliert, hier wurde er exerziert.

Wie oft schon hatte er gelesen, dass die ärgsten Brandstifter, vom Boulevard sofort „Feuerteufel" getauft, selbst oft aus den Reihen der Brandbekämpfer kamen. Sie waren es leid, sich nur mit dem „Trockentraining" zufrieden zu geben, mit Rauchmaschinen und kleinen kontrollierten Feuerchen. Sie brauchten den Kick, sich mit wahrer Flammengewalt zu messen. In Martins Fantasie entwickelte sich die Gestalt eines Pyromanen. Er sah einen Mitarbeiter der nahen Feuerwache, der, gelangweilt von Schreibtischkram oder frustriert über die tägliche Routine, zur Selbsthilfe gegriffen und seine brennende Begier nach einem Einsatz in ein echtes Lodern verwandelt hatte.

Martin schnüffelte nicht nur die rauchgeschwängerte Luft, er witterte auch einen Auftrag. Es schien nicht unklug, in dem Gedränge nach Fadinger zu suchen und ihm seine Karte zu überreichen. Er kannte ihn zwar nicht persönlich, war sich aber sicher, ihn zu erkennen. Wenn es Brandstiftung war, würde er wohl daran interessiert sein, zu erfahren, wer ihm die Hütte angezündet hatte. Aber eher wahrscheinlich war, sollte Fadinger überhaupt hier sein, dass er im Moment zu abgelenkt wäre, um einen klaren Gedanken zu fassen. Außerdem, wer sagte denn, dass es Brandstiftung war? Das hatte er sich jetzt so zusammengereimt, das würde erst die polizeiliche Untersuchung klären. Natürlich spann er seine Gedankenkette weiter, wäre es tatsächlich ein Verbrechen, würde die Polizei die Frage nach dem Täter zu klären haben. Warum sollte ein Geschäftsmann wie Fadinger für etwas bezahlen, das er umsonst haben konnte. Noch dazu in anderer Qualität. Martin war so weit Realist, dass er wusste: Mit den technischen Möglichkeiten des Polizeiapparats konnte er es nicht aufnehmen. Er ärgerte sich über seine dumme Idee, denn die war schwachsinnig. In diesem Moment setzte ein Grimmen in seinem Bauch ein. Sein Darm krampfte sich zusammen. Klar, der wollte sich vom Ballast des Vorabends befreien. Martin wollte jetzt nur mehr eines: schnell nach Hause. Er zwängte sich durch die Menge und beschleunigte seine Schritte, sobald er aus dem Pulk heraußen war.

Trotz des wolkenlosen Himmels lag der weiße Rauch wie ein Schleier in der Luft. Die Stimmung war herbstlich geworden. Herbstlich, mit einem Anflug von Melancholie. Martin dachte an den Friedhof, an die vielen Beerdigungen, die er auszurichten gehabt hatte. An den letzten Weg, den er mit so vielen gegangen war, wenn die Gräber wie ein Spalier den Weg säumten, an deren Rand sich die Bäume würdevoll vor den Toten verneigten.

*

„Bitte, was kann ich für Sie tun?“ Der ältere Herr streckte den Kopf ein wenig hervor. Sein Haar war an den Schläfen grau, sonst noch dicht. Lediglich die höhere Stirn mochte etwas über sein Alter verraten. Er hatte weiche Gesichtszüge und sanfte Augen. Der Körper war von der Tür wie von einem Schutzschild abgedeckt. Die Kette hatte er vorgelegt, sie spannte sich zwischen Türblatt und Stock unterhalb seines Kinns.

„Ich komme wegen des Abos", lächelte ihm der andere freundlich entgegen. Er hatte das typische Vertreterlächeln, vereinnahmend und doch unpersönlich. Er trug helle Baumwollhosen und ein dunkles Poloshirt. Seine Stirn war von einer in das Gesicht gezogenen Schirmkappe abgedeckt. Es gab sonst nichts Auffälliges an ihm, nichts, das besonders hervorgestochen wäre. Einzig der kalte Blick, der so gar nicht zu dem aufgesetzten Grinsen passte, fiel dem anderen auf. Misstrauisch beäugte er den Besucher. Er sagte: „Welches Abo? Ich habe kein Abo bestellt!" Er wollte die Tür schließen, doch der andere stemmte sich ein wenig dagegen.

„Eben, deswegen bin ich ja da. Ich möchte Ihnen die Vorteile der Hauszustellung unseres Zeitschriftensortiments nahebringen. Gerade für Sie, wo Sie doch allein sind, ist es wichtig, Zerstreuung zu haben!"

Jetzt wurde es dem anderen unheimlich. Er äugte auf die leere Straße hinaus. Nicht einmal ein Auto war zu hören. Kein Wunder, es war ja auch abgesperrt.

„Woher wissen Sie, dass ich ...?" Der Unbekannte schwieg. Plötzlich sagte der ältere Herr: „Ach, jetzt fällt es mir wieder ein. Sie sind mir gleich so bekannt vorgekommen. Sie haben sich doch damals ..."

Der andere blickte sich kurz um, dann wuchtete er sich mit der Schulter gegen das Türblatt. Das schwere Eichenholz riss die Kette inklusive Verankerung aus dem Holzstock. Die Türe warf den dahinter stehenden Hausbesitzer zu Boden und der Eindringling sich sofort auf ihn drauf. Der Kampf dauerte nicht lange. Der Angreifer hatte sich einen neben dem Eingang angelehnten Wanderstecken gegriffen und dessen Stahlspitze in die Stirn seines Opfers gerammt. Herr Dr. Beheim, wie auf dem Namensschild neben der Tür stand, lag nun in seinem Blut, während sein Mörder die Küche aufsuchte und zu kochen begann.

*

Martin schaltete den Fernseher ein. Der Sprecher in den Radionachrichten hatte auf die im Fernsehen ausgestrahlte Sondersendung verwiesen. Das vom Berichterstatter beschriebene Flammeninferno wirkte im Fernsehformat weit weniger bedrohlich als zuvor in natura. Vielleicht war das der Grund, warum es nach wie vor so viel Leid und Elend auf der Welt gab. Man bekam die Bilder der Katastrophen zwar ins Haus geliefert, sie wirkten aber nur wie ein Abziehbild der Realität. Außerdem konnte man jederzeit abschalten.

Das Feuer sei bereits unter Kontrolle gebracht worden, hieß es, die Gefahr für den vorderen Teil des Weinguts und die angrenzenden Häuser sei dank des beherzten Einschreitens der Feuerwehrleute gebannt worden.

Martin wechselte den Kanal. Im privaten Regionalkanal Wien, besser bekannt unter der am Bildschirmrand eingeblendeten Kurzbezeichnung RKW, lief eine Reportage über Neufried und den Neufrieder Kirtag. Man lieferte sogar aktuelle Bilder vom gestrigen Eröffnungstag. Über den Bildschirm lief die Rede des Bezirksvorstehers, zum Glück in gekürzter Form, dann begleitete das Fernsehteam die Hauerkrone auf ihrem Weg durch den Ort. In der nächsten

Einstellung sah man Fadinger vor sein Weingut treten. Dann Umschnitt zu den aktuellen Bildern. Die in Rauchschwaden gehüllten Gebäude, die rotierenden Blaulichter und die mit dem Feuer kämpfenden Feuerwehrleute, moderne Ritter im Kampf gegen den Drachen.

Martins Mobiltelefon begann auf dem Glastisch zu vibrieren, eine zum Appell rufende Trompete erklang. Er schaltete den Ton des Fernsehgeräts aus. Das Telefon tanzte auf dem glatten Untergrund wie ein Eiskunstläufer. Wieder dachte Martin an einen Auftrag und dabei an Fadinger. Dessen Konterfei erschien erneut am Bildschirm. Er schien ob der Katastrophe gefasst. Ob ihm Probst Martins Nummer gegeben hatte?

„Marco Martin, Privatermittler, was kann ich für Sie tun?"

„Bin ich etwa in einem Call-Center gelandet? Oder hast ein Telefonseminar g'macht?"

Martin konnte das Grinsen am anderen Ende der Leitung erahnen.

„Servus, nein, das ist ..."

„Peinlich, genau!", platzte ihm sein Onkel Alfred ins Wort.

„Nein, lass mich doch ausreden. Ich hab eigentlich mit wem anderen gerechnet."

„Siehst, mit mir muss man immer rechnen." Alfred lachte. Martin fühlte sich zwar gefrotzelt, musste allerdings auch ein wenig schmunzeln. Dabei waren die Sticheleien seines Onkels nichts Neues. Ständig machte er seine Witzchen über andere, indem er deren Schwächen hervorkehrte. Er machte das allerdings so geschickt, dass es nie verletzend wirkte, sondern die davon Betroffenen über sich selbst lachen ließ. Kein Wunder, dass Alfred in seinem Bekanntenkreis beliebt und bei Stammtischrunden ein gern gesehener Gast war. Außerdem wusste er meist auch noch in der verfahrensten Situation einen Ausweg. Daher trug er den Spitznamen „der Herr Rat". Er nahm diese Huldigung gern und mit derselben Würde entgegen wie ein Richter, obwohl er nur pensionierter Versicherungssachbearbeiter war. Das allerdings mit umfangreichem juristischem Background, den Martin bereits mehrmals hatte anzapfen müssen, wenn es um Tricks oder ausgelegte Fallstricke seiner Klienten gegangen war.

„Lass dich von dein alten Onkel nicht sekkieren! Schulungen sind wichtig. Grad wenn man, wie du, sei Profession erst spät erkennt, muss ma sich weiterbildn. Des spoart Zeit und bringt Erfahrung. Ja, wenn ma alsa Junger bereits anfangt, dann lernt ma's von der Pieke weg, oba später muss ma' schaun, dass ma' schnell begreift."

„Und das wolltest du mir jetzt sagen?"

„Nein, nein, ich hab grad die Nachrichten aufdreht. Was is'n da los bei dir, des schaut ja grad so aus wia wenn da Nero jetzt in Neufried wüten tatert. Hast es schon g'hört?"

„Gehört, gesehen, gerochen. Aber des Ärgste is' vorbei, und die Gefahr scheint gebannt zu sein. Bin gespannt, was die Brandsachverständigen zur Brandursache zu berichten wissen."

Martin wanderte mit dem Telefon durch die Wohnung und räumte nebenher sein Kaffeehäferl vom Vortag in den Geschirrspüler. Als er die Klappe öffnete, schlug ihm eine ekelige Duftmarke entgegen. Der Fluch des Singledaseins. Es zahlte sich wegen der paar Geschirrstücke eben lange nicht aus, den Spüler einzuschalten. Erst wenn die schmutzigen Teller durch die entstehenden Mikroorganismen Gefahr liefen, sich selbständig zu machen, griff Martin zu einer Tablette.

„Die Sachverständigen", meinte Onkel Alfred abschätzig, „sind die besten Schutzpatrone der Brandstifter! Die sehen ja den Benzinkanister ned amal, wenn sie ihn sölba einetrogerten. Ich hab amal einen Fall g'habt, da hat ein Bauer dreimal ..."

„Meinst du jetzt die Geschichte mit der Kerze und der Gasflasche?", unterbrach Martin seinen Onkel.

„Ja, wieso fragst du?"

„Weil du mir die Story schon mindestens dreimal erzählt hast."

Kurzes Schweigen am anderen Ende der Leitung.

Dann fragte Alfred: „Was ist dieses Klappern?"

„Ich räum Geschirr weg."

„Hast leicht Besuch?"

„Nein!"

„Besuch g'habt?"

„Warum müsst ihr euch alle um mein Leben sorgen. Mir geht's gut, mir fehlt nichts!"

„Alle? Wer denn noch, gibt's da leicht wen?"

Onkel Alfred machte sich wieder einmal Gedanken darüber, dass Martin, der bald auf Mitte dreißig zuging, nicht nur unverheiratet, sondern schon wieder solo war. Er hatte zwar, nachdem er vor einigen Jahren seinen erlernten Beruf an den Nagel gehängt hatte, bald wieder ein neues Betätigungsfeld gefunden, in dem er nun, misst man Erfolg mit Wohlstand, durchaus besser unterwegs war als vorher, doch das mit den nicht bleiben wollenden Frauen stellte eine Konstante in seinem Leben dar.

„Ach, das war nur so dahingesagt", unternahm Martin ein Ausweichmanöver. Er konnte sich vorstellen, dass auch manche Nachbarn, vor allem die älteren, weiblichen Semester, sich ähnliche Gedanken wie sein Onkel machten. Er kehrte zum ursprünglichen Thema der Unterhaltung zurück: „Wolltest du noch was zum Brand sagen?"

„Ah ja! Gut, dass d'mich erinnerst. Also das mit den Sachverständigen kannst vergessen. Wie gesagt, bei dem Bauern ham die auch zweimal von Unglück gesprochen, bis ich ihnen die Augen geöffnet hab. Da hat der Haderlump aber schon zweimal die Versicherungssumme kassiert gehabt. Beim dritten Mal is' er leider selber verbrannt, da hat dann der Regress nix mehr 'bracht."

„Du glaubst doch nicht an Brandstiftung?"

„Bis zum Beweis des Gegenteils immer!"

„Du hallo! Wir haben Kirtag, der Ort ist voll von Besoffenen, die ihre Zigaretten wer weiß wohin schmeißen."

„Danke für die Belehrung, du Schlaumeier! Wennst es mir nicht glaubst, probier's hoid selba aus."

„Ausprobieren? Was?", fragte Martin verständnislos.

„Na, die Wohnung mit an Tschick abzufackeln, des is nämlich ned so afoch. De Materialien heutzutog san fast alle brandhemmend, waßt? An Brandfleck, guat. A Locherl, jo, oba dass de Hüttn brennt, da braucht's scho mehr!"

„Und da bist du dir sicher?"

„Wos?"

„Na, mit der Brandstiftung beim Fadinger."

„Sicher is heutzutag' gar nix."

„Du bist mir ja eine große Hilfe. Sagst du mir jetzt, warum du mich eigentlich angerufen hast?“, wollte Martin nun endlich von seinem Onkel wissen.

„Du stellst vielleicht depperte Fragen! Na wegen dem Brand natürli', aber du scheinst jo a nix zum wissen. Außerdem, seit deine Eltern ...“

„Ja, ja, seit des Burli allein is'“, fiel Martin seinem Onkel, dessen Dialekt nachäffend, ins Wort. „Machst dir halt Sorgen, ob die Hormone passen. Kannst beruhigt sein. Bei mir ist alles im grünen Bereich, und schwul bin ich auch nicht.“

„Ich waß eh. Wie hat die Letzte g'haßen? Irgendwas mit Zement?“

„Nein, mit Sand. Sandrine, das kommt aus dem Französischen, aber wir haben nicht zusammengepasst, weil das war, ach egal! Ich bin halt lieber allein. Außerdem brauch ich meine Ruh.“

„Ich waß, dei heilige Ruh. Du und deine Toten, ihr habt's eich so vü zum Erzählen.“

„Geh, du weißt doch, dass das vorüber ist.“

„Genau wie dieses Gespräch, Mission Impossible, ha ha, und ruaf endlich amal dei Schwester an!“ Onkel Alfred lachte lauthals in die Membran seines Hörers. Martin gab es einen Stich im Ohr, er musste das Telefon weghalten. Endlich verabschiedete er sich von seinem Onkel mit dem Versprechen, ihn auf dem Laufenden zu halten. Außerdem war es höchste Zeit, einen bestimmten Ort aufzusuchen. Und natürlich würde er seine Schwester Anja nicht anrufen. Seit dem Tod der Eltern gab es nichts mehr zu bereden.

3. Das Ungeheuer wütete mit brachialer Gewalt. Es war ein ungleicher Kampf. David gegen Goliath. Doch anders als im Alten Testament folgte der Entscheid der gegebenen Kräfteverteilung und die schlug nun einmal zugunsten der ungehemmten Wucht von tonnenschwerem Stahl aus. Die Holzplanken, Ziegelsteine und der dünne Verputz konnten dem nichts entgegensetzen. Der Bagger bohrte sich mit seiner Pranke in die Eingeweide des Gebäudes; Stahlbänder, Kabelschläuche und Wasserrohre ragten heraus wie die zerfetzten Innereien eines von Bestien gerissenen Tieres. In einem Baucontainer saßen zwei Männer mit bunten Plastikhelmen auf ihren Köpfen, die sie über einen Plan geneigt hatten. Der eine fuhr mit dem Finger eine Linie auf dem Papier entlang. Draußen stürzte wieder eine Mauer um. Eine Staubwolke stieg auf. Es war das Niesen eines Schwerkranken. Zeichen dafür, dass das Häuschen in den letzten Zügen lag.

Martin gab es einen Stich. Er bereute seinen Entschluss, vor der Visite der Brandruine noch einen Spaziergang gemacht zu haben. Wo bis zur letzten Woche noch ein Knusperhäuschen mit Spitzdach, gesäumt von zwei wuchtigen, dunklen Tannenbäumen, gestanden hatte, wütete jetzt das Baugerät. Die Bäume waren gefällt worden und der ehemals prachtvoll wuchernde Garten war nur mehr eine Wüstenei, in der sich der Bauschutt zu Hügeln türmte.

Martin fuhr von einem unvermittelt auftretenden Krach zusammen. Bauarbeiter waren daran, hinter seinem Rücken Holzbretter in eine Mulde zu werfen. Mit Getöse landeten die Überreste des Schiffbodens an ihrem Ziel.

Mit Argwohn betrachtete Martin die übermannsgroße Hinweistafel neben der Baustelle. Bereits das erste Wort, des in unterarmlangen Lettern geschrieben war, stellte für ihn ein Reizwort dar: „Luxuswohnungen". Dieser Begriff umschrieb auch gleich die Klientel, die man sich hier erwartete. Martin atmete flach. Sein Blick folgte den Konturen der computeranimierten Darstellung des Neubaus. Einer der üblichen Klotze ohne Persönlichkeit. Lange Glasfronten gepaart mit exotischen Terrassenhölzern. Ein Flachdach als Garant bestmöglicher Raumnutzung. Im Garten tummelten sich Kinder und eine fürsorgliche Mutti, die ihren Liebsten Saft servierte. Doch in diese Gegend zogen kaum Familien mit kleinen Kindern. Das war einfach nicht mehr leistbar. Dafür hatten schon die Bauspekulanten gesorgt. Diese schafften es durch geschickte Ausnutzung verschiedener Lücken in der Bauordnung an die Stelle kleiner Einfamilienhäuser solche Schandflecke zu setzen. Ein Riesengeschäft, denn mit ein wenig gehobener Ausstattung waren da leicht Preise jenseits der 5000 Euro für den Quadratmeter zu erzielen. Eine Kontaktadresse für die Vermarktung war angegeben. Martin wurde neugierig. Er holte sein Handy hervor. Das Freizeichen wurde bald von einer hellen, sich klar artikulierenden Frauenstimme abgelöst.

„Imper & Tinent Bau und Bauträger Gesellschaft, Sie sprechen mit Andrea Glaser, ich wünsche Ihnen einen guten Tag, was kann ich für Sie tun?"

Martin versicherte sich mit einem Blick zum Himmel, dass die Sonne trotz dieser langen Ansage noch nicht untergegangen war. Er überlegte.

„Hallo, sind Sie noch dran?", erkundigte sich die sprechausgebildete Stimme.

„Ja, natürlich, Verzeihung. Ich rufe wegen diesem Bauprojekt an, da in der Ritterpolzer Gasse, ich meine, da, wo diese nette ..."

„Moment, da muss ich Sie zu unserem Prokuristen verbinden!", schnitt ihm die Dame freundlich aber bestimmt das Wort ab. Ein Glockenspiel erklang, während Martin darauf wartete, durchgestellt zu werden.

„Herbert Auer", stellte sich eine sonore Männerstimme vor, „ich habe schon gehört, weswegen Sie anrufen. Es geht Ihnen um unser aktuelles Vorhaben Easy Living mit Luxus, ein herrliches Plätzchen, nicht wahr?", frohlockte der Verkäufer ins Telefon.

„Nun ja", stammelte Martin, der sich von so viel Begeisterung für etwas derart Hässliches erschlagen fühlte, „also eigentlich wollte ich Sie fragen, warum ..."

„Ja?"

„Also warum Sie das Haus da weggerissen haben?"

„Jammerschade, ja, ich weiß! Das war so eine nette Hütte, wir hätten sie gern als Geräteschuppen für die neuen Eigentümer bewahrt, aber der Magistrat hat darauf bestanden. Das schmerzt tatsächlich, dass so ein Beamter kein Verständnis hat."

„Wollen Sie damit andeuten ...?", fragte Martin verärgert.

„Der hat nicht mit sich reden lassen. Mit der Grundfläche der Hütte hätten wir die zulässige verbaute Fläche inklusive Toleranz eindeutig überschritten. Der wollte einfach kein Auge zudrücken. Schade um das gute Stück. Aber deswegen rufen Sie doch sicher nicht an. Sie wollen etwas Besonderes, ein Stück Luxus in der schönsten Gegend Wiens, um das Sie alle ihre Freunde beneiden werden. Sie haben sichtlich Geschmack, denn Sie suchen das Exklusive. Wenn Sie zu uns kommen möchten, kann ich Ihnen die Pläne und das Modell zeigen, das wird dann etwas plastischer. Außerdem können wir jetzt noch ganz auf Ihre Bedürfnisse eingehen, ohne dass Ihnen daraus zusätzliche Kosten entstehen. Was sagen Sie?"

„Ich bin sprachlos", kam die ehrliche Antwort.

„Ich kann Ihnen natürlich auch gerne unser Exposee schicken, Sie müssten mir dann nur Ihre Adresse ..."

„Danke, das wird nicht nötig sein, ich muss noch etwas überlegen", wehrte Martin die Frage nach seiner Anschrift ab.

„Sie müssten halt eher schnell sein, gell? Die Wohnungen in diesem Objekt sind sehr gefragt, Sie sind heute bereits der Dritte, der sich danach erkundigt, und wir haben noch nicht einmal das Fundament fertig."

„Danke, aber ich glaube, das war's", sagte Martin resignierend. „Auf Wiederhören!"

„Gern geschehen, Sie melden sich also wieder?"

Martin hatte bereits die Verbindung getrennt. Die Frage nach dem Preis hatte er gar nicht gestellt. Das war auch gar nicht nötig gewesen, um Martins Vorurteil, das er solchen Bauvorhaben entgegenbrachte, zu bestätigen. Das hatten schon die klebrigen Worte der Angestellten des Bauträgers besorgt.

Jetzt fiel ihm aber doch noch etwas ein, das er zu fragen vergessen hatte. Er drückte die Wiederwahltaste. In diesem Moment begann der Boden unter den Schlägen eines Pressluftbohrers zu zittern. Der das Gerät wie die Hörner eines Stiers dirigierende Arbeiter mit Ohrenschützern zertrümmerte damit den betonierten Autoabstellplatz. Martin musste sich ein paar Schritte entfernen. Er presste die Membran seines Telefons fest gegen sein Ohr, um zu hören, ob sich schon jemand gemeldet hatte. Am Tonfall der letzten Silbe konnte er erkennen, dass die Sekretärin eben erst ihren antrainierten Begrüßungsmonolog zu Ende geleiert hatte. Er verlangte nochmals nach Auer, der sich in Erwartung des nächsten Kaufinteressenten mit hörbarem Grinsen meldete.

„Ich habe vorhin doch etwas vergessen", erklärte Martin.

„Ach, Sie sind das", sagte Auer enttäuscht. Er musste zuvor wohl mitbekommen haben, dass Martin nicht wirklich am Kauf einer Wohnung interessiert war. Er schien sich aber zusammenzunehmen – gelernt war gelernt – und bemühte sich sofort wieder um einen geschäftigen Tonfall. „Was kann ich denn für Sie tun?"

„Sie haben doch auch eine Baufirma?"

„Ja, sicher, warum?"

„Machen Sie auch Vordächer?"

„Wie, ich verstehe nicht?"

„Na, so ein Glasdach über dem Eingang, so als Schutz vor Regen. Am besten mit Seitenflügeln als Abschirmung von Wind und neugierigen Blicken."

„So was ist sicher kein Problem, aber ich verstehe Sie immer noch nicht ganz ..."

„Können Sie so was bei mir anbringen?"

„Also eigentlich verwerten wir nur die von uns akquirierten Grundstücke, aber ich kann fragen, ob ..."

„Ich wohne nämlich ganz in der Nähe", unterbrach Martin Auer nun zum wiederholten Male. Der war inzwischen mürbe und sagte: „Wenn Sie mir Ihre Adresse geben, kann ich Ihnen wen vorbeischicken, der sich das einmal ansieht und Ihnen ein Offert unterbreiten wird."

Martin gab Auer seine Adresse und Telefonnummer zwecks weiterer Terminvereinbarung. Er bedankte sich und wollte auflegen, als Auer fragte:

„Soll ich Ihnen jetzt auch gleich Unterlagen zuschicken?“

Martin schwieg einen Moment, dann setzte Auer fort: „Okay, muss ja nicht sein. Ich hab mir eh schon gedacht, dass Sie keine Wohnung kaufen wollen. Die Leute fragen sonst nämlich immer zuerst nach dem Preis.“

„Danke für das Stichwort“, nahm Martin den Faden auf, „was wird denn so ein Dach kosten?“

„Schwer zu sagen, das hängt von mehreren Faktoren ab. Material, Untergrund, Montageaufwand, vor allem aber von ihren Wünschen. Ich schätze, so um die zwei, drei ...“

„... hundert?“

Auer lachte ehrlich erheitert auf. „... tausend schon eher. Aber Sie bekommen ja ein Offert. Obwohl, das mach ich nur ausnahmsweise für Sie. Normalerweise haben wir für so was keine Kapazitäten.“

Martin bedankte sich und legte auf.

Wofür er sich eigentlich bedankt hatte, musste er sich fragen. Es hätte doch eher die Firma ihm verpflichtet sein müssen, wenn er ihr einen Auftrag erteilen wollte. Das musste schon ein Riesengeschäft sein, dieses, wie hatte Auer es genannt? Grundstücksverwertung, war das Wort gewesen, fiel es ihm wieder ein. Offenbar übernahm man nebenbei andere Aufträge nur gnadenhalber.

In gedämpfter Stimmung wanderte Martin über die Irisgasse hinab zur Neufrieder Hauptstraße. Er überlegte, ob man schon das Ausmaß der Zerstörung würde abschätzen können, die das Feuer letzte Nacht gebracht hatte. Er war durstig. Seiner Uhr nach war es zwar erst knapp nach ein Uhr, aber der Gusto auf eine Erfrischung war da. Einen reschen Sommerspritzer beim Probst wollte er sich gönnen. Vielleicht würde das auch seine Stimmung ein wenig heben. Dabei hatte er ursprünglich vorgehabt, einkaufen zu gehen. Er überlegte, ob lebensnotwendige Grundausstattung wie Kaffee oder Klopapier fehlte und verneinte dies sogleich im Geiste. Zu essen und zu trinken gab es während des Kirtags in ausreichender Menge an jeder Ecke, daher änderte er seinen Plan. Also auch gleich Mittagstisch beim Probst, wenn er ihm überhaupt aufmachte. Auf einmal kam ein beunruhigender Gedanke in ihm auf: Was, wenn der Kirtag wegen des Brands abgesagt wurde?

Doch die Geräuschkulisse, die ihn bald begrüßte, verkündete Gegenteiliges. Der Zustrom war wie am Vortag ungebrochen stark. Martin ließ sich mit der Menge treiben und blieb in der Menschenblase, die sich um die Frostbachl-Gasse und das dort beheimatete Weingut gebildet hatte, stecken. Da wusste er, der Kirtag war dieses Mal um eine Attraktion reicher. Angeekelt von so viel Neugier und ohne einen Versuch, an weitere Information zu gelangen, kehrte Martin dem Geschehen den Rücken zu und verschwand in Richtung Probst-Schenke.

*

„Muss denn des allerweil mi treffen, an an Samstag?“, Gruppeninspektor Krasberger polterte in die Runde der Kollegen, die ihn erwartet hatten, um ihm einen vorläufigen

Lageberickt zu geben. Eine erste Information hatte Krasberger schon während des Telefonats, mit dem er zum Tatort nach Oberlaa beordert worden war, erhalten.

Die weitere Einführung in die Details übernahm Inspektor Reichhold. Sie standen im Garten vor dem Einfamilienhaus im Schatten eines Nussbaums. Auf der Straße befanden sich innerhalb des durch mobile Hinweistafeln verkündeten Halteverbots neben den zwei Funkstreifen noch ein Baufahrzeug und ein dunkler Pkw, Marke Seat, an den ein Mann im Anzug, Mitte dreißig, angelehnt stand und eine Zigarette rauchte.

Reichhold deutete unauffällig auf diesen Mann und sagte: „Also g'funden hat ihn der Mann von der Baufirma." Er zückte sein Smartphone und tippte mit der Fingerspitze mehrmals auf das Display. „Bergmann heißt er, Bauleiter ist er."

„Und warum ham die grad heut zum Bauen anfangen woll'n?", erkundigte sich Krasberger, immer noch schlecht gelaunt.

„Zu bauen hätten's eh erst am Montag vorg'habt anzufangen, aber die G'schicht soll dir der Bergmann erzählen. Kollege!" Er deutete einem der Uniformierten, den Mann auf der Straße zu ihnen zu bringen.

Der Polizist führte Bergmann zu Krasberger, der sich vorstellte: „Grüß Sie, Herr Bergmann, Krasberger, von der Kriminaldirektion. Oiso, Sie ham den Toten g'funden? Wieso Sie? Kennen Sie den Toten ..."

„Körbert heißt er", fügte Reichhold hinzu.

„Also, was ham Se mit dem Herrn Körbert heute, an einem Samstag, zu schaffen g'habt?", beendete Krasberger seine Frage, nicht ohne den Wochentag, der ihm seiner Einschätzung nach als dienstfrei zustünde, besonders zu betonen.

Bergmann antwortete: „Die Sache ist die, wir haben das Haus hier gekauft. Ich bin für den Neubau zuständig, also ich mach die Abwicklung mit den Behörden, wie Baupolizei, Magistrat, oder so. Und koordiniere die Baufirmen. Ich bin sozusagen die Drehscheibe zwischen Architekt, Bauprofessionisten und anderen, die mit der Errichtung des Gebäudes befasst sind. Die Übergabe sollte schon letzte Woche sein. Vertrag, Grundbuch, Kaufpreis und so weiter sind bereits abgewickelt, wir haben uns also nichts weiter dabei gedacht, wie wir von Herrn Körbert nichts gehört haben. Er war ja ein eher verschrobener Kerl. Wahrscheinlich wird man so, wenn man immer allein ist ..."

Das war jetzt ein wenig zu viel Information auf einmal für einen alten Polizisten, der nach wie vor seinem freien Tag nachweinte. Gruppeninspektor Krasberger stoppte den Redefluss des gesprächigen Bauleiters.

„Moment", unterbrach er diesen mit erhobener Hand, „eins nach dem anderen. Da komm' ich jetzt nicht mit. Langsam zum Mitschreiben: Sie vertreten den neuen Eigentümer. Ist es da üblich, den Verkäufer zu besuchen? Wollten Sie ihm beim Einpacken helfen? Wieso war der überhaupt no da?"

„Sehen Sie, genau das ist der springende Punkt. Wie gesagt, Herr Körbert hätte uns bereits letzte Woche die Schlüssel für das Haus übergeben sollen. Es war ja vereinbart, dass er das Haus in geräumtem Zustand überlässt. Natürlich hab ich ihm gesagt, was er nicht mehr braucht, also alte Möbel, Stellagen oder so, kann er drinnen lassen, weil wir ja eh mit dem Bagger kommen oder ..."

„Oder so", fiel ihm Krasberger, den diese Floskel bereits zu nerven begann, abermals ins Wort.

„Wie bitte, ich verstehe Sie nicht..."

„Nichts, lassen Sie sich nicht aufhalten. Also, Sie wollten nachsehen, ob das Haus bereits leer stand."

„Genau! Dessen wollte ich mich heute vergewissern. Wie gesagt, wir haben ja nichts mehr von Körbert gehört. Sie können sich vorstellen wie ich da herkomm' und sehe, dass alles noch unverändert ist, das Auto unter dem Carport geparkt, überall die Vorhänge, der Türkranz und so ..."

Und so? Der Mann konnte also variieren, dachte Krasberger.

„... da hab ich mir schon gedacht, dass da was nicht stimmen kann. Ich meine, wenn Sie einen Übergabetermin nicht schaffen, würden Sie wohl auch anrufen und um einen Aufschub bitten, oder?"

Krasberger dachte an seine alte Mietwohnung in Favoriten beim Reumannplatz, die er schon seit Ewigkeiten bewohnte. „Ich weiß nicht, ich bin noch nicht oft umgezogen. Warum haben Sie Körbert nicht angerufen?"

„Das hab ich doch, aber er ging ja nicht ans Telefon. Ich konnte ja nicht wissen, ich mein, das war furchtbar, wie der so dagelegen is, in seinem Blut, ... und der Gestank ...", Bergmann stockte.

„Ich kann mir denken, dass das kein schöner Anblick war für Sie. Wollen Sie sich kurz setzen?"

Bergmann nickte mit geschlossenen Augen und ließ sich auf einen Gartensessel, der am Baumstamm lehnte, fallen. Er war kreidebleich. Zwischenzeitig hatte der herbeigerufene Arzt die Leiche freigegeben und zwei Sanitäter trugen den in einen Leichensack verpackten Körper auf einer Bahre aus dem Haus. Doktor Schinagl, den alle Doktor Schiwago nannten, trat auf Krasberger zu und begrüßte ihn.

„Und, Herr Doktor, wiss' ma scho was?", fragte der Gruppeninspektor.

„Aber woher denn, vor der gerichtlichen Obduktion sind das nur Vermutungen, aber es schaut so aus, als ob er derschlagen worden wär. Die Wunde am Kopf war sicher tödlich. Der Schlag muss mit großer Wucht ausgeführt worden sein, vielleicht mit dem Golfschläger, der da gelegen is."

„Todeszeitpunkt?", Krasberger erntete für diese Frage einen mitleidigen Blick. „Also ungefähr wenigstens", setzte er daher schnell nach.

„Der Körper war bereits ziemlich verwest. Das geht bei den Temperaturen jetzt aber schnell. Vielleicht a Woche, kann aber auch schon länger her sein, wie gesagt, Genaueres erst nach der Obduktion."

„Danke!" Krasberger wandte sich wieder Bergmann zu, dessen Gesichtsfarbe ein wenig lebendiger geworden war.

„Oiso, Sie sagen, Herr Körbert hat da allein gelebt. Wissen Sie, ob es jemanden gibt, den wir verständigen sollen?"

„Na ja, genau kann ich das nicht sagen, aber soweit ich weiß, war er alleinstehend. Ich hab damals mit ihm den Preis ausverhandelt, da hat er auf meine Frage, warum er verkaufen will, gesagt, er hat niemanden, für den er das Haus erhalten kann. Ihm war es inzwischen zu viel Arbeit. Er wollte sich eine kleinere Wohnung kaufen und noch ein bisschen in der Welt herumkommen. Ja, das waren so seine Worte, in der Welt herumkommen, hat er gesagt."

Damit hatte Bergmann auch gleich die nächste Frage Krasbergers, die dieser im Anschluss gestellt hätte, beantwortet.

So fragte er: „Und Sie hätten das Haus abgerissen?"

„Natürlich, wir wollen ja hier etwas Neues bauen!"

Krasberger blickte sich in der ruhigen Straße um, die an beiden Seiten von Einfamilienhäusern mit kleinen Gärten gesäumt war.

„Und das zahlt sich aus? Ich meine, allzu groß werden Sie in dieser Gegend doch nicht bauen dürfen?"

Bergmann setzte eine geschäftige Miene auf.

„Von der Grundstücksgrenze her gehen sich mit einem zusätzlichen Stock vier Wohnungen zwischen 80 und 120 Quadratmetern aus. Die Etagenwohnungen bekommen großzügige Balkone, die im Erdgeschoß kleine Gärtchen. Eine Wohnung finanziert den Kaufpreis der Liegenschaft, die andere die Abbruch- und Entsorgungskosten, die dritte die Baukosten und die vierte ist unser Profit. Sind Sie interessiert?"

„Bedaure", antwortete Krasberger, dem seine Frau ohnehin ständig wegen einer Eigentumswohnung oder einem Gärtchen in den Ohren lag, „aber das übersteigt meine finanziellen Möglichkeiten sicherlich. Sie wissen, als Beamter kann ma keine großen Sprünge machen."

„Sagen Sie das nicht, da gibt es gerade für Bedienstete im Staatsdienst außerordentlich günstige Finanzierungsmöglichkeiten. Wenn Sie zum Beispiel für Ihre Wohnung ..."

„Stopp! Es reicht", reagierte Krasberger erzürnt. Seine Frau begann auch immer wie ein Bankbeamter am Kreditschalter zu argumentieren. „Ich brauche keine neue Wohnung. Außerdem, wer weiß, wann die hier fertig wird, jetzt nach alldem."

„Sie meinen doch damit hoffentlich nicht, dass es zu einer Verzögerung kommt. Wir haben hier schon die Baufahrzeuge abgestellt. Am Montag sollte mit dem Abriss begonnen werden."

„Des kennan S' vergessen. Da ist jetzt ein Baustopp verfügt. Wir haben da an Tatort und bis der Fall nicht geklärt ist, dürfen die Spuren nicht beseitigt werden."

„Sie glauben also, dass es ein Mord war?"

„I glaub gar nix, ich ermittle einmal." Er holte einen der Uniformierten herbei. „Ist die Spurensicherung scho fertig?" Der Polizist zuckte nur mit den Schultern, doch die Frage wurde durch das Erscheinen der Kollegen in den weißen Schutzanzügen von selbst beantwortet.

Krasberger schüttelte Bergmann die Hand. „Sie halten sich zu unserer Verfügung. Wir brauchen Ihre Aussage noch für's Protokoll. Der Kollege weiß eh, wo wir Sie erreichen können, oder?"

Reichhold nickte.

„Gut, dann schau ma uns des amal an!"

*

Mit Einbruch der Dunkelheit kehrte Martin müde und gezeichnet von den Gespritzten, die er sich in einer Mischung aus Wut und Frust genehmigt hatte, nach Hause zurück. Eine große Wohnung für sich allein. Der Schein der Hausbeleuchtung reichte ihm, zu erkennen, dass Korinek sein Vordach fertig montiert hatte. Jetzt kam ihm plötzlich die Stelle über seinem eigenen Eingang leer vor. Seltsam, dachte er, wie Wünsche durch den Besitz anderer genährt wurden. Er dachte an die vielen Vorkommnisse des heutigen Tages, die er zu ordnen versuchte. Auch die Ereignisse in letzter

Zeit wollten geordnet werden. Er musste unter die Dusche, sich von den vielen negativen Eindrücken reinigen. Das war zwar ein esoterischer Ansatz, dem er an sich keinen Glauben schenkte, doch der auf den Körper einwirkende Wasserstrahl hatte durchaus eine befreiende Wirkung. Das konnte selbst er nicht leugnen. Er hatte wieder das Bild im Kopf, als seine Freundin mit gepackten Koffern auf ihn gewartet hatte, nur um vor seinen Augen auszuziehen.

„Ich gehe, für immer. Wenn du mich gehen lässt, bist du ein Idiot, aber bitte", hatte sie ihn provokant herausgefordert. Er hatte sie gehen lassen.

Der heiße Schauer machte ihn noch müder. Er kletterte aus der Dusche und schlüpfte nach dem Abtrocknen gähnend in Boxershorts und T-Shirt. Er wollte schnell nach oben, um die Nachrichten anzusehen. Vielleicht gab es etwas Neues von dem Brand. Probst hatte dazu auch nichts anderes gewusst, als ohnehin bekannt war. Doch im Fernsehen kam keine Meldung. Man brachte nur etwas über den Streit in der Regierung, einen Mord in Oberlaa und die Ergebnisse eines Tennisturniers. Es war interessant, wie schnell die vorherigen Nachrichten von den nachfolgenden verdrängt wurden. Martin schaltete den Fernseher wieder aus und ging zum Radio. Vielleicht würde er im Wiener Lokalsender etwas davon hören. Doch es waren noch gut zehn Minuten, bis dort die Nachrichten anfingen. Er setzte sich auf das Sofa. Mit hoch gelagerten Beinen summte er die Melodie von Jovanottis „Ciao Mama" mit. Er dachte daran, wie er diesen Song zum ersten Mal in Italien gehört hatte. Der Campanile in Volterra fiel ihm ein. Die Toskanareise mit Erika, seiner damaligen Freundin. Mit geschlossenen Augen sah er rote Mohnfelder,

Olivenhaine auf ausgedörrtem Boden und Steingehöfte mit roten Ziegeldächern. Dann war er endgültig weggetreten. Nur die Bilder nahm er in seinen Traum mit. Der aus dem Radio tönende Nachrichtensprecher kam darin als ein die Speisekarte vorlesender Trattorienbesitzer vor.

Martin erwachte mit steifem Nacken gegen zwei Uhr nachts. Er hatte Kopfweh, das durchaus der nun gespielten Party-Musik zuzuschreiben war. Er nahm eine Tablette und ging zu Bett. Im Halbschlaf fiel ihm ein, dass er morgen die Zeitung vor der Türe suchen sollte. Immerhin hatte er ein Probe-Abo auf drei Monate gebucht, vergaß aber regelmäßig die Zeitung zu holen.

Ab der einsetzenden Dämmerung drang das leise Klatschen der Regentropfen an sein Ohr. Der obligate Regen beim Kirtag. Das Geräusch musste Martins Blase stimuliert haben. Entgegen seinem Habitus, den Sonntagvormittag im Bett zu verbringen, musste er den Weg auf die Toilette antreten – ob er wollte oder nicht. Denn hierbei handelte es sich um einen biologischen Zwang.

Jetzt, da er bereits munter, wenn auch nicht ausgeschlafen war, fiel ihm die Zeitung wieder ein. Er trat, so wie er war, in Boxershorts und Leibchen vor die Tür, wo er auf seine Nachbarin traf. Frau Pribil stand mit Regenschirm im Garten und goss die Kübelpflanzen, die sie dort aufgestellt hatte. Das war nicht nur nicht normal, sondern gar absonderlich, kam aber des Öfteren vor. Darauf angesprochen hatte sie Martin erklärt, dass der Regen von den Blättern abperle und nicht die Erde erreiche. Sie hatte Martin sofort in seinem Aufzug ausgemacht und bedachte ihn dafür mit einem indignierten Blick. Martin verschwand schnell wieder hinter seiner Tür und kehrte erst zurück, nachdem er sich einen Morgenmantel übergeworfen hatte. Frau Pribil war aber bereits wieder weg. Wie ein böser Geist suchte sie ihn immer dann heim, wenn er überhaupt nicht damit rechnete. Jetzt war die Luft rein. Er suchte die Zeitung, konnte sie aber nirgends sehen. Er machte einen Schritt hinaus in den Regen. Er wünschte sich, eine von Frau Pribils Pflanzen zu sein, dann würden die Tropfen von ihm abperlen und ihm nicht auf den Kopf wascheln. Ob vielleicht ein Nachbar …? Er erweiterte seinen Suchradius um den Eingangsbereich der anderen Eigentümer. Sofort machte er das Blatt vor Korineks Eingang aus. Er huschte hin und nahm die Sonntagsausgabe an sich. Der Irrtum des Zustellers war eigentlich gar kein Nachteil gewesen, dachte er, denn das Druckwerk war unter dem Glasvorsprung Korineks trocken geblieben. Im Gegensatz zu ihm, der durch den Regen gehuscht war. Er kehrte mit seiner Beute in die Wohnung zurück und musste das nasse Haar trocken reiben.

Endlich saß er dann mit einer Tasse Kaffee am Tisch und nahm sich die Zeitung vor. Bereits die Kurzmeldung auf der Titelseite ließ ihn auffahren. Es hatte bei dem Brand einen Toten gegeben. Martin blätterte schnell zum Regionalteil weiter. Der Knecht des Weinguts, Erwin Bogensberger, der im alten Teil des Heurigen gewohnt habe, sei laut übereinstimmender Aussage Fadingers und der Enkelin des Knechts seit dem Abend vor dem Brand nicht mehr gesehen worden. Trotz höchster Gefahr hätten Feuerwehrleute daraufhin in den Trümmern des völlig zerstörten Gebäudes zu suchen begonnen. Martin musste einen Schluck von seinem Kaffee trinken. Er las weiter. Man sei bald auf eine verkohlte Leiche gestoßen. Damit sei es traurige Gewissheit, dass zumindest ein Mensch den wütenden Flammen zum Opfer gefallen sei. Jetzt sei es Sache der Brandsachverständigen, die Ursache des Feuers herauszufinden. Martin dachte an die Worte seines Onkels. Der Besitzer, Ökonomierat Fadinger, habe ausgesagt, dass sein Knecht, der aufgrund seines Alters nur mehr ab und zu im Betrieb aushalf, es am Abend immer übernommen habe, den Brennspiritus für die Windlichte persönlich nachzufüllen. Bogensberger galt trotz seines Alters noch als passionierter Raucher, der sich seine Zigarette vor dem Schlafengehen von niemandem habe ausreden lassen. Natürlich war das ein gefundenes Fressen für die Journaille, die sofort ihre Schlüsse zog.

Martin versuchte sich das Bild Bogensbergers in Erinnerung zu rufen, schaffte es aber nicht. Der Alte war meist irgendwo bei der Schank oder dem Buffet im Hintergrund geblieben. Nur schemenhaft entstand eine Vorstellung.

Abermals machte sich Martin wenig später zur Brandstätte auf. Der Regen war in ein leichtes Nieseln übergegangen. Die Kirtagsbesucher ließen sich vom Wetter aber nicht abhalten. Sie hatten die Kapuzen ihrer wasserabweisenden Wanderjacken übergestülpt. Oder sie versteckten sich unter Schirmen. Deren unterschiedlich kolorierte Bespannung ergab ein buntes Meer in den belebten Gässchen.

Als Martin die Neufrieder Hauptstraße erreicht hatte, musste er ein wenig warten. Die Feldmesse, die im Garten eines der Buschenschanken abgehalten worden war, war eben beendet. Die „Hiatabuam" warteten auf der Straße vor dem Lokal, den an einen Maibaum erinnernden „Hiata-Baum" geschultert, um diesen aus seiner Rinde geschälten Stamm an seinen Bestimmungsort zu bringen. Ein über die Schulter gebreitetes Geschirrtuch sollte den Hemdstoff vor dem Harz schützen.

Martin war gespannt, wer im heurigen Jahr diese Auszeichnung erhalten würde. Auch die Gruppe um die Hauerkrone wartete auf das Signal zum Abmarsch. Endlich ertönte der heisere Sprechgesang des am dritten Tag der Veranstaltung bereits schwer gezeichneten Festredners und der Zug setzte sich in Bewegung. Martin folgte.

Schwerfällig wie ein in die Jahre gekommener Bandwurm schlängelte sich die Truppe die gewundene Straße entlang. Der Marsch dauert nicht lange. Bereits vor dem Zinnenstüberl gab es einen Halt. Schnell auf die Straße getragene Heurigenbänke dienten als Lagerstätte des langen Baums, an dem gut zwanzig Männer zu tragen hatten. Martin mutmaßte, dass die hier vorhandene Engstelle den Zug zu einer Pause zwang, doch die bald herumgereichten Weinkrüge belehrten ihn eines Besseren. Die erste Rast. Schon klickten Feuerzeuge und wurde gierig an Glimmstängeln gezogen. Martin wunderte sich nicht, dass, von den Weinbauern als den ursprünglichen „Einheimischen" abgesehen, vor allem Ärzte in diese Gegend gezogen waren. Auch wenn Alkohol und Nikotin die halbe Menschheit hinraffte, versorgten diese Laster umgekehrt beinahe den gesamten Ärztestand. Auch die dem Alkohol zugeschriebenen Unfälle waren ein nicht zu unterschätzender Wirtschaftsfaktor: Gutachten über den Grad der Berauschung mussten erstellt werden, Anwälte machten Schadenersatzforderungen geltend und Strafverteidiger baten um Verständnis für die von diesem verführten Missetäter. In seiner Anlage wohnte ja mit dem Herrn Doktor Votava auch ein Anwalt, fiel Martin in diesem Zusammenhang ein.

Martins weitschweifige Gedanken wurden von der einsetzenden Musik unterbrochen. Man bedankte sich mit einem Tusch für die Labung. Schnell war der Baum wieder empor gehievt, die Bänke weggezogen, und der Umzug kam erneut in Gang. Der Weg dauerte jedoch nicht lange. Gerade noch um eine Kurve kroch der Menschenwurm, dann hatte er sein Ziel erreicht. Der Baum wurde im Erdreich vor dem Weingut Fadinger mit Keilen in der Erde verankert und dann von den kräftigen Männern mit einem Seil emporgezogen.

Martin war verwundert. Nicht darüber, dass man Fadinger damit die Ehre gewährte, ein Jahr lang als oberster Weinhüter ausgezeichnet zu sein. Er wunderte sich über Fadingers Erscheinung. Dieser stand mindestens so fest da wie der ihm dargebrachte Baumstamm, wirkte kein bisschen geknickt oder gezeichnet von den Ereignissen der Vortage. Lediglich das vom Polizeiband abgesperrte Frostbachl-Gässchen kündete davon, dass hier vor zwei Tagen beinahe der halbe Ort hätte abbrennen können. Martin streckte sich, um die vor ihm stockende Menge übersehen zu können. Chancenlos von hier aus einen Blick auf die Überreste des Holzgebäudes zu ergattern. Der vordere Teil der Heurigenschenke schien sogar trotz des Unglücks für Publikum geöffnet zu sein. Fadinger wollte sich allen Geboten der Pietät zum Trotz das Geschäft am Kirtag offenbar nicht entgehen lassen.

„Markus, hallo!"

Martin hörte jemand seinen Vornamen rufen. Nicht viele kannten die in seiner Geburtsurkunde eingetragene Form.

„Da hinten!"

Martin kämpfte sich bis zu der Stimme durch. Dazu musste er die Schar der Zuseher wie einen aus Gestrüpp gewachsenen Zaun teilen. Links vorbei, rechts vorüber, mit den Händen als Werkzeug und mit „Gestatten Sie“ und „Entschuldigung“ gelang es ihm endlich bis zu dem Rufer zu gelangen. Onkel Alfred!

Der grinste ihn an und sagte: „Na endlich! Du bist mir vielleicht ein Detektiv. Vielleicht wärst bei deine Leichen besser aufg'hoben, die ham mehr Zeit ois wia die Lebenden.“

„Onkel Alfred! Was machst du denn da?“

„No anschaun wü i ma die Szenerie, du host mir jo gar nix derzählt!“

„Du, da gibt es nichts zu erzählen. Ich weiß doch auch nicht mehr als das, was in den Nachrichten kommt.“

„Siechst es! Da hob i scho wieda was Neichs! Ned aus die Nachrichten, des hob i selber rausgefunden. Vielleicht soit i den Detektiv geb'n, und du gehst wieda am Friedhof z'ruck! Ha Ha!“ Das war das Lachen, das Martin nicht ausstehen konnte. Er hätte seinen besserwisserischen Onkel am besten stehen lassen und sich um seine Belange kümmern sollen. Er hatte noch zwei Rechnungen an Klienten zu schreiben. Umgekehrt hatte der spöttische Verwandte Martins Neugier geweckt.

Er sagte: „Bitte, fang nicht schon wieder damit an! Sag mir lieber, was du herausgefunden hast.“

„Gut, wenn du mich so fragst“, bemühte sich der Onkel plötzlich um ein hochsprachliches Idiom. Das musste ein Relikt aus Versicherungstagen sein. Denn in dienstlichen Belangen hatte sein Onkel nämlich sehr wohl nach der Schrift zu sprechen gepflegt. Also schloss Martin daraus, dass er zumindest etwas Halboffizielles in Erfahrung hatte bringen können.

Alfred begann zu erklären: „Ich bin schon vor einer Stunde gekommen, da war da noch nicht so viel los wie jetzt. Ich hab gesehen, dass die Polizei alles abg'sperrt hat. Plötzlich schlupft einer unter dem Band durch, den ich von früher kenn. Der ist ein Sachverständiger. Ich bin ihm gleich nach und hab ihn gerufen. Also eigentlich hab ich nur „Hallo" gerufen, weil an den Namen hab ich mich nimmer erinnern können. Er sich aber an mich. Er hat mich begrüßt und mich gefragt, ob ich den Fall bearbeiten werde. Stell dir vor, der hat sich doch tatsächlich an mich erinnern können, der ..., der ... Jetzt hab ich den Namen schon wieder vergessen, aber wart, er hat mir seine Visitkarte gegeben." Er kramte das Stück aus seiner Gesäßtasche hervor und las ihn ab: „Ach ja, Ing. Negrosek, ja, so heißt er", bestätigte der Onkel das eben Gesagte eher für sich.

„Ja und? Schön, dass du einen Bekannten getroffen hast, aber was willst du mir jetzt eigentlich sagen?", wurde Martin ungeduldig.

„Schau, der Negrosek soll den Brand untersuchen. Das wird aber erst am Dienstag sein, weil morgen geht ja noch der Kirtag. Wenn also der jahrmarktmäßige Rummel vorbei ist, kann man die Untersuchung beginnen."

„Das bedeutet, du hast also auch nix Neues herausgefunden. Willkommen im Klub der unwissenden Detektive."

„Geh, red' ned so bled daher! Was heißt, nichts herausgefunden?" Er wachelte mit der Visitkarte triumphierend durch die Luft, als würde es sich dabei um das Unterhöschen von Monica Bellucci oder eine ähnlich heiß begehrte Trophäe handeln.

„Die hier ist Gold wert, Nograsek wird mir in seinem Glauben, ich würde den Fall für die Versicherung bearbeiten, sicher seine Ergebnisse verraten und mit mir gemeinsam Rückschlüsse zum Hergang ziehen."

„Na wenn du dich da nicht auf dünnes Eis begibst", zweifelte Martin.

Der Onkel lachte auf, dann verfiel er in einen Tonfall, mit dem man sonst zu Kindern spricht: „Tschapperl! Wir ham August, do gibt's ka Eis. Nur ans zum Schlecken."

Martin hasste diese selbstgefällige Überheblichkeit. Er suchte nach einem Grund, sich dieses Gespräch länger anzutun, fand aber keinen.

Barsch fragte er: „Gibt's sonst noch was? Weil ich hab genug zu arbeiten."

„Du hast was zu tun? Erzähl mir nicht, eine verführerische Blondine hätte dich beauftragt, ihren verschwundenen Mann zu suchen!"

„Nein, das nicht, aber ..."

„Wohl eher die Katze."

„So lass mich doch endlich ausreden! Ich bekomme ein Vordach und da muss ich noch ein paar Maße nehmen."

„A Vordach?", wiederholte der Onkel nachdenklich, „das scheint ganz praktisch zu sein, is' sicha a guade Idee. Na, do ned so bled, mei Bua."

"Ich bin nicht dei Bua", protestierte Martin, der allerdings leuchtende Kinderaugen bekam, als sein Onkel ein rotes Plastikfigürchen aus seiner Hosentasche hervorzauberte und es auf der flachen Hand präsentierte.

„Robin! Wie hast du das geschafft?" Es handelte sich um die Figur des Robin Hood aus dem gleichnamigen Walt Disney Comic, die 1978 in ganz ausgesuchten Überraschungseiern zu finden war.

„I hob do' g'sogt, dass i da so meine Kontakte hab."
Martin strahlte. „Onkel, du bist ein Schatz!"

„I waß!"

„Was willst denn trinken?"

„Na endlich is' er g'fallen, der Groschen! Auf de Frog wort' i scho' de ganze Zeit!"

Martin legte seinen Arm auf die Schulter seines Verwandten und die beiden warfen sich ins Getümmel.

4. Krasberger fand den Obduktionsbericht auf seinem Schreibtisch vor. Endlich wieder ein ordentliches, forensisches Gutachten. Nach langem Tauziehen hatte man das Institut für Gerichtsmedizin in der Sensengasse wieder zu neuem Leben erweckt. Die vom Spargedanken getragene Idee, die Untersuchung von Todesfällen an die pathologischen Abteilungen der Spitäler zu übertragen, hatte sich als nicht zielführend erwiesen. Zu wenige Verbrechen wurden damals entlarvt. Doch auch jetzt regierte der Rotstift, wenn es um aufwändige Verfahren ging. Alles was über das normale Prozedere hinausging, musste gesondert bewilligt werden. Nicht alle Toten bekamen Sonderklasse.

Warum sollte nur bei der Polizei gespart werden, sagte er sich zum Trost. Das Sinken der Aufklärungsrate bei Kapitalverbrechen gegen Leib und Leben konnte verschiedenste Ursachen haben. Gestrichene Überstunden zum Beispiel. Wenigstens konnte er deswegen seiner Frau sein mageres Salär entgegenhalten, wenn es um eine neue Wohnung ging.
Krasberger blätterte in dem Bericht.

Der Schlag auf den Kopf war mit Sicherheit sofort tödlich gewesen.

Der Mörder musste daher sehr kräftig sein oder er hatte die richtige Technik oder, so sinnierte der Gruppeninspektor weiter, die richtige Wut.

Man hatte weiter die üblichen, für den ungeübten Magen ungustiösen Untersuchungen an dem Toten gemacht. Den Magen, die Eingeweide und das Hirn ausgeräumt. Der Mageninhalt war bereits soweit verdaut gewesen, das man kaum etwas davon hatte bestimmen können. Der Bericht sagte damit zumindest aus, dass das Opfer länger nichts gegessen hatte. Auch die feinen Verletzungen im Analbereich ergaben im Moment keinen brauchbaren Anhaltspunkt. Dafür stach Krasberger ein anderes Detail ins Auge: Das Opfer war schwer erkrankt. An Blutkrebs. In diesem Zustand, so sprach der Bericht weiter, hätte es nur mehr wenige Monate zu leben gehabt. Und nicht einmal diese kurze Zeit war ihm vergönnt gewesen, dachte Krasberger, dem das Bild des toten Mannes, wie er so in der Küche hingestreckt gelegen hatte, in trauriger Erinnerung geblieben war. Kein Wunder, dass er sein Haus hatte verkaufen wollen. Krasberger würde es wahrscheinlich auch so machen: Schnell den Besitz versilbern und die letzten Momente des Lebens aus vollen Zügen genießen. Reisen, gut essen und so. Er hoffte, dass er nie in die gleiche Situation kommen würde, vor derart endgültige Entscheidungen gestellt zu werden. Aber er hatte ohnehin kein Haus zu verkaufen.

Inspektor Reichhold betrat das Büro seines Vorgesetzten. Er reichte ihm eine Klarsichtmappe.

„Was ist das?"

„Das ist der Bericht der kriminaltechnischen Untersuchung."

„So schnell? Wir haben erst Montag, und jetzt is der Bericht scho da?“

„Sie haben doch gesagt Presto!, also habe ich ein wenig Druck gemacht.“

Krasberger dachte an den letzten Samstag zurück. Der Wunsch nach Beschleunigung war auf die Spurensuche im Haus gerichtet gewesen, nicht auf den Fall an sich. Dem bemaß er keine besondere Bedeutung zu. Er hatte lediglich verhindern wollen, unnötig Zeit zu verlieren, damit er zumindest den Nachmittag für Freizeitaktivitäten hatte nutzen können. Er und seine Frau waren dann nach Neufried gefahren. Er hasste an sich diesen Jahrmarktsrummel, doch seine Frau hatte den eindringlichen Wunsch verspürt, die Brandruine des abgebrannten Heurigen sehen. Das war die eigentliche Attraktion am Kirtag gewesen. Krasberger lenkte seine Gedanken zu dem Fall zurück. Er nahm die Mappe entgegen.

„Eigentlich schlimm, wie brutal die Leut’ bei an Bruch mittlerweile vorgehen.“

„Wie bitte?“, fragte Reichhold.

„Nichts, ich hab nur laut ’dacht.“ Gruppeninspektor Krasberger war die Idee gekommen, der Mord könnte auch der Totschlag eines überraschten Einbrechers gewesen sein. Es galt nicht nur in Polizeikreisen als allgemein bekannt (dafür sorgte schon so manches Massenmedium), dass manche Banden auch nicht vor dem Einsteigen in bewohnte Häuser zurückschreckten. Es hatte wiederholt ein für den Hausbesitzer schmerzhaftes Aufeinandertreffen mit derart ungebetenen Gästen gegeben. Aber erschlagen wurde dabei noch niemand.

„Gut, wenn's nur ein Gedanke war, weil so kann's nach dem Bericht nicht gewesen sein."

„Wie meinen Sie das?", wollte Krasberger wissen. Ihn interessierte, wie Reichhold zu diesem Schluss kam.

„Lesen Sie erst einmal den Bericht. Aber so viel vorweg: Nichts deutet auf ein gewaltsames Eindringen hin. Spuren von einem Kampf haben wir auch nicht gefunden."

„Kein Kampf? Die Leiche reicht wohl nicht?", unterbrach Krasberger.

„Ja, schon, aber nichts deutet darauf hin, dass es eine Auseinandersetzung gegeben hat. Keine umgestürzten Möbel, kein zersprungenes Glas, keine zu Boden gefallenen Gläser, Zeitschriften oder sonst irgendwas, ich denke halt so an die üblichen Spuren."

Reichhold hatte recht. Das Haus war in penibler Ordnung gehalten gewesen. Lediglich die Küche hatte einem Schlachtfeld geglichen.

„Und was ist mit der Küche, ich mein', wenn S' den Bericht eh schon kennen?"

„Da haben Sie natürlich Recht. Das mit der Küche ist interessant. Da wurde auf Teufel komm raus gekocht. Italienisch vornehmlich. Also Pasta, Tomatensoße, Knoblauch, Kapern, Oliven. Das alles war in den Resten am Geschirr zu finden. Da hat wohl wer Hunger gehabt."

„Sicher nicht das Opfer, der war nämlich nüchtern. Mein Wissensvorsprung, göll?" Krasberger hielt Reichhold den Obduktionsbericht hin. Er fragte weiter: „Ham wir DNA gefunden?"

„Sicher, jede Menge. Auch an Fingerabdrücken hat es nicht gemangelt. Aber kein Treffer in den Datenbanken.

Wenn die genetischen Abdrücke vom Täter stammen, dann haben wir bisher noch nicht seine Bekanntschaft gemacht."

Krasberger überlegte. Wie so oft begann die Suche nach dem Täter mit der Suche nach einem Motiv. Warum wird ein älterer Mann, der offenbar alleine lebt, todkrank ist und daher sein Hab und Gut versilbert, erschlagen?

„Wir müssen noch das Umfeld überprüfen. Ob er wirklich ganz alleine war. Vielleicht gibt es ja doch jemanden."

„Den großen Unbekannten?"

„Ja, oder die große Unbekannte!"

Krasberger sprach damit den Umstand an, dass die meisten Gewaltverbrechen Beziehungstaten waren. Dafür sprach die Wucht, mit der der Schlag ausgeführt worden war. Dazu gehörte Kraft oder eben Emotion.

„Ich hab den Cerny und die Sebera hingeschickt. Die sollen sich bei den Nachbarn umhören."

„Wir werd'n dann aber a no hinfahren, aber wart' ma amal ab, was die Kollegen so herausfinden." Es hatte sich nämlich bewährt, die ersten Befragungen durch uniformierte Polizisten machen zu lassen. Nicht, dass man den in der Staatstracht auftretenden Beamten mehr Ehrfurcht entgegengebracht hätte – der breitschultrige Krasberger war mit seinen fast hundert Kilo bei über eins neunzig auch in der Badehose eine Respektsperson –, aber man konnte als leitender Beamter so schneller den Mist, wie Klatsch und Vernaderungen, ausfiltern. Wer etwas zu sagen hatte, bekam dann in der Folge Besuch vom Gruppeninspektor.

Der hatte nun eine Idee für ein Motiv: „Hat die Baufirma, die das Haus gekauft hat, eigentlich dem Körbert schon das Geld überwiesen g'habt?"

„Das können Sie gleich den Bergmann fragen. Ich hab ihn für zehn Uhr herbestellt."

„Gut, Reichhold, sehr gut! Das wär' natürlich schon ein Motiv. Vielleicht hat er ja den Banken misstraut und das Geld irgendwo daheim g'habt."

Krasberger blickte auf die Uhr. Es war kurz nach halb zehn.

„Kumman S', wir zwei Hübschen gengan uns jetzt einen Kaffee hoin, bevor der Bergmann kommt", lud er seinen Untergebenen ein.

Martin war mittlerweile kirtagsmüde. So lustig es auch sein mochte, sich jeden Abend bei Probst volllaufen zu lassen, so anstrengend war es auch. Natürlich war er mit seinem Onkel „picken" geblieben. Zunächst hatten sie sich ins Getümmel gestürzt. Sogar beim Fadinger hatten sie was getrunken. Der Brand war natürlich unter den Gästen das Gesprächsthema Nummer eins gewesen. Überschlagen hatten sie sich alle mit den Mitleidsbekundungen. Als Zeichen der Solidarität soffen sie halt beim Fadinger. Es war so ein Art Charity-Aktion, der Alkoholkonsum schien plötzlich sinnvoll, diente einem guten Zweck. Halt nicht „Licht ins Dunkel", sondern „Saufen für die Asche". Wie an den Vortagen war er dann bei seinem Freund Probst hängen geblieben. Da hatte dann sogar der Onkel aufgeben müssen. Mit seinem Lieblingswirt hatte er dann noch die halbe Nacht sinniert: über das weitere Schicksal des abgebrannten Bauwerks. Ob Fadinger es wieder aufbauen würde. Ob er überhaupt versichert war. Was sonst mit dem Grund passieren würde. Ein Zubau, ein Gastgarten? Ein Weingarten? Von den dort gepflanzten Weinstöcken waren sie zu den Weintrauben gelangt, über diese zum gekelterten Lebenselixier, das sie sogleich wieder der Reihe nach durchgekostet hatten: Gemischter Satz, Veltliner, Muskateller und Riesling. Zweigelt, Blauburger und eine Cuvée aus Cabernet mit Merlot. Zum Drüberstreuen noch die gebrannte Version: ein, zwei Tresterbrände, mehr sicher nicht.

Martin trat am letzten Tag des Kirtags den beinah schon zur Routine gewordenen Gang an: Zuerst aufs Klo, dann ins Bad, das Gesicht mit kaltem Wasser waschen und dann schnell ein Glas Wasser für die Aspirintablette. St. Aspirinius, der Schutzpatron der Trankler und Quartalssäufer. Gott sei Dank, dachte Martin, dass heute der letzte Tag dieses die Leber vor eine harte Prüfung stellenden Festes war.

Im Wohnzimmer ließ er sich aufs Sofa fallen. Er schloss die Augen und rümpfte die Nase. Wahrscheinlich war er gestern Abend zu angeheitert gewesen, um noch zu duschen. An sich für einen allein lebenden Mann kein allzu großer Fehler und immer noch besser, als im Suff in der Dusche auszurutschen und sich das Genick zu brechen. Seine Gelenke schmerzten ihn. Auch der Magen. Unverkennbares Zeichen einer Übersäuerung. Dagegen half auch kein Süßwein, sondern nur Abstinenz oder eine Magentablette. Abermals der schlurfende Gang eines geprügelten Hundes zum Apothekenschrank. Wenn das Sodbrennen dank der frei erhältlichen Arznei aufgehört haben würde, könnte er endlich einen Kaffee trinken und danach unter die Dusche klettern. Ohne Koffein war ein Unfall im Bad durch plötzlich auftretendes Umkippen nicht von vorneherein auszuschließen. Er wollte zur Espressomaschine.

Das Telefon läutete. Wahrscheinlich der Onkel. Nach dem gestrigen Gelage würde er wahrscheinlich gut gelaunt vermelden, dass er sich ausgezeichnet fühle und überrascht tun, wenn Martin ihm erzählte, wie beschissen es ihm gehe. Das machte er ganz gern: mit seiner unglaublichen Erholungsfähigkeit nach nur wenigen Stunden Schlaf prahlen. Hätte er nicht meist ein probates Hausmittel gegen den Kater parat, niemand würde sich seinen Hohn antun. Da er dann aber plötzlich immer, nachdem er seine Spitzen abgefeuert hatte, auf mitleidig tat, dankte man ihm für den hilfreichen Tipp meist seinen Anruf.

Ohne sich namentlich zu melden, nahm er das Gespräch entgegen:

„Hallo, was willst du?"

„Hallo? Bin ich da richtig bei Martinec?"

Eine ihm unbekannte Frauenstimme hatte diese Frage gestellt.

„Ja, wieso?"

„Guten Morgen, mein Name ist Simlinger. Ich rufe an vom Finanzamt 9/19. Ich bin zuständig für Ihre Veranlagung."

Martin war von diesem Anruf überrascht. Aber wenn das Finanzamt etwas von einem wollte, sollte man besser nicht allzu freundlich sein. Damit erweckte man womöglich den falschen Eindruck, dass man ein schlechtes Gewissen hatte. Diese Verhaltensregel hatte er in den wenigen Jahren seiner Selbständigkeit schnell gelernt.

„Und, was wollen Sie? Ich habe doch einen Steuerberater. Der kann Ihnen sicher weiterhelfen."

„In diesem Fall nicht, sonst würde ich Sie nicht belästigen müssen."

Belästigen? Hatte die Finanzbeamtin tatsächlich belästigen gesagt? Das waren anscheinend die neuen Töne im Sinne einer besonderen Bürgernähe. Ein Grinsen hob seine Mundwinkel. Er saß da, ausgestreckt am Sofa, in Shorts und T-Shirt, und kratzte sich genüsslich am Hoden. Derartige Situationen bestätigten seine Einschätzung, wonach die Bildtelephonie sich nie würde durchsetzen können. Martins Tonfall wurde nun ein wenig umgänglicher.

„Nein, nein. Sie belästigen mich doch nicht. Um was geht es denn?"

„Ich habe Ihre Honorarnoten da liegen. Die sind alle von einem Marco Martin ausgestellt. Laut meinen Unterlagen heißt der Steuerpflichtige aber Markus Martinec. Können Sie mir das erklären? Ihr Steuerberater hat mir da gar nicht weiterhelfen können."

„Nun ja", räusperte sich Martin, „Sie müssen wissen, dass ich dachte, dass die Angabe der UID-Nummer das Entscheidende ist."

„Ja, aber die UID passt nicht zu dem bei uns geführten Namen."

„Ich habe ihn, äh ..., also, ich habe ihn modifiziert. Aus Marketinggründen. Ich habe da so ein Seminar gemacht, über die Wirtschaftskammer, wissen Sie, also, da hat man uns erklärt, wie wichtig die Marke ist. Ich dachte, nachdem ich eher die betuchte Klientel ansprechen will, ist so ein klingender „Künstlername" besser. Ein Bekannter von mir hat ein Restaurant in einem Golfclub, also der hat mir eigentlich den Tipp gegeben. Der hat gemeint, dass ich mit dem Martinetsch vielleicht die Kunden verschrecken könnte. Der hat mich auch eine Zeit lang bei sich, wie soll ich das ausdrücken ..., also, der hat mich an meine ersten Kunden vermittelt. Bei einem Kaffee oder einem Glaserl Wein hat er mich den Grafen,

Generaldirektoren und wer halt so aller bei ihm verkehrt, mit all deren Problemen vorgestellt. Sie haben ja gar keine Vorstellung, über was sich so reiche Leute sorgen müssen."

„Ich hab' auch nicht die Zeit dazu", reagierte die Frau am anderen Ende der Leitung bissig. „Sie, ich brauch das schriftlich. Haben Sie die Namensänderung amtlich?"

„Nein, ich weiß nicht, wozu das ...", gab Martin zur Antwort. „Wie gesagt, schriftlich brauch ich das schon, ich kann Ihnen aber nicht versprechen, dass das so einfach geht, das mit dem Namen ändern, ts ts ... Sie waren doch früher gar nicht als Detektiv tätig, Sie waren doch, ... warten Sie, ich hab's gleich ...", durch den Hörer drang das Klappern der Tastatur.

„Bestatter, ja, ich war Bestatter!", platzte es aus Martin heraus, der seit geraumer Zeit darum bemüht war, diesen Teil seines Erwerbslebens zu verdrängen. Zu viele Tote waren durch seine Hände gegangen. Er hatte sie gewaschen, geschminkt und sie für den letzten Gang hübsch gemacht. Dabei war seine Seele immer mehr verödet. Er hatte den Tod zu seiner Routine gemacht und darüber sein Leben vergessen.

„Ah ja, da hab ich's eh, also da haben Sie noch Martinec geheißen. Da gab's also keine Probleme mit dem Namen?"

„Den Toten war's wurscht und die Verwandten waren von der Trauer meist zu betäubt, als dass sie ihn sich gemerkt hätten. Aber davon will ich nichts mehr wissen!", Martin dachte an die vielen Honorarnoten. Nicht an die, die er geschrieben hatte, sondern die, die er von seinen Therapeuten erhalten hatte.

Frau Simlinger räusperte sich. Auch sie gehörte offenbar zu jenen Personen, die nur ungern am Tod und allem, was damit zu tun hatte, anstreiften.

„Sie müssen mir da was schreiben, gelt? Aber versprechen kann ich Ihnen nicht, ob das mein Vorstand so akzeptieren wird, ja?"

„Geht in Ordnung, danke für Ihren Anruf."

„Warten Sie, da wäre noch was!"

„Was denn noch?"

„Ihre Jahreskarte können Sie aber nicht absetzen, das gehört schon in den Privatbereich, verstehen Sie?"

„Wieso? Was glauben Sie, wie oft ich jemanden im Bus oder in der U-Bahn observieren muss? Das ist sozusagen mein Arbeitsplatz. Ein Arzt kann ja auch seine Ordination absetzen. Oder denken Sie an einen Anwalt! Was ist mit dem seiner Kanzlei?"

„Hören Sie, da gibt es doch einen Unterschied zwischen den Geschäftsräumlichkeiten eines Akademikers und einem Fahrschein! Außerdem gibt es zu den Arbeitsräumen einen Erlass, der auf ein öffentliches Verkehrsmittel so überhaupt nicht passt", belehrte die Finanzbeamtin Martin, der mittlerweile bereit war, klein beizugeben. Die Diskussion lief nicht unter der Bedingung der Waffengleichheit ab. Martin war sich sicher, dass Frau Simlinger ihren Kaffee vor sich am Schreibtisch stehen hatte, während er dieses Gespräch noch immer mit ungestillter Sehnsucht nach seinem Espresso führen musste.

„Ich klär das noch mit meinem Steuerberater, aber wenn Sie das sagen, wird es wohl so sein. Danke jedenfalls für die Info. Einen schönen Tag noch!"

„Ihnen auch. Aber jetzt habe ich noch eine Frage, privat, also nicht für Ihren Steuerakt."

„Nämlich?"

„Was verlangen Sie so am Tag?"

Das konnte natürlich auch eine Fangfrage sein, mit der die listige Finanzerin prüfen wollte, ob er seinen Verdienst korrekt angegeben hatte.

Sie versuchte seine Zweifel zu zerstreuen: „Sie müssen es mir auch nicht sagen. Mein Interesse ist rein privat!"

„Sie haben ohnehin meine Honorarnoten vor sich, da sehen Sie meinen Tagessatz", war die ausweichende Antwort Martins.

„Hihi", kicherte Frau Simlinger verlegen, „wenn's nur so einfach wäre. Aber seit wir den elektronischen Akt haben, ist das alles nicht mehr so easy. Alles nur mehr im Metadatenbereich abgelegt, die Dokumente sind nur mehr als Attachements archiviert und extra über einen anderen Server aufzurufen. Wenn der nicht gerade gewartet wird oder einen Time-Out-Konflikt meldet."

„Dreihundert Euro plus Spesen, netto!", versuchte Martin die langwierige Erklärung der Simlinger abzuwürgen. Zumal er ohnehin kaum ein Wort verstanden hatte. Auf Computerkriminalität sollte er sich besser nicht spezialisieren.

Schweigen.

„Frau Simlinger?"

Er erkannte an deren Schweigen, dass er seine Gesprachspartnerin mit dieser Forderung im wahrsten Sinne des Wortes überfordert haben musste. Das passierte ihm regelmäßig: Zunächst ein hochnäsiges Nasenrümpfen, wenn er sich als Privatermittler outete. Doch dann ein ehrfurchtsvolles Staunen, wenn er seinen Verdienst nannte. Der ihm auch anstandslos bezahlt wurde. Meist mit Bonus, bei Erfolg. Und den hatte er oft. In den Kreisen, für die er seine Erhebungen durchführte, war Diskretion das Wichtigste, solange man nicht wusste, in welche Richtung die Untersuchung führte. Schnell konnte sich so etwas gegen einen selbst oder seine Liebsten verkehren. Da war es besser, jemanden zu haben, den man zur Not auch mit Geld an die Leine nehmen konnte. Nach Abschluss der privaten Investigation konnte man immer noch die Polizei einschalten. Pikant war in diesem Zusammenhang daher als Detail am Rande, dass ihn gerade der Vorwurf, er habe seine Geheimhaltungspflicht verletzt, seinen früheren Job gekostet hatte.

„Entschuldigen Sie, ich musste ein wenig nachdenken", meldete sich die öffentlich Bedienstete zurück. „Ich weiß ja, wie ich Sie erreichen kann. Danke! Auf Wiedersehen."

Martin verabschiedete sich ebenfalls. Er beendete das Gespräch mit dem Gedanken, wie ungenau manche Floskeln eingesetzt wurden. Würde er auf Frau Simlinger in Person treffen, wäre das kein Wiedersehen, sondern ein echtes Kennenlernen.

Die Diskussion eben hatte zumindest das Gute an sich gehabt, dass Martin ein wenig von seinem Kater abgelenkt worden war. Jetzt war es aber Zeit, endlich unter die Dusche zu gehen. Was aber noch weniger Aufschub als die Körperpflege duldete, war das Verlangen nach Koffein. Martin heizte die Espressomaschine auf, während er ein wenig des fein gemahlenen Pulvers in den Siebträger füllte. Die Anzeige signalisierte bald, dass Temperatur und Druck stimmten. Er legte den Hebel um und drückte den Knopf. Martin holte aus der Kredenz eine Tasse. Er verharrte vor dem geöffneten Schrank. Mit den Fingern strich er über das Porzellan von Sandrines Lieblingstasse. Er hatte sie immer noch an ihrem angestammten Platz stehen. Er schob sie nach hinten.

Gurgelnd presste die Maschine ein tiefschwarzes Gebräu heraus, das sich wie an einem Faden in die Tasse ergoss. Macchiato oder schwarz? Der säuerliche Geruch der Milch nahm Martin die Entscheidung ab. In kleinen Schlucken schlürfte er das bittere Getränk. Bitter allerdings nur für den Uneingeweihten. Der Kenner schmeckte bei der von Martin zubereiteten äthiopischen Hochlandmischung dunkle Schokoladenoten im Aroma, fühlte sich an Sandelholz erinnert und verglich die Bitterstoffe mit frisch vom Baum gepflückten Mandeln.

Es läutete an der Tür.

Hoffentlich nicht der Onkel, dachte Martin.

Hoffentlich auch kein Kunde. In diesem Aufzug wäre er eine schrullige Erscheinung. Was seinen Klienten recht und billig war, konnte er sich als deren Lohnempfänger noch lange nicht leisten. Das war das Seltsame an dieser Gesellschaft: War einer Millionär oder Künstler, was sich ja nicht ausschloss, verzieh man ihm ganz gern Absonderlichkeiten. Man tat das verständnisvoll als Spleen ab. Dieser galt in manchen Fällen als etwas Einmaliges, ja als etwas ganz Besonderes; wurde sozusagen das Stilmittel des Jeweiligen. Bei einem Durchschnittsbürger sah man ungewöhnliches Verhalten jedoch selten nach. Man brandmarkte ihn, der aus der Reihe tanzte, als Sonderling, der fortan der Gefahr ausgesetzt war, als „plemplem“ weggesperrt zu werden.

Martin huschte an der Eingangstüre vorbei. Durch deren Glaslichte konnte er draußen einen Schatten erkennen. „Moment bitte“, rief er in Richtung Tür. Er beeilte sich ins

Schlafzimmer, wo er sich seinen Morgenmantel überwarf. Er fuhr sich durch die Haare und wurde bei den sich seinen Strichen entgegensetzenden, widerborstigen Büscheln an den längst überfälligen Friseurtermin erinnert. Als er zur Türe trat, hoffte er noch einmal inständig, dass es kein potenzieller Auftraggeber wäre. Dann atmete er tief durch, setzte ein Lächeln auf und öffnete. Er sah einen gelangweilt seine Zigarette auf der Türmatte austretenden Mann Ende fünfzig mit Zollstock und Glatze. Martins Lächeln gefror ob des auf seinem Fußabstreifer zerbröselten Glimmstängels augenblicklich.

„Sie wollen?“, fragte er unfreundlich.

„I kamert wegen dem Vordach“, antwortete der so Angesprochene, während er bereits den Eingangsbereich seinem fachkundigen Blick unterzog.

5. Gruppeninspektor Krasberger stand in der Küche. Er besah sich die auf dem Herd stehenden Töpfe, an denen die Spuren der Essenszubereitung zu erkennen waren. Salzränder am Nudeltopf, eingetrocknete Tomatensoße am Boden der Kasserole. Er fragte sich, warum jemand Besteck und Teller in den Geschirrspüler räumte, das Kochgeschirr jedoch nicht. Er blickte in die Töpfe. Leer. Wer immer also die Speisen zu sich genommen hatte, er hatte aufgegessen. Für Krasberger schien es klar, dass dieser jemand mit dem Mord zu tun hatte. Wenn schon nicht als Täter, so doch als Zeuge.

Er schritt die anderen Zimmer ab. Die nächste Frage bestand darin, ob dieser jemand genüsslich eine Zeit lang neben der Leiche gehaust hatte. Das Labor hatte herausgefunden, dass vom Grad der Zersetzung her, das Essen erst kurz vor dem Zeitpunkt, an dem Bergmann die Leiche entdeckt hatte, zubereitet worden sein musste. Da war Körbert aber schon mehrere Tage tot gewesen. Nichts in den Räumen deutete darauf hin, dass er knapp vor einem Umzug gestanden wäre. Keine Kartons oder leeren Schränke, dafür kiloweise Nippes, der jetzt in den Regalen verstaubte. Gut, dachte Krasberger, der sich selbst nicht als Umzugsprofi bezeichnen durfte, wahrscheinlich gehörte es zum Service der Umzugsfirma, alles in Kartons zu verpacken. Oder Körbert hatte vor, nur das Nötigste mitzunehmen und den Rest einfach zurückzulassen. Ein paar Kilo mehr, die der Bagger wegzuschaufeln hatte, das sollte bei so einem Bauprojekt nicht sonderlich ins Gewicht fallen. Krasberger zückte das Handy und rief Reichhold an. Nachdem dieser sich gemeldet hatte, sagte er:

„Ich bin's, hamma scho was von der Bank?"

„Ich bin dran, es wird aber noch ein wenig dauern. Haben Sie noch was entdeckt?"

„Nicht direkt", Krasberger musste zugeben, dass er kein neues Indiz entdeckt hatte, das eine nochmalige Spurensuche notwendig gemacht, und damit den einstweilig verfügten Baustopp länger gerechtfertigt hätte. Der Bauträger hatte offenbar Kontakte ins Ministerium, jedenfalls hatte heute Morgen sein Chef bereits Druck gemacht, die Untersuchung voranzutreiben.

„Es ist nur so", setzte er fort, „dass ich mir beim besten Willen nicht ausmalen kann, wie da aner in wenigen Tagen ausgezogen wäre."

„Wir müssen unbedingt herausfinden, ob das Opfer eine Umzugsfirma bestellt hatte", nahm Reichhold den Gedanken auf. „Wenn er wirklich so krank war, wäre ihm das vielleicht auch zu viel geworden."

„Wir müssen a no rausfinden, wie der Kaufabschluss zustande gekommen ist. Ob's üba an Makler g'rennt is und so. Rufen S' den Bergmann an, der kann Ihna da sicha weiterhelf'n."

„In Ordnung, und Sie?"

„I horch mi jetzt bei den Nachbarn um. Bei den Sammers, die was die Sebera schon befragt hat. Ich glaub, die wissen noch mehr", sagte Krasberger, bevor er sich verabschiedete. Nachdenklich fuhr er mit der Hand den Lauf des Stiegengeländers entlang.

*

„Herst Margot, schau einmal her. Kumm, schnell!"

Adolf Dallinger drückte seine Stirn gegen die Fensterscheibe und blickte angestrengt in die tiefschwarze Nacht hinaus. Seine Frau Margot ließ die Häkelnadeln fallen und eilte auftragsgemäß sofort zu ihrem Mann. Sie bezog am Nebenfenster Stellung.

Sie fragte: „Und? Was gibt's da jetz' zum Seh'n?"

„Da hint'n, da, bei dem Bam! Sag is' des a Loch?"

Margot Dallinger kniff die Augen zusammen. Es war fast nichts zu erkennen. Dichte graue Wolken hatten sich wie ein schwerer Samtvorhang vor den schmalen Mond geschoben. Jetzt erlosch auch das schwache Licht in der dem Haus der Dallingers zugewandten Dachmansarde.

„Ich kann nichts erkennen, es ist zu dunkel. Wie kommst denn da drauf?"

„I hab' vorher so Geräusche gehört, so was wie Schaben oder so ähnlich. Schau! Is' des der Beheim?"

Die kaum wahrnehmbaren Umrisse einer Gestalt schoben sich schwerfällig aus dem Haus.

„Was fragst denn des allerweil mich? Woher soll ich denn des wissen?", ärgerte sich Margot Dallinger über ihren Mann.

„Ich seh' genauso viel wie du!"

„Naja, vom Hatschen her tät's passen. I glaub, der zaht si' mit was ab. Wann hast eigentlich den Beheim des letzte Mal gseh'n?"

„Na jetzt!", antwortete seine Frau, die sich wieder vom Fenster abwandte.

„Naaa! Vorher mein' ich, also so in den letzten Tagen."

„Ah so! Weiß nicht, wird schon drei, vier Tage her sein. Vielleicht länger. Oft sieht man ihn ja nicht, unseren Herrn Nachbar. Komm, lass gut sein, ich mach uns noch einen Tee."

„Seltsam, ... seltsam", murmelte Dallinger, während er sich langsam vom Fenster wegdrehte. „Ein sonderbarer Kauz jedenfalls, und damit mein' i ned seine nächtlichen Besucher." Er folgte seiner Frau in die Küche nach. Diese stoppte unvermittelt ihre Schritte, Dallinger lief ihr direkt in den Rücken. Sie fuhr herum. Von einem Moment auf den anderen hatte sie die eines Orakels würdige Miene angenommen, um ihren Einfall wie eine Weissagung weiterzugeben: „Du, jetzt, da du das ansprichst. Da war doch jemand. Vor drei Tagen ist jemand gekommen, und dann im Haus verschwunden. Am helllichten Tag. Ein Mann."

Dallinger grinste dreckig. „Na kloar, was sonst?"

Ein Auftrag kommt selten allein

1. Martin war froh, dass nach dem Rummel wieder ein wenig spätsommerliche Beschaulichkeit in den kleinen Weinort eingekehrt war. Die Woche ohne Alkohol hatte ihm gut getan. Seine Rückkehr in den Alltag war ihm nach einem noch schwer verkaterten Dienstag einigermaßen gelungen. Mittwochs hatte sich die Dame von der Finanz, Frau Simlinger, nochmals bei ihm gemeldet. Nicht wegen einer Steuerangelegenheit, sondern weil sie ihn hatte treffen wollen. Geschäftlich.

Sie waren im unweit ihrer Dienststelle gelegenen Café Blaustern verabredet gewesen, wo sie einander dann zum ersten Mal begegnet waren. Ein Wiedersehen, das doch ein Kennenlernen gewesen war. Ein Bild hatte sich zur Stimme gesellt. Ein Bild, das Martin sehr wohl gefallen hatte. Er fragte sich, ob er beziehungsresistent war, oder vielleicht sogar beziehungsfeindlich. Überall nette und hübsche Frauen. Wann immer jedoch eine sich für ihn interessierte, war es die falsche. Oder er war der Falsche für sie. Weil er eben keine Partnerschaft eingehen konnte. Das lehrte ihn die Erfahrung. Natürlich waren gemeinsame Urlaube, miteinander kompatible Interessen, Unternehmungen als Paar auch für ihn wichtig, aber er hatte das Gefühl bekommen, dass seine Partnerinnen darin den einzigen Sinn einer Beziehung gesehen hatten. Und dann war da noch was. Es war ja, wann immer er liiert war, jemand ständig da, fast dauernd um ihn. In seiner Wohnung, wenn er Ruhe brauchte, beim Fernsehen, wenn er Ablenkung brauchte. Erwartete Konversation, wollte Beachtung und Zuneigung. Alles kein Problem, aber der Tag hat mit seinen 24 Stunden doch auch anderes zu bieten. Und er hatte auch anderes zu tun. Dabei hatte er zu Anfang einer neuen Beziehung regelmäßig so was wie die berühmten Schmetterlinge im Bauch, trug eine unendliche Sehnsucht in sich. Die Sehnsucht nach diesem, dem einen, dem einzigen Menschen. Doch ein gemeinsamer Haushalt und die Routine killte jegliche Sehnsucht. Meist schon nach drei bis vier Monaten. Es lag also doch an ihm.

„Ich glaube, mein Mann betrügt mich", hatte Frau Simlinger ohne Umschweife begonnen. Damit holte sie Martin wieder zurück an den Tisch im Blaustern. Das Hupkonzert, das vom am Lokal vorbeiführenden Gürtel, sogar im Sommer, oder wegen der Baustellen gerade dann, eine stets verstopfte Hauptverkehrsader der Stadt, für die noch kein Verkehrsplaner einen Bypass setzen konnte, einsetzte, unterstrich die Entrüstung, die in diesen Worten steckte.

Woher sie denn solchen Verdacht schöpfe, hatte Martin sie gefragt. Sie hatte ihm darauf die in diesen Angelegenheiten üblichen Indizien, die eine solche Vermutung zu nähren vermochten, aufgezählt: Unangekündigte Verspätungen, unvorhergesehene Termine, unerwartete Geschenke und allgemeine Ausflüchte.

Was er denn mache, hatte Martin wissen wollen. Prüfer sei er, hatte Frau Simlinger ihm geantwortet, bei der Finanzbehörde, so wie sie.

„Drei Tage!", hatte sie ihm ohne Umschweife an den Kopf geworfen. Drei Tage könne sie ihn bezahlen, länger nicht. Sie sei eben von der Karenz zurückgekehrt, habe eine kleine

Tochter. Ihre Teilzeitentlohnung gebe eben nicht mehr her, hatte sie ihm erklärt.

Er hatte genickt und versprochen, er werde schauen, „was sich machen lässt."

Dann hatte sie ihm ungefragt ein Foto des vermeintlich Untreuen ausgehändigt. Offenbar schien sie mit dem üblichen Prozedere vertraut gewesen zu sein, hatte Martin dabei gedacht.

„Sie müssen außerdem wissen", hatte sie weiter erklärt, „dass ich bereits vor einiger Zeit einen Ihrer Kollegen auf die Sache angesetzt habe." Erfolglos, wie sie betont hatte.

Die ganze Zeit des Gesprächs hatte Martin die dunkelhaarige Frau mit dem Pagenkopf und der weichen Nase betrachtet. Hatte sich über die Grübchen, die sich auf ihren Wangen bildeten, wenn sie mit ihrem schmalen Mund lächelte, gefreut. Wenn ihr Mann tatsächlich untreu war und sie sich deswegen scheiden ließ, konnte er ja mit ihr auf einen Kaffee gehen. Aber sie hat ein Kind, schoss es ihm in den Kopf. Außerdem musste er bei einer Kundin professionell bleiben. Man mischte berufliche Affären nicht mit privaten.

Mittlerweile hatte er den Dienstplan sowie die Handynummer von Herrn Simlinger in Erfahrung gebracht. Ein halber Tag Recherche, die er Maria nicht in Rechnung stellen wollte. Man müsse den Vornamen kennen, hatte er ihr gegenüber behauptet. In derart delikaten Dingen sei Vertrauen das Um und Auf, hatte er weiterhin relativ dick aufgetragen, bis sie ihn gehaucht hatte, den Namen. Martin war vornüber gebeugt, so nah gewesen, dass er den Atem dabei auf seiner Haut hatte spüren können.

Er bekam noch immer Gänsehaut, wenn er an diesen

Moment dachte. Er schüttelte den Kopf. Er war Ermittler! Hallo, keine Zeit für solch sentimentalen Schmus. Er packte seine Kamera in die Tasche. Das normale Teleobjektiv sollte für den Anfang reichen, entschied er.

Er schlüpfte in seine Sneakers und verließ die Wohnung. Vor der Türe musste er stehen bleiben und sich sein neues Vordach nochmals ansehen. Es war besonders gelungen. Der gebürstete Stahl verlieh der Konstruktion etwas Erhabenes. Auch das echte Glas kam, wie es der Vertreter der Baufirma versprochen hatte, besonders zur Geltung und degradierte die ähnliche Vorrichtung aus Kunststoff und billigem Blech seines Nachbarn Korinek nur zwei Eingänge weiter zu billigem Machwerk. Zur seiner Freude und der seiner Nachbarn war das von ihm gewünschte Modell beim Großhändler vorrätig gewesen und konnte noch am Samstag montiert werden. Samstag war ein Werktag. Gegen Gewerbelärm war da nichts zu machen, hatte der herbei gerufene Polizist der fuchtigen Frau Pribil, seiner liebsten Nachbarin, erklärt.

Jetzt konnte er sie sich vorstellen, wie sie wie eine auf Beute lauernde Spinne hinter ihrem Vorhang hockte und sich wurmte, dass sie durch die milchige Seitenscheibe nur verschwommene Umrisse erkennen konnte.

Martin machte einen Schritt aus der Deckung hinaus und winkte grinsend in Richtung ihres Fensters. Er sah, wie sich der Vorhang bewegte, nur ganz wenig. Konnte natürlich auch nur ein Luftzug gewesen sein.

Er lachte gut gelaunt auf und ärgerte sich nun auch nicht mehr darüber, dass die Zustellung seiner Zeitung am Vortag wieder nicht geklappt hat. Diesmal war sie nicht einmal vor dem Türstaffel einer anderen Wohnung zu finden gewesen.

Er trippelte die Stiegen zum Autoabstellplatz hinab. Die Büsche entlang des Weges wucherten wegen des feuchtwarmen Sommers in alle Richtungen und streckten ihm ihre Äste in den Weg. Er müsste wieder bei der Hausverwaltung anrufen, dachte er, damit die endlich den Gärtner schickten. Kurz vor seinem Ziel begegnete er einer jungen Frau. Einer hübschen jungen Frau mit frechem Haarschnitt und langen, schlanken Beinen, die in einem engen Rock steckten, welche ebenso eilig wie er über den Weg lief. Er grüßte sie, sie erwiderte flüchtig diesen Gruß. Eine dunkle Sonnenbrille bedeckte den Großteil ihres weißen Gesichts.

Es beginnt, sagte er sich. Jetzt laufen mir plötzlich die Frauen über den Weg. Wer weiß, fragte er sich weiter, vielleicht kreuzt ihn ja auch einmal die Richtige.

Denn insgeheim sehnte er sich, allen Vorzügen des Alleinseins zum Trotz, und er würde es, darauf angesprochen, sofort vehement leugnen, nach einer neuen Partnerschaft.

*

„Das houb i douch schon alles Ihrem Koullegen erzählt! Warum woull'n S' denn des no amoul von mia wiss'n?“

Oje, dachte Krasberger, ein Burgenländer! Dem Bellen nach zu schließen einer aus dem Süden. Dabei kam Krasberger, selbst ein Klischee bedienend, aus einem Kaff in der Nähe Mistelbachs. Es scheint interessant, dass gerade Personen, die selbst einem Vorurteil gerecht werden, sich gerne von ebensolchen leiten lassen.

Er lehnte in der Hollywoodschaukel in der Gartenlaube der Familie Sammer. Der geblümte Stoffbezug war stockfleckig. Vermutlich vom Regenwasser. Herr und Frau Sammer saßen ihm gegenüber auf zwei klappbaren Gartenstühlen, die mit gleichgemusterten Zierkissen belegt waren. Auf dem Tisch zwischen ihnen stand ein Tablett. Ein Krug Limonade und einige Gläser waren darauf abgestellt.

„Schauen Sie“, begann Krasberger zu erläutern, „Es wär’ aber wichtig, dass Sie mir das noch einmal erzählen.“ Er trachtete danach, sich möglichst hochdeutsch auszudrücken. Vielleicht, um dem anderen zu beweisen, dass es ihm gelang, seine Herkunft zu verschleiern. „Vielleicht ist Ihnen noch was eingefallen. Außerdem habe ich noch ein paar Fragen an Sie.“

Er zog sein Notizbuch, in dem er sich seine Anmerkungen notiert hatte, heraus.

„Limonade?“

Frau Sammer hatte sich erhoben und schenkte zwei Gläser ein, die sie vor ihren Mann und sich hinschob.

„Danke, gern. Es ist heiß heute!“

Sie schenkte Krasberger ebenfalls Saft ein.

„Sie haben also so gut wie keinen Kontakt mit Herrn Körbert gehabt?“

„Houb i eh scho gsogt!“

Sammer blickte, um Bestätigung heischend, zu seiner Frau. Diese nickte.

„Wie war er denn so als Nachbar?“

„Ruhig. Houb i a scho gsogt!“

„Gut, Krasberger bemühte sich, seine Höflichkeit zu bewahren, auch so einem Plutzer wie Sammer gegenüber. „Aber irgendeinen Kontakt müssen Sie doch gehabt haben. Ich mein’, wenn man so Tür an Tür wohnt ...“

„Mit sou ana Schwouchtel? Sicha ned!“

„Aha, also der Herr Körbert war homosexuell?" Endlich ein Ansatz, dachte Krasberger.

„Geh Fritzl, des wissen wir do gar nit."

„Verzeihen Sie, Frau Sammer, was wissen Sie nicht?"

„Na, ob der Körbert schwul war."

„Und wie kommen Sie sonst drauf?"

„Man hat halt nie Frauen gesehen bei ihm. Dafür sind halt öfters Herren gekommen, am Abend, wenn's finster worden is."

„Herren?"

„Woascheinli Stricha. Des oide Drecksbartl!"

„Geh Fritzl, red doch ned a so. Über an Toten!"

„Nou, weil's woar is!"

„Und wenn das Freunde waren? Nur zum Kartenspielen oder so", mischte sich Krasberger in die Diskussion zwischen den Eheleuten ein. Er dachte an seine eigene Tarockpartie jeden Freitag, wenn seine Frau beim Yoga war.

„So houm de owa ned ausg'schaut!"

„Würden Sie da wen wieder erkennen?"

„Aber woher denn!", antwortete Frau Sammer umgehend. „Wir ham ja ned so genau geschaut. Wir sind ja ned neugierig, oder?" Jetzt war es Herr Sammer, der zustimmend nickte. Krasberger verbiss sich ein Schmunzeln.

„Gibt es sonst noch etwas, was Ihnen bei dem Opfer aufgefallen wäre? Hatte er irgendwelche besondere Gewohnheiten?"

„Nein, nicht, dass wir wisserten."

„Da brauche ich Sie wohl auch nicht danach zu fragen, ob Sie wissen, was er gern gegessen hat?" Krasberger hatte wieder das Bild der Küche mit dem verschmutzten Geschirr vor Augen.

„Dous miassen S' sein Wirten froug'n!", bellte Sammer wie aus der Pistole geschossen.

„Seinen Wirt? Wieso?"

„Weil der Herr Körbert immer auswärts gegessen hat", beantwortete Frau Sammer die Frage. „Beim Gradil, gleich vorne am Eck."

Krasberger erinnerte sich an das Wirtshaus, an dem er vorhin vorbeigefahren war. Ein typisches Vorstadtbeisl, wie er vermutete.

„Also hat der Herr Körbert Hausmannskost bevorzugt", schloss Krasberger. „Aber wenn er krank war oder der Wirt Ruhetag hatte, muss er doch auch was gegessen haben", dachte Krasberger laut weiter.

„Wous froug'n S' des mi?"

„Na irgendwas wird er schon daheim g'habt haben, der Körbert", kam nun Frau Sammer ein wenig zur Hilfe. „Nudeln, Konserven oder so. Was halt halten tut. Und schnell g'macht is so was auch."

Mühsam baute sich in Krasberger ein Bild auf. Allerdings wuchs es so langsam wie ein über Jahrtausende von oben betropfter Stalagmit. Etwas, das man zu Hause hat. Die Zutaten vom Menü des Mörders: einfache Grundnahrungsmittel, die meistens vorrätig sind. Körbert hatte niemanden erwartet und daher für niemanden gekocht. Sein Mörder hat das getan. Wahrscheinlich war das Essen nicht einmal als Henkersmahlzeit gedacht. Aber was ficht einen Gewaltverbrecher an, das Totenmahl für sein Opfer zuzubereiten, um es neben der Leiche genüsslich zu verspeisen? Und es gab auch Indizien, wonach der Koch und Mörder beim Aufräumen in der Küche offenbar gestört worden war. Bergmann hatte ausgesagt, dass er am Tag vor dem Auffinden der Leiche auch schon da gewesen sei, aber nicht in das Haus hinein konnte und auf sein Läuten niemand reagiert hätte. Als er dann am nächsten Tag nochmal gekommen wäre, sei die Tür nur angelehnt gewesen.

„Herr Inspektor?" Frau Sammer beugte sich zu dem geistig abwesenden Krasberger vor. Dieser zuckte zusammen.

„Verzeihung, ich war in Gedanken, was sagten Sie bitte?"

„Etwas Sonderbares ist mir tatsächlich noch eingefallen. Wir ham uns zuerst nur gewundert, ich hätt's auch schon fast vergessen g'habt, aber der Körbert hat anscheinend vorgehabt, noch einen Baum zu pflanzen, jedenfalls hat er ein Loch dafür ausgehoben g'habt."

Ein Haus bauen, einen Baum pflanzen ... Krasberger fiel die alte Volksweisheit ein. Vielleicht sollte der Baum ein Symbol für das zu Ende gehende Leben sein? Aber logisch war das nicht, dass man bei einem Abbruchhaus den Garten umgestaltet. Er drehte sich in Richtung des Nachbarhauses. Die Grube war von hier aus zu sehen. Er konnte sich erinnern, dass sie letzten Samstag auch da gewesen war. Damals hatte er sie jedoch den Baufahrzeugen zugeschrieben und ihr daher keine besondere Bedeutung zugemessen.

„Wann ist Ihnen dieses Loch aufgfoin?" Krasberger biss sich in die Zunge; der Dialekt, ein begangener Lapsus, aber in der Aufregung berechtigt, weil plötzlich kam Bewegung in die Sache. Der Kalkstein wuchs schneller.

„Des woar am Toug, wou s' eam daunn gfunden houbn, oiso, doss ma aufg'foin warat!"

„Aber genau wissen tun wir's nicht, also wann's wirklich graben worden is. Aber wenn Sie sagen", kam Frau Sammer ins

Grübeln, „dass er scho länger hin … ähm … hinüber war, dann ist es doch komisch …“ Sie stockte. Anscheinend dachte sie dasselbe wie Krasberger, der aufsprang und sich verabschiedete: „Vielen Dank! Sie haben mir da sehr weitergeholfen.“

Zielstrebig steuerte er das Gartentor an. Auf dem Weg hinaus hörte er noch die verdutzten Worte von Frau Sammer, die meinte, er habe nicht einmal einen Schluck von der Limonade gekostet. Krasberger schluckte. Das fiel ihm bei seiner ausgedörrten Kehle beinah' ein wenig schwer. Er würde also beim Gradil ein erfrischendes Seidel Bier trinken. Dem Gasthaus musste er ohnehin noch einen Besuch abstatten, bevor er ins Wachzimmer zurückkehrte. Er betrat nochmals das Körbert'sche Grundstück. Es dauerte nicht lange, bis er bei seiner Suche fündig geworden war. Er klappte sein Mobiltelefon auf und rief bei der Spurensicherung an.

Martin war Simlinger nun schon den halben Tag auf dessen Strecke gefolgt. Simlinger war Betriebsprüfer. Sein Rayon umfasste Liesing, wie der 23. Wiener Bezirk hieß, inklusive Perchtoldsdorf. Kein Wunder, dass er seine Wege mit dem Auto zu erledigen hatte. Martin fuhr in angemessener Entfernung hinterdrein. Er kannte ja den ungefähren Einsatzplan. Für Martins Auftraggeberin, die bei derselben Behörde arbeitete wie ihr Mann, war es nicht sonderlich schwierig gewesen, an die Daten zu gelangen.

Unter diesen Umständen würde Martin es schwerlich gelingen, seine Jahreskarte als Betriebsausgabe bei Frau Simlinger durchzuboxen. Warum konnte Simlinger denn nicht Schwarzkappler bei den Wiener Linien sein? Aber eigentlich, so dachte Martin weiter, wäre das gar nicht so hilfreich. Es wäre beinah' ein Ding der Unmöglichkeit die Deckung zu bewahren, wenn man zigmal am gleichen Tag kontrolliert wird. Noch dazu vom selben Kontrollor.

Bis jetzt hatte sich nichts ergeben, was auf eheliche Untreue hätte schließen lassen. Martin hatte Frau Simlinger gleich zu Anfang ihres Treffens darauf hingewiesen, dass derartige Observationen im Regelfall einen längeren Zeitraum in Anspruch nähmen. Man könne sich nicht sofort am ersten Tag einen „Treffer" erwarten. Das Wort „Treffer" hatte selbst getroffen, und zwar die Simlinger mitten ins Herz.

Was er denn glaube, war sie ihn, den Tränen nahe, angegangen. Sie hoffe natürlich darauf, dass sie sich mit ihrem Verdacht täusche, er solle einfach ihre Zweifel zerstreuen, das wäre sein Auftrag.

Bis jetzt hielt er sich daran. In diesem Teil Liesings, durch den er schon die ganze Zeit kurvte, war ein Industrie- oder Bürogebäude neben dem anderen. Hier ein Schäferstündchen zu erwarten oder zu erhoffen, ließ nicht auf Naivität, sondern auf gänzliche Weltfremdheit schließen.

Sollte Simlinger ein, wie man auf Wienerisch so schön sagte, Pantscherl haben, hier würde es wohl nicht stattfinden. Martin stoppte den Wagen vor einer Spedition. Sein Zielobjekt war vor kurzem im Verwaltungsgebäude, einem Klotz aus Beton, verschwunden. Im Hallenkomplex daneben gab es Ladeklappen, an deren Rampen einige Lkw-Anhänger darauf warteten, gefüttert zu werden. Martin holte die Kamera mit dem Teleobjektiv hervor. Wie bei jedem Halt zuvor wollte er wieder eine Art bildliches Einsatzprotokoll erstellen. In diesem Fall hatte er Glück: Schon nach wenigen Minuten konnte er Simlinger durch die Glasfassade im obersten Stockwerk erkennen, wie er auf einen älteren Mann in Sakko und Krawatte zuging und diesem die Hand schüttelte. Die heiße Sekretärin, die auf die „Schnelle Nummer" aus war, würde es wohl hier auch nicht geben. Überhaupt sprachen die von Frau Simlinger geschilderten Umstände eine andere Sprache: Die ausweichenden Erklärungen für sein oftmaliges Ausbleiben, sein schlechtes Gewissen dabei, das alles passte nicht zu einem Quickie, der meist emotionslos nur den Hunger nach Sex stillte, selten aber das Verlangen nach Zuneigung. Vielleicht aber würde Simlinger nach Dienstschluss die Maske des Biedermanns fallen lassen und in irgendeinem Swingerclub dann doch noch den Hengst abgeben.

Martin blickte auf seine Omega. Es war kurz nach vier. Dienstschluss. Zumindest für Simlinger, der als Beamter noch das Privileg fixer Arbeitszeiten genießen durfte. Tatsächlich hatte es bei diesem Betrieb nicht viel zu prüfen gegeben, denn schon wenige Minuten später erschien dieser wieder beim Ausgang. Martin drückte mehrmals auf den Auslöser. Kurz vor dem Auto stoppte der Observierte. Er griff in sein Sakko und holte ein Telefon hervor. Martin holte Simlingers von einem Lächeln umspielte Gesicht mit der Zoomfunktion heran. Martin musste schnell etwas nachprüfen. Nein, sie habe eben nicht mit ihrem Mann telefoniert, erklärte Frau Simlinger, die er auf ihre Frage, warum er das wissen wolle, noch im Dunkeln ließ.

Martin schoss die nächste Fotoserie. Es schien nun doch interessant zu werden.

Simlinger fuhr los, Martin in sicherem Abstand hinten nach. Die Fahrt endete in Siebenhirten. Dort verschwand Simlinger im Stationsgebäude der U-Bahnlinie 6. Eine U-Bahn, die fast ausschließlich in luftiger Höhe verkehrte.

Martin stellte den Wagen in der Kurzparkzone ab und folgte Simlinger nach. Da Siebenhirten die Endstation war, fuhren die Züge nur in einer Richtung ab. Dennoch musste Martin denselben erwischen wie seine Zielperson.

Martin hatte es geschafft. Er saß im gleichen Niederflurwaggon wie Simlinger. Jetzt hatte er doch ein Argument für seine Jahreskarte!

Sie fuhren bis zur Station Währingerstraße-Volksoper. Simlinger nahm den Ausgang in Richtung neunter Bezirk und marschierte die Währingerstraße stadteinwärts. Beim Backsteinbau des alten TGM, das seit knapp dreißig Jahren als „Werk- und Kulturhaus" der alternativen Szene Raum für Entfaltung und Veranstaltungen bot, verschwand er im Toreingang. Als Martin ihm in das Gebäude folgte, ließ der Schließmechanismus der Eingangstür zum „WUK-Beisl" diese soeben sanft ins Schloss gleiten.

Martin wunderte sich über die Wahl des Lokals. Simlinger entsprach durchaus dem Bild des in die Jahre gekommenen Finanzbeamten: Die Haare kurz und ohne Akzent geschnitten, er selbst nicht dick, aber doch untersetzt und das Gewand unauffällig, fern jeglicher Modeströmung. Insgesamt eine graue, biedere Erscheinung.

Umso bunter dafür sein Gegenüber. Ein Mädchen, kaum älter als zwanzig, das Haar in Dreadlocks geflochten, drückte Simlinger zärtlich einen Kuss auf die Wange. Ihr zierlicher Körper steckte in einem schlabberigen Shirt, das kaum etwas von Weiblichkeit verriet. Im Gegensatz zu Simlingers Ehefrau, die für Martin eine sinnliche Reife erreicht hatte, handelte es sich hier noch fast um ein Kind. Martin verbat sich jeglichen Anflug erotischer Gedanken und strafte Simlinger für die ihm angedichteten umso mehr. Jetzt konnte er keine Rücksicht auf seine Auftraggeberin nehmen. Er musste ihr die Wahrheit sagen, darauf hatte sie ein Recht!

Das Lokal war ansonsten leer. In dem hohen Raum hing dennoch der Mief durchfeierter Nächte. Kalter Rauch klebte an den Wänden und der Einrichtung, die überwiegend aus alten Holztischen und wackeligen Sesseln bestand. Dazwischen ein durch die Decke laufender Eisenträger und verschiedene Installationen, die daran erinnern sollten, dass hier einmal eine Ausbildungsstätte der Industrie gewesen war.

Martin nahm möglichst unauffällig an einem der wuchtigen runden Tische Platz. Kellner war keiner zu sehen. Er griff zu einem Stapel Zeitungen und holte eine hervor. Beiläufig, die Augen weiter interessiert auf das Paar gerichtet, begann er darin zu blättern. Die zwei hatten ihn offenbar noch nicht registriert, waren nur mit sich selbst beschäftigt. Plötzlich griff Simlinger nach seiner Geldbörse.

„Herinn' is heut' ka Bedienung, wir ham Gartenbetrieb. Wann S' aussegehen bitt' schön!"

„In Ordnung", sagte Martin zu dem bärtigen Burschen in Leinenhosen und ärmellosem T-Shirt und erhob sich. Simlinger und seine Freundin warfen ihm einen kurzen Blick zu, maßen ihm dann aber keine weitere Bedeutung zu.

„Ich schau nur was im Kinoprogramm nach!"

Martin holte sein Handy hervor und schaltete alle Funktionen auf stumm, damit kein digitales Verschlussklicken zu hören war. In der Deckung der aufgerichteten lachsfarbenen Zeitungsbögen schoss er mit dem Handy mehrere Fotos in Folge.

„Wenn S' was wollen, müssen S' endlich ausse kommen!" Der Kellner warf Martin einen unwirschen Blick zu. Der packte schnell sein Handy weg und erhob sich.

„Ich komm ja schon!"

Aus dem Augenwinkel heraus betrachtet, kam es ihm vor, als würde Simlinger der jungen Frau Geld zustecken. Wohl der Lohn für gewisse Dienste. Mit echter Empörung dachte er an die Enttäuschung, die er seiner Auftraggeberin mit diesen Beobachtungen bereiten würde.

Am Gang, der an den Toiletten vorbei in den Hof hinausführte, traf er den Kellner, der ein Tablett mit Gläsern vorbeijonglierte und er fragte ihn, warum dieser denn bei ihm so streng sei, die andren Gäste im Eck aber dulde.

„Erstens, weil Sie das nix angeht und zweitens kellneriert die Lucy da!"

Wohlsituierter Beamter reißt sich unerfahrene Serviererin auf. Was für ein billiges Großstadtmärchen, dachte sich Martin, der an den Holztischen im Hof vorbei Richtung Ausgang marschierte.

Auf der Währingerstraße bezog er auf der anderen Straßenseite Stellung. Ein paar Fotos mit der Spiegelreflexkamera wollte er noch machen. Während er wartete, fiel ihm auf, dass er von seiner Position aus Simlinger und seine Freundin durch die großen Fensterscheiben wunderbar sehen konnte. Er verfolgte die Szenen, die sich im Lokal abspielten durch den Sucher. Simlinger Händchen haltend, Simlinger glückselig dreinblickend, Simlinger, der zum Abschied einen Kuss auf die Wange erhält, Simlinger, der das Mädchen an sich drückt. Fotos, die ein versierter Scheidungsanwalt zu Gold machen konnte.

Wenig später erschien Simlinger auf der Straße. Martin packte schnell seine Fotoausrüstung weg. Auf einmal strafte ihn ein plötzlich einsetzender Harndrang dafür, dass er zuvor an der Toilette vorbeigepirscht war. Er hätte seiner inneren Stimme, den Ort sicherheitshalber aufzusuchen, nachgeben sollen. Doch dafür war jetzt keine Zeit mehr, sonst verlor er seine Zielperson. Er folgte Simlinger zur U6 nach. Simlinger telefonierte wieder. Entweder, so vermutete Martin, konnte er nicht von seiner Freundin lassen und musste jetzt fernmündlich weiterturteln, oder er gab seiner Frau vor, dass er noch aufgehalten worden wäre und sich nun etwas verspäte. Sie bestiegen die U-Bahngarnitur zurück nach Siebenhirten. Simlinger blickte zufrieden aus dem Fenster.

Martin musste ihm unbedingt auf den Fersen bleiben. Vielleicht hatte er sich ja noch für später, wenn seine junge Gespielin Dienstschluss hatte, ein Treffen im gemeinsamen Liebesnest ausgemacht.

Nach Siebenhirten zurückgekehrt, bestiegen die Männer wieder ihre Autos. Das Zeichen, das auf dem Weg zum Ausgang aus dem Bahnhof auf das WC hinwies, musste Martin mit verbissener Miene ignorieren. Sein Gang hatte durch die nach innen gekehrten Knie seltsame Formen angenommen. Wie ein von fortschreitender Ermattung gezeichneter Charlestontänzer eines Dauertanzwettbewerbs schob er seine Füße über den Boden.

Simlinger startete seinen Nissan und Martin nahm im Saab die Verfolgung auf. Simlinger fuhr offenbar nach Hause, denn er wählte die Strecke durch Altmannsdorf, weiter über die Grünbergstraße Richtung Ottakring, wo er mit seiner Frau am Wilhelminenberg in einer Genossenschaftswohnung logierte. Eine für Martins sonstige Klientel gänzlich untypische Wohnsituation. Die Kunden, auf die er seit Anbeginn seiner Karriere als Privatermittler gehofft hatte, sollten in mondänen Villen im Stil der Cottagesiedlungen in Währing und Döbling residieren. Auch gegen ein Jagdschlössel in Hietzing wäre nichts einzuwenden, dachte Martin, der beim Gedanken, er könnte nach solchen Aufträgen zum Detektiv mit Diskonttarif herabsinken, erschauderte. Ähnliches Unbehagen bereitete ihm aber auch regelmäßig seine Steuererklärung, also sollte er die Dinge, allem voran diesen Simlinger, noch etwas beobachten. Mit der zuständigen Referentin etwas zu teilen, und wenn es nur das Wissen um den untreuen Ehegespons war, konnte in Zukunft vielleicht helfen. Sie passierten rechterhand ein großes Autohaus. Zur Linken schon die ersten gelb gestrichenen Bauten, die zum weitläufigen Schloss Schönbrunn gehörten. An der Kreuzung zur Wienzeile ragte bei der von Otto Wagner in der Blüte des Jugendstils geplanten ehemaligen Stadtbahnstation, die nach der ehemaligen Kaiserresidenz benannt war, das blaue U-Bahnzeichen in die Höh'.

In der Winckelmannstraße verriss Martin das Steuer abrupt. Ein freier Parkplatz verleitete ihn zu einem waghalsigen Lenk- und Bremsmanöver. Er bugsierte den Wagen in die Lücke und überquerte wie ein Lebensmüder die stark befahrene Straße, auf der sich die Autos auf jeweils zwei Spuren pro Richtung aneinander vorbeibewegten.

Im Park hatte er schnell ein Plätzchen an einem Baum gefunden. Hier verschaffte er sich auf unfeine Art Erleichterung. Was sonst nicht so seine Art war. Es lag hier jedoch ein echter Fall von Notdurft vor, etwas, das sanktionsfrei bleiben sollte. Weil ja der Entscheidungsspielraum beinahe gegen Null ging und es sich um einen biologischen Zwang handelte. Der im rechtlichen Sinn verantwortliche Wille hatte in solchen Momenten Pause.

Ein älteres Ehepaar dürfte das aber nicht so gesehen haben, denn sie keifte etwas von „Drecksau“ und er verlangte lautstark danach, dass man die Polizei holen solle. Auch eine vorbeilaufende Joggerin, die von Martin verlegen angelächelt wurde, bedachte ihn nur mit einem strafenden Blick. Die Röte in ihrem Gesicht war nur zum Teil auf die sommerliche Hitze zurückzuführen. Er schüttelte aus und packte sein Ding schnell wieder in die Hose. Ein in die Wiese gestecktes Schild drohte eine Strafe von 36 Euro für zurückgelassenen Hundekot an. Urinieren unter freiem Himmel war als „Erregung öffentlichen Ärgernisses“ hoffentlich billiger.

Er war zwar nun erleichtert, hatte dafür aber auch Simlinger aus den Augen verloren. Die Verfolgung war damit zu Ende. Er spazierte daher seelenruhig durch den Park in Richtung des Technischen Museums und querte die Straße erst beim nächsten geregelten Fußgängerübergang. Er zückte sein Telefon und rief bei Simlingers Frau an.

Ja, bestätigte diese seinen Verdacht, ihr Mann sei soeben nach Hause gekommen und dusche. Sie könne daher frei sprechen. Verschlossen wie immer, was sein Tagwerk betrifft. Was er denn herausgefunden habe, wollte sie von Martin wissen. Dafür sei es noch zu früh, replizierte dieser.

Morgen, so weiter die Frau, werde ihr Mann bereits gegen sieben Uhr früh seine Tour beginnen. Martin bedankte sich für den Hinweis und versprach, rechtzeitig zur Stelle zu sein.

Martin startete seinen Wagen. Jetzt erst, da er sozusagen außer Dienst war, öffnete er das Verdeck. Der laue Fahrtwind wirbelte sein Haar durcheinander, sofern Martin Fahrt aufnehmen konnte. Denn die Ampelschaltung in der Possingergasse erlaubte dem sich durchquälenden Verkehr nur eine im Verkehrsfunk als „Stop-and-Go" bezeichnete Fahrweise. Unabhängig vom tatsächlichen Verkehrsaufkommen.

Als Martin endlich zu Hause war, stand die Sonne schon tief. Bei der Fahrt durch die Neufrieder Hauptstraße musste er die Sonnenblende herunterklappen. Zweimal tippte er kurz auf das Bremspedal. Zweimal gab es ihm einen Stich. Eine Werbetafel verkündete, dass demnächst eine der letzten Wiesen in dieser Gegend „vermarktet" würde, und zwar mit freifinanzierten Luxuswohnungen. Danach, nur wenige hundert Meter weiter entfernt, das nächste Ärgernis: Der Bau, der sich an die Stelle eines alten, verwinkelten Hauses in die nach dessen Abriss entstandene Lücke gequetscht hatte, war fast fertig. Er wirkte mit dem abgezwickten Spitzdach wie ein in die Höhe gezogenes Kartenhaus. Praktisch, sachlich, scheußlich. Wo früher so etwas wie verstaubter Charme zum Wohnen eingeladen hatte, prangten nun sterile, den Bauplatz bestmöglich gewinnoptimierende Zweckbauten. Ja, so dachte Martin, das wäre der passende Ausdruck für das, was passierte: Die Gegend wurde sukzessive sterilisiert und kastriert.

Als er endlich in den Heurigenort gelangte, galt sein Interesse bald einem anderen Thema. Er fragte sich, ob es schon Neuigkeiten, den Brand betreffend, geben würde. Die Radionachrichten hatten kein Wort mehr darüber verloren. Zu Hause wollte er im Internet nachsehen, ob es dort etwas

Neues darüber zu lesen gab. Immerhin war die Sache jetzt schon beinah' vierzehn Tage her, also sollten die Ergebnisse auf dem Tisch liegen.

Als Martin das Cabrio auf dem Stellplatz seiner Hausanlage abstellte, umschwirrten die Insekten sein Gesicht. Er fuchtelte hektisch umher, in der Hoffnung, die kleinen Biester damit zu verscheuchen.

Die Luft war aufgeladen und roch metallisch. Alles vielleicht Anzeichen für ein nahendes Gewitter. Oder doch nur die Auswirkungen klimatischer Veränderungen. Hin zu subtropischen, schwülen Sommern. Er schloss aus Gründen der Vorsicht das Verdeck. Ihm reichten die Spuren der geschmolzenen Schokolade in seinem Handschuhfach. Jetzt musste nicht auch noch das Leder unter dem drohenden Regen leiden.

Der Himmel hatte sich verdunkelt und der Wald unterhalb des Wechselbergs wirkte wie mit Tusche gezeichnet. Martin flitzte den Steinweg entlang zu seiner Eingangstüre. Ein leichter Wind kam auf. Ein Rauschen in den Baumwipfeln setzte ein. Pastorale, dritter Satz, kam Martin in den Sinn. Nicht lange würde es dauern, bis die Bläser das Unwetter verkündeten und die Piccolo-Flöte alle dabei noch übertönte.

Bei seiner Wohnung angekommen, verharrte er unter seinem neuen Unterstand. Er könnte auch hier die ersten Regentropfen abwarten. Seine Augen waren auf den Boden gerichtet. Die hellen Steinplatten hatten die Wärme gespeichert. Sie waren staubtrocken. Es würde nicht lange dauern, da würde ein dunkler Punkt nach dem anderen darauf erscheinen.

Frau Pribil hetzte nun an Martin vorbei. Sie wollte sich offenbar auch noch schnell vor einem Guss in Sicherheit bringen. Er grüßte sie.

Sie stoppte ihre Schritte.

„Mit Ihnen hab i' jetzt gar ned g'rechnet. Aber gut, dass ich Sie seh. Hern's, des mit dem Garten da, des geht so ned. Den müssen S' scho besser pflegen."

Sie deutete auf die üppig wuchernde Vegetation rund um Martins Wohnungsbereich. Sie setzte ihre Belehrung fort. „I' hab mir schon dacht, jetzt, wo ein junger Mann einzog'n is, dass der a bissl was macht. Nehmen S' Ihnen ein Beispiel am Herrn Korinek. Grad erst einzogen, schaut's bei dem pipifein aus." Sie schwenkte zum nächsten Nachbarn, dessen Vorplatz zusammengestutzt war wie ein Ziergarten in Versailles.

„Mir gefällt es aber so besser, außerdem hab ich wenig Zeit."

Was machte dieser Korinek eigentlich, fragte sich Martin. Womit verdiente er seinen Lebensunterhalt, wenn er anscheinend den ganzen Tag Zeit hatte, diverse Arbeiten in und um sein Haus zu erledigen. Vielleicht war er arbeitslos? Aber wie hätte er sich dann diese Wohnung leisten können? Von einer Abfindung vielleicht? Oder ein Selbständiger, der nur nachts arbeitete? Vielleicht mit einem dubiosen Webdienst. Damit ließ sich heutzutage gutes Geld machen. Frau Pribil wusste sicher, was der Korinek so trieb, aber gerade diese Tratschassel wollte er nicht danach fragen.

Diese beanspruchte wieder Martins Aufmerksamkeit: „ aber ned frech! Sie, ich warne Sie, ein Brief an die Hausverwaltung is' schnell g'schrieben. Die schickt dann auf Ihnere Kosten an Gärtner. Außerdem ist der Korinek sicher genauso beschäftigt wie Sie, der ..., uijegerl, jetz muss i aber schnell ..."

In diesem Moment prasselten die ersten Tropfen nieder. Frau Pribil trat die Flucht mitten im Satz an und verschwand in ihrer Wohnung.

Martins Schutzvorbau half nur bedingt, denn der Wind peitschte den Regen fast waagrecht gegen das Haus. Der Niederschlag war so stark, dass die Tropfen um Martins Füße zu springen begannen und dabei wirkten wie zersplitterndes Glas. Er wollte schnell in die Wohnung. Doch dann entdeckte er ein Kärtchen, das in den Türspalt geklemmt war. Dieses war bislang dank des Vordachs vom Regen verschont geblieben. Er nahm es schnell an sich und sperrte nun endlich, den Rücken bereits durchnässt, die Eingangstür auf.

Kaum, dass er eingetreten war, studierte er die Visitkarte. Eine Michaela Bogensberger bat ihn um dringenden Rückruf, Uhrzeit egal. Martin erinnerte sich an die hübsche junge Frau, die ihm heute auf dem Weg zum Auto begegnet war.

Er dachte nach, wieso ihm der Name Bogensberger bekannt vorkam, bis es ihm einfiel. Richtig, das war doch der Name des Knechts beim Fadinger.

Das Telefon läutete. Martin meldete sich.

„Servas, ich bin's. Host es scho g'hört?"

„Was denn, lieber Onkel?"

2. Es war kurz nach acht, als Martin in der einsetzenden Dämmerung an der Gegensprechanlage läutete. Für Martin durchaus noch eine adäquate Zeit für einen Damenbesuch. Zumal, wenn man darum gebeten wurde.

Der Regen hatte nachgelassen und er war die weniger als einen Kilometer lange Strecke nach Sievering zu Fuß gegangen. Sein Weg hatte ihn über die Irisgasse geführt. Vorbei an der Baustellen an der Ecke zur Ritterpolzergasse. Dort war bereits eine Wanne in der Größe des gesamten Grundstücks in das Erdreich hineinbetoniert worden. Optimale Platzausnutzung war auch hier groß geschrieben worden. Ein zusätzliches Geschoss, selbst wenn es unter der Erde lag, brachte Geld.

Eine sanfte Frauenstimme meldete sich. Martin nannte seinen Namen und die Stimme bat ihn in den zweiten Stock hinauf.

Das Haus war einfach gehalten, ein Lift nicht vorhanden. Ein sauberes Stiegenhaus ohne Pomp ließ Martin vermuten, dass es sich um einen Genossenschaftsbau handelte. Daraus schloss er auf eher bescheidene finanzielle Verhältnisse seiner potenziellen Kundin. Aber die Geschichte interessierte ihn. Vor allem nach dem, was ihm sein Onkel erzählt hatte.

„Vielen Dank, dass Sie es noch einrichten konnten, kommen Sie bitte rein!", empfing ihn die zierliche, junge Frau.

„Keine Ursache, das hat sich heute ganz gut getroffen." Michaela Bogensberger war gut einen Kopf kleiner als Martin. Eine Haarspange fixierte eine freche Locke über dem rechten Ohr. Sie hatte kräftiges, dunkles Haar, das sie offenbar nur durch einen Kurzhaarschnitt unter Kontrolle zu bringen vermochte. Diese Frisur war ihm heute Vormittag sofort aufgefallen.

Ihre Figur war schlank und dennoch mit ausreichender Weiblichkeit an den entscheidenden Stellen, wie Martin fand, ausgestattet. Sie führte Martin ins Wohnzimmer, das mit klaren Linien, ohne Schnickschnack eingerichtet war. Ein kantiges Ledersofa, davor ein Beistelltisch aus Chrom und Glas, eine Essgarnitur bestehend aus einem dunklen Eichentisch, herum Ledersessel mit Hochlehne, ein Regal, eine Anrichte, mehr nicht.

Frau Bogensberger bat Martin zum Sofa und nahm dann neben ihm Platz. Ihre braunen Beine waren bis knapp über die Knie von einem grauen Rock bedeckt. Sie trug eine helle Seidenbluse. Darunter blitzte die weiße Spitze ihres BHs durch. Um den Hals hatte sie eine weiße Perlenkette angelegt, an der sie wiederholt einzelne Perlen drehte.

„Ich nehme an, Sie haben von dem Brand beim Weingut Fadinger gehört? Der Heurige, der während des Kirtags Feuer gefangen hat."

Martin nickte.

„Verzeihung, möchten Sie vielleicht etwas trinken oder kann ich Ihnen sonst etwas anbieten?"

Martin verneinte.

„Dann wissen Sie sicher, dass dabei jemand umgekommen ist?"

Wieder Nicken.

„Dieser Jemand war mein Großvater, Erwin Bogensberger. Er war früher Knecht beim Fadinger, also schon beim alten Fadinger. Die letzten Jahre war er eigentlich schon in Pension, er hat aber noch ab und zu im Betrieb ausgeholfen. Und wohnen hat er auch bleiben dürfen. Man sagt ...", erstmals schluckte sie und machte eine Pause. „Man sagt, er sei an dem Feuer schuld. Die Polizei geht davon aus, dass es ein Unfall war, wenn nicht sogar ...", wieder ein gequältes Schlucken, „also auch ein Selbstmord wird nicht ausgeschlossen."

Michaela Bogensberger erzählte Martin die Geschichte, die er kurz davor von seinem Onkel gehört hatte. Für den Unfall sprach, dass der alte Bogi, wie ihn alle genannt hatten, offenbar gestürzt war, daher auch die Wunde am Kopf, die der Pathologe an den verkohlten Überresten des Körpers gefunden hatte. Für die Selbstmordvariante sprach, dass es schon grenzenloser Leichtsinn gewesen sein muss, die Windlichter in dem alten trockenen Raum zu befüllen und dabei zu rauchen. Zumal am selben Tag leicht brennbare Chemikalien für den Keller geliefert und in diesem Raum gelagert worden waren. Der Sachverständige ging davon aus, dass im ersten Fall der alte Mann über einen der Kanister gestolpert sein musste, dabei zu Fall kam und entweder die Zigarette oder eine Kerze die Flüssigkeit entzündet hatte. Eine Verkettung unglücklicher Umstände, die zur Katastrophe geführt hatte. Wenn dem so war, dann musste auch Fadinger mit einem Verfahren rechnen. Die Staatsanwaltschaft prüfte derzeit die Voraussetzungen eines Fahrlässigkeitsdelikts. Denn die Lagerung der zum Teil unverschraubten Behältnisse an diesem Ort widersprach allen Sicherheitsvorschriften.

Oder aber der alte Mann hatte das Feuer bewusst gelegt und war dabei so erschrocken, dass er auf der Flucht gestolpert war. Bei dieser Variante stand Fadinger schon wieder besser da. Was konnte er denn für den Lebensüberdruss eines alten Mannes? Aber da war vor allem eines, das für diese Variante sprach: „Da ist aber noch etwas, das Sie wissen müssen."

Martin vermutete diese Geschichte, die gleich kommen würde, zu kennen, spielte aber dennoch den Überraschten. Denn was sein Onkel in Erfahrung hatte bringen können, war ihm nur durch Verletzung des Amtsgeheimnisses zu Ohren gekommen.

„Man vermutet hinter einer SMS so eine Art Abschiedsbrief. Aber ich kenne leider den Text noch nicht."

„Ihr Großvater hatte ein Handy?"

„Natürlich, wieso nicht? Was glauben denn Sie? Mein Opa kannte sich sogar mit Computern aus. Auch wenn er zurückgezogen lebte, so ging er doch mit der Zeit. Er war immer auf dem letzten Stand, hörte täglich die Nachrichten und las sehr viel. Zeitungen, Zeitschriften, aktuelle Bücher. Natürlich hatte mein Großvater ein Mobiltelefon."

„Verzeihen Sie, ich wollte Sie nicht verletzen."

Doch für Frau Bogensberger war das Thema mit dieser Entschuldigung nicht abgeschlossen. Mit gespitzten Lippen fuhr sie fort. „Er hatte so ein Ding wahrscheinlich sogar eher als Sie! In dem alten Gebäude war kein Telefon eingeleitet. Er hat sich in den späten Achtzigern eines der ersten Funktelefone gekauft."

„Die waren damals aber noch ziemlich teuer."

Das war tatsächlich eine neue Information, die Martin in Staunen versetzte. Abgesehen von den Ausmaßen, die diese Geräte in den Anfangsjahren mobiler Telekommunikation aufwiesen, war es vor allem der Preis, der sie nur für einen kleinen Teil der Bevölkerung prädestinierte: Spitzenmanager, Spitzenpolitiker und Spitzenfunktionäre sowie Spitzen der Unterwelt, zählten eher dazu als ein Knecht, selbst wenn er ein Spitzenknecht gewesen sein sollte.

„Genau das ist der Punkt, der mich auch stutzig macht. Mein Opa war reich, sehr reich sogar. Ich hab nach dem ersten Schock begonnen, die finanziellen Verhältnisse zu ordnen. Dabei bin ich auf einige Sparbücher mit größeren Einlagen gestoßen. Auch auf dem Girokonto liegt ein erkleckliches Sümmchen."

„Wie viel genau?"

„Einige hunderttausend, genau kann ich das aber erst nach der Verlassenschaft sagen."

„In Euro?"

„Natürlich!"

„Und davon haben Sie vorher nichts gewusst, auch nichts bemerkt?"

„Wie denn, mein Opa hat immer sehr bescheiden gelebt, nie Luxus betrieben."

„Außer eben mit diesem Mobiltelefon", unterbrach Martin bewusst provokant.

„Das war ihm wichtig. Genau wie ich. Mich hat er ja auch unterstützt, damit ich studieren konnte."

„Was haben Sie denn studiert?"

„Kunstgeschichte. Ich arbeite derzeit als Beraterin für das Belvedere. Ich war aber auch noch zwei Jahre in Ravenna, mein Praktikum machen."

„Das hat doch sicher einiges gekostet."

„Natürlich, aber mein Großvater hat es sich nicht nehmen lassen, mir das zu finanzieren. Ich war schließlich seine einzige Verwandte."

„Gut, dass Sie das ansprechen, danach wollte ich gerade fragen."

Frau Bogensberger wirkte plötzlich verschüchtert. Sie lenkte ihren Blick von Martin weg und suchte damit die Wände ab. Dann fragte sie: „Wollen Sie nicht doch etwas trinken? Also ich brauche was."

Martin nahm die Einladung jetzt an. Er nutzte die Zeit ihrer Absenz und betrachtete die Bilder an der Wand. Auf einem Jugendfoto trug sie ihr Haar noch länger. Wild, buschig. An irgendwen erinnerte ihn diese ungezügelte Mähne.
Sie kehrte mit zwei Gläsern Averna zurück.

„Dieser Kräuterlikör ist leider eine schlechte Angewohnheit von mir. Die habe ich aus Italien mitgebracht."

Martin dachte an den Spruch, dass wer Sorgen habe, auch Likör habe, lächelte aber nur verständnisvoll. Dann erzählte Frau Bogensberger, dass sie ihren Vater nicht kenne. Sie sei ein lediges Kind. Das sei in den Siebzigern in einem Mikrokosmos wie dem Neufrieder noch ein Skandal gewesen, etwas, über das die Leute die Köpfe zusammengesteckt hätten. Ihre Mutter hätte auf die Frage nach dem Erzeuger eisern geschwiegen.

„Irgendwann war sie dann weg. Da war ich erst vier."

„Was heißt weg?"

„Verschwunden. Es gab Gerüchte, dass sie in einen Fernlaster eingestiegen sein soll. Andere vermuteten, dass sie sich das Leben genommen hat. Ich weiß es nicht und ich will es auch nicht mehr wissen. Ich habe mich bis zu meinem sechzehnten Lebensjahr gefragt, warum sie das hätte tun sollen. Ich habe keine Antwort gefunden. Offiziell ist sie tot."

„Das tut mir sehr leid. Und wie kann ich Ihnen jetzt helfen?", wollte Martin wissen, der natürlich einen Verdacht in eine bestimmte Richtung hegte.

„Ich möchte, dass Sie die näheren Umstände des Falles untersuchen. Ich glaube nicht an einen Selbstmord. Und auch die Unfallversion scheint mir nicht wasserdicht. Mein Opa war ein umsichtiger Mensch. Er wäre niemals so leichtsinnig

gewesen mit Feuer zu hantieren, wenn schon durch mögliche Gase eine Explosionsgefahr bestanden hätte. Glauben Sie mir, er hat mehr Gärprozesse in diversen Weinkellern er- und überlebt, als so mancher Weinbauer. Nein, da ist etwas faul!"
Im Staate Neufried, dachte Martin.

„Gut", antwortete er, „ich übernehme diesen Fall. Sie müssen mir nur die Vollmacht unterschreiben, die mich zur Einsicht in die Akten bei den Behörden und sonstigen Stellen ermächtigt."

Frau Bogensberger zückte einen Kugelschreiber und nahm das Papier, das ihr Martin reichte, entgegen. Sie überflog es, dann unterschrieb sie es.

„Zwei Fragen habe ich noch, Frau Bogensberger: Wem hat Ihr Großvater diesen angeblichen Abschiedsbrief geschickt? Ihnen?"

„Nein, angeblich dem Fadinger. Zumindest hat der das behauptet."

„Ihnen gegenüber?"

„Nein, das soll er vor der Polizei ausgesagt haben. Das hab ich auch nur so am Rand erfahren. Soviel ich gehört habe, wird das noch geprüft. Das Handy ist ja beim Brand vernichtet worden, aber über den Mobilfunkbetreiber bekommt man so was anscheinend raus."

Seitlich hinter Michaela Bogensberger zeichnete sich durch den dünnen Stoffvorhang eine Tür ab. Der Ausgang zu einem Balkon oder einer Terrasse. Der Abend war bereits hereingebrochen, nur der Schein der Wohnzimmerlampe warf ein wenig Licht auf die in Terrakottakübel gepflanzten mediterranen Gewächse. Die langgezogenen dunkelgrünen Blätter eines Oleanders waren zu erkennen und etwas heller und kleiner die eines Olivenbäumchens. Wahrscheinlich auch Andenken an Ravenna, dachte Martin, der bereits die verschiedenen Möglichkeiten dieses Falles gegeneinander abzuwägen begann. Warum sollte wohl jemand einen als gutmütig bekannten, alten Menschen umbringen? Martin erschrak. Diesen Verdacht hatte nicht einmal Frau Bogensberger bislang geäußert. Es dürfte wohl eine Berufskrankheit sein, immer das Schlechteste anzunehmen. Da sprach schon mehr für die Unfalltheorie. Da aber hatte die Enkelin durchaus gewichtige Gegenargumente geliefert. Selbst ein senil umnachteter Greis würde wohl nicht so unvernünftig sein, in unmittelbarer Nähe von brennbaren oder gar explosiven Stoffen mit offenem Licht zu hantieren.

„Herr Martin?" Michaela Bogensberger reklamierte wieder Martins Aufmerksamkeit für sich.

„Ja?"

„Sie wollten noch eine zweite Frage stellen."

„Ach ja, richtig. Wieso wissen Sie über die finanziellen Belange Ihres Großvaters so gut Bescheid? Sind denn die Sparbücher und die anderen Bankbelege nicht bei dem Feuer vernichtet worden?"

„Nein, zum Glück nicht! Ich hab' mich schon früher manchmal um diese Dinge gekümmert, aber an dem Tag, an dem das Unglück passiert ist, hat mir der Opa all seine Sachen mit dem Auftrag, darauf aufzupassen, gebracht. Seltsam, nicht?"

Ihr Ausdruck im Gesicht verlangte nach Bestätigung, doch Martin schlug nur die Augen nieder und leerte sein Glas.

Das war nicht seltsam, sondern normal, wenn man mit seinem baldigen Ableben rechnete. Martin zog bereits einige Schlüsse, die er aber noch für sich behielt.

3. Krasberger saß an seinem Schreibtisch. Es hatte zu schütten aufgehört. Er hätte nun trockenen Fußes nach Hause gehen können. Doch seine Frau war in der Yoga-Stunde und er saß noch über dem Bericht wegen der Körbertsache. Er las den Aktenvermerk, den Reichold angefertigt hatte.

AV zur AZ 1 – 1845/2009 – Verdacht Par. 75

Auf Anordnung von Vorgesetztem GrInsp. Krasberger nochmaliges Telefonat mit Zeugen Bergmann. Der Zeuge bestätigt auf Rückfrage, dass der Kaufpreis von EUR 478.000,00 bereits dem Opfer zugeflossen sei, sich also bereits in dessen Verfügungsgewalt befunden haben müsse (die Öffnung der Bankkonten wurde bereits eingeleitet).

Die Immobilie ist laut Aussage des Zeugen ohne Vermittlung eines Maklers akquiriert worden. Der Bauträger sei durch ein in der Zeitschrift „Immobilienbote" geschaltetes Inserat auf die Liegenschaft aufmerksam geworden. Das Objekt sei schon längere Zeit beobachtet worden, da der Preis ursprünglich weit höher angesetzt worden sei (der Zeuge kann sich an den Einstiegspreis nicht genau erinnern, gibt die ungefähre Größenordnung in einer Bandbreite von 550 – 600 T Euro an). Nach seiner Einschätzung des objektiven Werts der Liegenschaft befragt, gibt der Zeuge an, dass dieser für private Interessenten nur bei rund EUR 400 T liege. Für den Bauträger sei der Grund aber mehr wert. Dies unter der Voraussetzung, dass der Altbestand durch einen vergrößerten Neubau ersetzt wird.

Auf Rückfrage gibt der Zeuge weiters an, dass es für das beauftragte Abbruchunternehmen an sich keinen Unterschied mache, ob ein Gebäude leer oder möbliert übergeben werde. Es sei nicht untypisch oder ungewöhnlich, wenn Vorbesitzer etwa Einbaumöbel oder sonstiges Mobiliar zurücklassen, die zusam-

men mit dem Schutt entsorgt werden können. Hausrat allerdings nicht. Das scheine nicht üblich zu sein.

Ich habe den Zeugen gefragt, ob er sich an andere Dinge, die ihm ungewöhnlich erschienen sind, erinnern könne. Nach einer Pause hat dieser dann ausgesagt, dass es einen anderen Interessenten gegeben hätte, der aber an der Finanzierung der Liegenschaft gescheitert sei. Dem Opfer habe es laut Aussage des Zeugen Bergmann leid getan, dass die Transaktion mit diesem Interessenten, der ihm die Erhaltung des Hauses zugesagt habe, nicht zustande gekommen sei. Doch das Opfer wäre vernünftig genug gewesen, das sichere und weit bessere Angebot des Bauträgers anzunehmen.

Für Krasberger schien klar, dass Körbert seinen Besitz bestmöglich versilbern wollte. Wenn es wirklich so schlecht um ihn bestellt gewesen war, wie der Obduktionsbefund vermuten ließ, dann hatte er es sicher eilig, an sein Geld zu kommen. Krasberger las weiter:

Die bisherige Recherche bei den im Branchenverzeichnis aufscheinenden Umzugsfirmen brachte bislang kein Ergebnis. Auf telefonische Rückfrage war den Befragten kein Auftrag von einem Herrn Körbert unter der Anschrift des Tatorts bekannt. Dadurch wird der Anschein erweckt, dass das Opfer einen Umzug unter Mitnahme des bisherigen Hausrats nicht geplant hatte. Es muss aber in die Erwägungen miteinbezogen werden, dass ...

Krasberger verscheuchte eine Fliege aus seinem Gesicht. Er wunderte sich darüber, wie geschraubt Reichhold sich ausdrücken konnte. Er musste aufpassen, dass dieser ihn nicht überflügelte. Reichhold war wahrscheinlich ein Teil des Bildungsproletariats. Dank der Sozialisten in den Siebzigern des vorigen Jahrhunderts hatten auch Kinder aus der Arbeiterschicht ihre Matura an einem „Gynasium“ oder wie immer diese Mittelschule sonst noch hieß, schaffen können. Er selbst war nach der Hauptschule und einer abgebrochenen Lehre in den Staatsdienst getreten. ER war nicht so ein Schnösel wie Reichold, der meist nach der Schreibe sprach – auch unter Kollegen. Er war eben ein gestandener Kieberer, der seinen Beruf von der Pieke auf gelernt hatte. Schon die Maturanten in seinem Kurs waren bevorzugt behandelt worden. Trotzdem war er fast bei den Besten seines Jahrgangs dabei gewesen. Er hatte eben Bildung durch Einsatz wettgemacht.

Krasberger wandte sich nun wieder dem letzten Absatz der Aktennotiz zu:

... derartige Dienstleistungen in verstärktem Ausmaß über Internetanbieter abgerufen werden. Die Vielzahl der auf diesem Weg im Geschäftsverkehr auftretenden Anbieter lässt eine seriöse Aussage, ob womöglich ein Auftrag über einen solchen hätte abgewickelt werden sollen, nicht zu.
Gez. Insp.Reichhold, zum Akt

Auch wenn er sich über den Stil Reichholds, der schon nach Hause gegangen war, ärgerte, enthielt der Vermerk doch einige brauchbare Informationen. Mehr, als das Gespräch beim Gradil, dem Gasthaus ums Eck von Körbert, ergeben hatte. Natürlich war dieser dort bekannt gewesen. Der Wirt hatte ihm auch sagen können, was er jeweils gegessen hatte. Dies aber nur deswegen, weil Körbert immer das Menü gegessen hatte, und das Menü im vierzehntägigen Turnus immer dasselbe war.

Dennoch wuchs der Stalagmit weiter. Das Bild des kochenden Mörders nahm Gestalt an.

Krasberger wählte sich ins Internet ein. In die Suchmaschine tippte er den Begriff „Immobilienbote“ ein. Nach wenigen Sekundenbruchteilen bekam er eine Seite mit mehreren Treffern am Bildschirm angezeigt. Er hatte Glück, denn den Immobilienboten gab es auch online, wie der dritte Treffer verriet. Er klickte auf den Link und fand sich wenige Sekunden später auf der Startseite des Immobilienportals wieder. Er tippte einige Eckdaten der Körbertimmobilie in die Suchleiste ein. Er hatte tatsächlich Glück: das sofort dargebotene Foto entsprach der Frontansicht des Krasberger bekannten Hauses, die Annonce war online also noch abrufbar. Körbert hatte weder die Anzeige gelöscht noch einen Hinweis auf den durchgeführten Verkauf gegeben.

Krasberger bettete sein Gesicht in seine offenen Hände und stützte seinen Kopf auf die Ellenbogen. Mit den Fingerspitzen massierte er seine Stirn.

Was war das nur für ein Fall! War es nur ein Fall?

Er kritzelte die Worte auf einen Bogen Papier.

ein Fall
Einfall ein Fall
Einfall
Ein Fall?
Überfall!
Ein Fall Überfall!

Er zeichnete darunter ein großes Fragezeichen. Seine Frau war jetzt von der Yoga-Stunde sicher schon zurück. Draußen hatte wieder ein leises Rieseln eingesetzt. So klang es, wenn leichter Regen auf die Efeublätter an der Fassade fiel. Er schaltete den Computer aus und erhob sich aus seinem beamtisch grauen Bürosessel.

Am nächsten Morgen war Martin früh auf den Beinen. Er dachte an die fesche Michi Bogensberger, die ihm nach der halben Flasche Averna das Du-Wort angeboten hatte, was er wiederum sofort angenommen hatte. In der Hoffnung auf einen Kuss, der sich aber auf ein flüchtiges Bussi auf die Wange reduziert hatte. Dennoch war es ein angenehmer Abend gewesen. Sieht man von dem Auftrag einmal ab. Ein Auftrag, bei dem er Fadinger, dem Local Hero, zwangsläufig auf die Zehen würde treten müssen.

Am Heimweg hatte ihn dann der Regen überrascht und ihm eine erfrischende Dusche beschert.

Am liebsten wäre er sofort zu Fadinger hin, um ihn ein wenig in die Mangel nehmen. Aber er fuhr zweigleisig und da war zuvor noch etwas anderes zu erledigen. Ein untreuer Ehemann musste zur Strecke gebracht werden. Diesem mussten, zumindest finanziell, die Eier abgeschnitten werden.

Er blickte auf die Uhr am Armaturenbrett, nachdem er aus der Ausfahrt in die Hauptstraße eingebogen war. Es war kurz nach halb sieben Uhr morgens. Normalerweise wäre die Strecke über Neuwaldegg zur Sandleitengasse um diese Zeit schon stark frequentiert. Pendler aus dem Wiener Umland, von Mauerbach bis Königstetten oder dem sonstigen Tullnerfeld nutzten diese Verbindung, um in die inneren Bezirke Wiens zu gelangen. Jetzt im Sommer machte auch die Stoßzeit Ferien – an irgendeiner Strandpromenade oder auf der Südautobahn, wenn am Samstag der Urlauberschichtwechsel anstand.

Martin musste vor der Wohnanlage nicht lange auf Simlinger warten. Es war gut, dass er einen Zeitpolster eingerechnet hatte, denn das hatte offenbar seine Zielperson ebenfalls getan, als sie zehn Minuten vor sieben von zu Hause aufbrach. Der Nissan fuhr schnurstracks zur Ottakringerstraße und hielt dann die Richtung stadteinwärts bei. Martin wunderte sich, denn zur Perfektastraße, wo er sich für neun Uhr zur Betriebsprüfung angekündigt hatte, wäre Martin entweder die Possingergasse oder spätestens den Gürtel eingebogen, um zum Wiental zu gelangen. Von dort führte der schnellste Weg über die Grünbergstraße nach Altmannsdorf. Wenn man von dort die hängenden Gärten Alt Erlaas hinter sich gelassen hatte, war es nur mehr ein Katzensprung zu dem entlang der Perfektastraße angesiedelten Werksgelände.

Doch diesem galt Simlingers Interesse anscheinend nicht. Er fuhr die Alser Straße weiter und verschwand dann über die Skodagasse im Dickicht der Einbahnen im achten Bezirk. Martins Zeiten, als er selbst noch innerhalb des Gürtels gewohnt hatte, lagen noch nicht so lange zurück, dass er nicht gewusst hätte, dass es selbst im Sommer in dieser Gegend schwierig sein würde, einen halbwegs legalen Parkplatz zu ergattern. Zumindest für länger als zehn Minuten, bis der Abschleppwagen kam. Denn das Rathaus lag in unmittelbarer Nähe und die dort beschäftigten Parksheriffs gingen hier mit besonderem Fleiß an ihr Werk.

Simlinger verlangsamte seine Fahrt. Plötzlich fuhr er an den rechten Rand, mitten in ein weithin sichtbar beschildertes Halteverbot. Das blaue Schild mit rotem Querbalken am Gebäude rechts ließ sofort erahnen, dass es sich um die für das Wachzimmer reservierte, den Dienstfahrzeugen vorbehaltene, Stellzone handelte.

Simlinger sprang aus dem Wagen und verschwand in der Polizeistation. Wollte er hier eine Anzeige erstatten? Oder hatte er hier dienstlich zu tun? Martin konnte sich aus der Aktion keinen Reim machen. Er wartete mit etwas Abstand in zweiter Spur und hoffte, dass dieser bald wieder seinen Wagen wegbewegen würde. Doch er sollte sich täuschen. Zwar erschien Simlinger bald wieder auf der Bildfläche, doch der gut gelaunte, ihm auf die Schulter klopfende Beamte in Uniform vermittelte nicht den Eindruck, dass er sich an Simlingers geparktem Wagen stoßen würde. Dieser holte ein Päckchen aus dem Auto und sperrte ab. Er winkte in Richtung des Wachzimmers und querte gut gelaunt die Straße.

Diesen Vorteil hatte man also, wenn man beim gleichen Verein arbeitete, dachte Martin, der seinen Wagen schnell ungefähr 50 Meter zurücksetzte. Man war zwar schlecht bezahlt, aber gewisse Vorteile hatte es doch, zum großen Clan der Exekutive zu gehören.

Martin schob in die Ladezone und holte seine Fotoausrüstung. Er eilte zu dem Haus, in dem Simlinger verschwunden war.

Auf ihn hatte es nicht den Eindruck gemacht, dass Simlinger diese Nummer mit dem Polizeiparkverbot zum ersten Mal durchgezogen hätte. Was für ein Schlawiner, urteilte Martin über diesen.

Die Schnalle der verschlossenen Eingangstür gab nicht nach. Das Haus war versperrt. Simlinger hatte sicher drei bis fünf Minuten Vorsprung. Martin hatte zuvor nicht sehen können, wie er sich Einlass verschafft hatte. Er überflog die Namensschilder der Gegensprechanlage. Ganz groß stand der Name Simlinger neben der Türnummer 9.

Der Kerl war tatsächlich unverschämt, sich hier ein Liebesnest auf den eigenen Namen einzurichten. Oder er war, was keinen Deut besser war, ein echter Bigamist. Dafür würde er aber wie der Kopf des erlegten Großwilds aus der sibirischen Tundra eine echte Trophäe für Martin sein. So einen hatte er noch nicht zu Strecke gebracht.

Martin drückte den Knopf neben dem Namen. Eine Frau meldete sich.

„United Parcel Service, ich habe ein Paket für Sie", log Martin wenig originell auf die Schnelle.

„Für mich? Sind Sie da sicher?", fragte die Stimme, bevor der Türöffner schnarrte.

Martin eilte die Stufen in den zweiten Stock hinauf. Die Tür war einen Spalt geöffnet. Jetzt musste er aufs Ganze gehen. Er würde in die Wohnung preschen und ein oder zwei Fotos von Simlinger und dessen Gespielin machen. Das sollte für ein Gericht dann reichen. Sein Auftrag wäre erledigt und er würde versuchen, irgendwie heil aus der Wohnung zu seinem Auto zu gelangen.

Er pirschte sich an den Türspalt heran, die Kamera im Anschlag. Bevor er hineinlugen konnte, wurde er plötzlich nach hinten gerissen. Die Kamera entglitt seiner Hand.

4. „Wollen Sie noch etwas Tee?"

Martin nickte. Er rieb sich die Beule, die er sich am Gang zugezogen hatte, als ihn Simlinger gegen die Wand gedrückt hatte.

Die junge Frau mit der Rasta-Frisur führte die Kanne zu der vor Simlinger auf den Tisch gestellten Tasse hin. Aus dem Schnabel ergoss sich die rötlich-braune Flüssigkeit in die Schale. Martin nahm einen Schluck und war froh, dass er Simlinger davon hatte abhalten können, ihm eine zu *betonieren*.

Die Einrichtung der Wohnung war ebenso jugendlich wie deren Bewohnerin. Helle Kieferholzregale voll mit Büchern, dazwischen einige alte Stücke vom Flohmarkt. Alles irgendwie zusammengestoppelt und doch in sich stimmig.

„So, so", sagte Simlinger, der Martin seinen Ausweis retournierte. „Sie sind also Privatdetektiv."

Martin steckte seinen Ausweis in die Tasche zurück. Bevor er etwas dazu sagen konnte, setzte Simlinger fort: „Gestern habe ich Sie schon bemerkt. Im Rückblickspiegel habe ich gesehen, wie Sie mir gefolgt sind."

Martin gab es einen Stich. Solche Aussagen waren nicht gut für den Ruf. Und sie waren absolut schlecht fürs Geschäft. Er rutschte auf seinem Sessel hin und her. Simlinger nahm ihm gegenüber neben der jungen Frau Platz. Erst jetzt bemerkte er die Ähnlichkeit zwischen den beiden. Man sagte so was ja Paaren, die längere Zeit zusammen waren, nach; zumindest hatte Martin darüber gelesen. Simlinger fasste die junge Frau an der Hand. Die erwiderte diese Geste mit einem liebevollen Lächeln. Martin juckte es in den Fingern, doch die Kamera war im Vorzimmer liegen geblieben.

Simlinger fuhr fort: „Irgendwann war klar, dass das passieren würde, nur wollte ich es nicht wahrhaben. Ich dachte, ich könnte das meiner Frau irgendwann erklären ..."

„Was erklären? Das mit ...?" Martin richtete den Blick auf das Mädchen.

„Ja natürlich, das mit Irene, was dachten denn Sie? Nur, als ich meine Frau kennen gelernt habe, da hat sie mal so eine Bemerkung gemacht, von wegen Männern, die Kinder in die Ehe mitbringen, da ..."

„Was? Das ist Ihre Tochter?" Martin wusste nicht, ob

ihm nach Lachen oder Weinen zumute war.

„Haben Sie was für den Tee?“, fragte er, den Blick auf eine Schnapsflasche im Regal hinter Irene Simlinger gerichtet. Jedenfalls war ihm die Überraschung sichtlich ins Gesicht geschrieben, weswegen Simlinger bereitwillig zu erzählen begann.

Es sei vor genau zwanzig Jahren passiert. So was wie ein One-Night-Stand. Er habe es selbst erst vor wenigen Jahren erfahren. Knapp bevor er seine jetzige Frau kennen gelernt habe, wäre die Nachricht von seiner Vaterschaft gekommen. Das Jugendamt hätte Verbindung mit ihm aufgenommen. Er hätte sich zunächst nicht einmal an den Namen der Mutter erinnern können. Doch diese sei schwer erkrankt gewesen und habe ihn nun bei der Behörde als Vater angeben müssen. Er habe sich der Verantwortung sofort gestellt, seine Tochter legitimiert, habe aber seine Frau, die eben erst schwanger geworden war, nicht vor den Kopf stoßen wollen. Jetzt sei es endlich raus und er bitte Martin, dass er diese Jugendsünde selbst seiner Frau beichten dürfe. Irene feiere heute ihren achtzehnten Geburtstag, das sei eine gute Gelegenheit.

Martin schlug den Weg zu seinem Wagen ein.

Die Wahrheit ist zumutbar! Hatte ein Politiker in Anlehnung an Ingeborg Bachmann behauptet. Dabei passte dieser Satz ebenso wenig in die Politik wie zu einem Privatdetektiv. Wieder nur so ein leeres Schlagwort, für das kein echter Anwendungsbereich blieb. Er konnte schwer zu seiner Auftraggeberin kommen und ihr präsentieren, dass ihr Mann sie zwar nicht betrogen habe, dafür aber eine großjährige Tochter in die Ehe bringe. Keine Frau schätzt so eine „Morgengabe“. Noch dazu, wenn sie bislang der festen Überzeugung sein durfte, ein Monopol auf die Fortpflanzung zu besitzen. Wer zu spät kommt, den bestraft das Leben. Hatte ein anderer Politiker gesagt. Dieser Satz passte schon eher. Kein Wunder, kam er doch aus dem Wodka geschwängerten Russland.

Dann die nächste Assoziation. Strafe – falsch geparktes Auto. Im schlimmsten Fall abgeschleppt.

Er beschleunigte seine Schritte, kam vom Trippeln in ein Laufen.

Gott sei Dank. Das Auto stand noch in der Ladezone. Unversehrt.

Davor, in zweiter Spur ein Riesen-Brummi mit Warnblinkanlage, die Ladeklappe geöffnet.

„Bitte entschuldigen Sie, ich will nur schnell weg!"

Der Fahrer des Schwerlasters, der mit einer Rodel verschiedene Kartonagen zu einem Magazin im Souterrain transportierte, zuckte nur mit den Schultern. Der LKW war, wie das Nummernschild verriet, trotz des deutschen Speditionsnamens in Rumänien zugelassen, der Fahrer vermutlich des Deutschen nicht mächtig. Eine Fuhre nach der anderen rollte er an Martin vorbei, der in seinem Wagen darauf wartete, bis er losfahren konnte.

Er dachte nochmals an den Fall zurück. Wahrscheinlich waren die anderen Detektive gar nicht so unfähig gewesen, wie Frau Simlinger unterstellt hatte. Womöglich waren sie – so wie er – der Wahrheit näher gekommen, als ihnen lieb war. In seinem Fall das reine Desaster: Eine enttäuschte Klientin – soweit noch gut; doch eine enttäuschte Klientin, die zugleich auch die eigene Steuerbeamtin war, das war die Hölle. Genauso gut hätte man ihm den Schierlingsbecher anbieten können.

Martin beschloss, sich ebenfalls als unfähig darzustellen. Das war noch der gelindeste Ausweg aus diesem Dilemma.

Er würde einen Rabatt gewähren. Aber nicht zu viel, damit die Simlinger nicht misstrauisch würde, wenn er ihr gestand, dass er kein Ergebnis bringen konnte.

Endlich gab der Lastwagen eine Rußwolke von sich.

Langsam rollte er an und Martin konnte losstarten. Jetzt galt es, bei dem anderen Auftrag Nägel mit Köpfen zu machen. Das Angenehme dabei war, dass er diese Untersuchung mit einem Heurigenbesuch beginnen würde.

*

Der Besucher drückte den Klingelknopf über dem Schild, auf dem der Name „Beheim" stand.

Die Tür öffnete sich nur einen Spalt. Der Mann hinter der Tür äugte misstrauisch heraus. Das Gesicht war im Halbschatten kaum zu erkennen.

„Was wollen Sie?"

„Verzeihung, aber ich wollte zu Dr. Beheim", sagte der junge Mann vor der Tür verunsichert. Die Augen des anderen wanderten prüfend an ihm herab. Der Besucher hatte die Haare kurz geschnitten, die Wangen glatt rasiert, auch das gebügelte Hemd und die Hose mit Bügelfalte unterstrichen die gepflegte Erscheinung des durchaus adretten Burschen Ende zwanzig.

„Der ist nicht da!", antwortete der Mann hinter der Tür unwirsch.

„Ja wieso denn? Ich meine, Sie müssen entschuldigen, aber ich habe schon seit ein paar Tagen nichts mehr von ihm gehört und das ist ..."

„Was?"

„Das ist ungewöhnlich. Auch am Mobiltelefon meldet er sich nicht."

„Dr. Beheim ist zurzeit schwer erreichbar. Er ist für einige Wochen zur Kur. Er hat das Ladegerät für sein Handy vergessen. Ich habe es ihm vor ein paar Tagen geschickt, aber die Post ist wieder mal nachlässig, Sie wissen ja."

„Zur Kur? Um Gottes Willen, was fehlt ihm denn?", fragte der junge Mann vor der Tür, sichtlich betroffen.

„Ach, gar nichts, das dient nur der Erholung, da brauchen Sie sich nicht zu sorgen. Wer sind Sie eigentlich?"

„Entschuldigen Sie, ich habe mich ja gar nicht vorgestellt. Kreutzer. Ich heiße Kreutzer Adalbert. Ich bin so was wie ein ..., sagen Sie, könnten wir die Unterhaltung drinnen weiterführen?"

„Nein, tut mir leid, aber ich soll niemanden ins Haus lassen, hat mein Onkel gesagt."

„Verstehe, Sie sind also ...?"

„Der Neffe, jawohl. Ich wünsche Ihnen noch einen guten Tag."

„Guten Tag, verzeihen Sie die Störung."

Die Tür wurde vor Kreutzers Nase zugeschlagen. Er entfernte sich langsam einige Schritte, machte dann aber kehrt. Sein Blick wanderte die Fenster im oberen Stock entlang. Er drehte sich um und verließ zügigen Schrittes das Grundstück.

Der Mann im Inneren lauschte, schwer atmend und den Rücken gegen das Türblatt gedrückt, angestrengt hinaus, bis er das Gartentor einrasten hörte.

War es wieder so weit?, fragte er sich. Würde es denn nie zu

Ende sein? Nein, beantwortete er sich diese Frage, solange die Gier nicht enden wollte, würde es niemals aufhören.

*

Martin saß auf einer der harten Heurigenbänke aus Holz und nippte an seinem Glas.

„Kann i 's scho wegnehma?"

Ohne eine Antwort abzuwarten, beugte sich die tief dekolletierte Kellnerin vor und griff nach Martins Teller, auf dem sich die Reste eines Stücks Blunzenstrudel mit einem verbliebenen Häufchen des dazu servierten Sauerkrauts befanden. Martin war vom Anblick des sich ihm präsentierenden Fleisches ohnehin zu hingerissen, um zu antworten.

„Noch an Spritzer, der Herr?"

Für ein Nicken reichte es. Zumal sich bei einer weiteren Bestellung die Chance auf einen neuerlichen Blick auf die prallen Rundungen der von der Natur den Neugeborenen zugedachten Erstversorger eröffnete. Nämlich dann, wenn sie sich vor zum Glas mit dem Konsumationszettel beugte.

Martin kratzte sich am Bein. Eines dieser Blut saugenden Biester hatte ihn erwischt. Obwohl er drinnen saß. Mit der Dämmerung fielen sie ein, diese Plagegeister. Das Licht lockte sie wohl durch die geöffneten Fenster an.

Im Garten war kein Platz gewesen, denn dieser war zum Großteil als Folge des Brandes abgesperrt und dadurch gut um die Hälfte seiner Kapazität beraubt worden. Es störte Martin nicht, drinnen zu sitzen. Erstens hatte er ein Herz für Raucher. Der sich in der Gaststube ausbreitende blaue Dunst, löste bei ihm, anders als bei so manch militantem Nichtraucher, keine Panikattacke aus. Und zweitens konnte man in unmittelbarer Nähe der Schank besser mithören, worüber gerade aktuell getratscht wurde. Und das war natürlich das Feuer.

Fadinger saß am Stammtisch, neben ihm drei Herren im Anzug. Der eine von sportlicher Natur mit spitzen Gesichtszügen. Die rahmenlose Brille ließ das Gesicht mit ihren eckigen Gläsern noch kantiger erscheinen. Die anderen beiden wirkten da, mit ihren Bäuchen und der Schwarte unter dem Kinn, schon viel gemütlicher, passten sich besser in die weinselige Stimmung aus Alkohol, fettem Essen und verrauchter Luft ein.

Martin kannte den einen Beleibten aus den Medien. Er wusste, auch wenn er den Namen jetzt nicht parat hatte, dass es sich um einen Politiker handelte.

„Ihr Spritzer, bitteschön!"

Die Kellnerin stellte das Henkelglas vor Martin ab und beugte sich tatsächlich vor, um einen weiteren Strich auf dem in einem Glas steckenden Zettel zu machen. Doch Martin war vom Geschehen an Fadingers Tisch zu abgelenkt, um sich ihren weiblichen Reizen zu widmen. Der Heurigenwirt schob dem Politiker ein Blatt Papier hin, worauf dieser den Kopf schüttelte.

„Sagen Sie", sprach Martin die Kellnerin an, „der Herr am Tisch vom Chef, das ist doch der ..., aus dem Büro vom ..., Sie wissen schon, der ..." Erwartungsvoll schaute er die Frau an, die ihrerseits den Blick zum Stammtisch hindrehte.

„Der Kowanka, ja, da recht, des is' der Kowanka aus dem Büro vom Planungsstadtrat. Der war früher öfter da, in letzter Zeit aber weniger."

„Und die anderen Herren?"

„Warten S', lassen S' mich überlegen. Ja, des eine is' der Zepetzauer, des ist ein Architekt, der was die Planung macht."

„Was für eine Planung?", unterbrach Martin die Frau.

„Na wenn was umbaut werden soll."

„Und der dritte?"

„Des waß i a ned. Vom Sehen kenn i den Herrn scho, i glaub, der hat a Baufirma, aber sein Namen kunnt i Ihna jetzt gar ned sogn. Der is in letzter Zeit oft beim Chef g'wes'n. Entschuldigen S'!"

Fadinger hatte nach der Kellnerin gewunken und diese eilte sofort zu seinem Tisch. Martin beobachtete, wie er ihr etwas sagte. Sie flitzte zur Schank und kehrte wenige Augenblicke später mit einem Dekanter und einer Flasche an den Tisch zurück. Martin konnte die Prämierungsetiketten am Flaschenhals erkennen. Die goldenen Auszeichnungen verrieten, dass es sich bei dem Wein um Fadingers „Cuvée Bombastum" handeln musste. Ein wuchtiger Rotwein, der nicht auf der Karte stand, weil der Genuss der streng limitierten Serie nur wenigen Auserwählten zuteil wurde. Das Tröpfchen wurde manchmal bei Charity-Auktionen versteigert. Dabei wurden Preise von bis zu eintausend Euro pro Flasche erzielt. Wenn einmal die Qualität des Weins, etwa nach einem schlechten Jahr, nicht Fadingers Vorstellungen entsprach, wurde diese Cuvée nicht produziert. Das steigerte den Wert der früheren Jahrgänge nochmals. Entweder es war geschicktes Marketing oder der Wein musste tatsächlich so etwas sein wie der Nektar der Götter. Martin wusste es nicht. Er wusste nur, dass er ihn wohl nie verkosten würde, um das herauszufinden. Es hieß weiters, dass sich Fadinger persönlich für die Vinifizierung von der Kelterung bis zur Lagerung verantwortlich zeichnete. Martin hatte auch gelesen, dass einmal jährlich eine Flasche an das Büro des Bürgermeisters ging. Zu dessen Geburtstag. Der Mann war bekanntermaßen ein Weinliebhaber und selbst der beste Werbeträger für den Wiener Wein.

Fadinger schenkte die vier Gläser jeweils nur zwei Finger breit ein. Dann hob er sein Glas und hielt es leicht geneigt gegen das Licht. Die satte, tiefrote Farbe war bis zu Martins Sitzplatz hinüber gut zu erkennen. Fadinger begann das Glas zu schwenken. Ganz sanft. Die Flüssigkeit darin bewegte sich kaum. Erst danach führte er das Glas an seine Nase, lächelte und bedeutete den anderen, dass sie nun trinken könnten.

Zufriedenheit stand in die Gesichter der Männer am Stammtisch geschrieben. Ein Murmeln setzte an. Wohl Ehrfurchtsbekundungen. Der Architekt war der erste, der trotz des gebotenen Lobs an das Gespräch von vorhin Anschluss suchte. Denn er nahm den Plan an sich und begann Kowanka einige Dinge zu erläutern. Martin schloss das aus seinen Gesten, wie er mit den Fingern über einzelne Stellen des Papiers fuhr und wie er regelmäßig nach einigen Sätzen die Augen auf Kowanka richtete, so als wollte er sich vergewissern, ob dieser ihn verstanden hatte und ihm zustimmte.

„Jetzt bin i wieder für Sie do! Woin S' no was?"

Martin schreckte auf. Er deutete nochmals auf sein Glas und die Kellnerin zog ab. Er musste aufpassen, dass er es mit der Authentizität seiner Tarnung als normaler Besucher nicht übertrieb. Wenn er nicht aufpasste, würde er besoffen sein, bevor er noch irgendetwas von Belang in Erfahrung hatte bringen können. Obwohl ganz unbedeutend war diese Runde nicht. Das war zumindest ein Eckstein in diesem Puzzle.

Und sogar ein guter. Denn das Treffen zwischen Fadinger, seinem Architekten, einem Baumeister und einem Vertreter der Planungsbehörde ließ die Vermutung aufkommen, dass Fadinger bauen wollte.

Fadinger war überhaupt ein Mann der mit beiden Beinen im Leben zu stehen schien. Es war nicht einmal einen Monat her, dass er nur knapp einer Katastrophe entgangen war, einer Katastrophe, die in seinem engsten Umfeld sogar ein Opfer gefordert hatte, und nun plante er offenbar einen Umbau, wie es die Kellnerin genannt hatte.

Fadinger schenkte nach. Die Unterhaltung an seinem Tisch wurde lauter, sie wurde wiederholt von Lachern begleitet. Das Eis war gebrochen, die Stimmung locker geworden. Martin blickte sich im Lokal um. Ein typischer Heuriger mit dunkler Holztäfelung. Ein wenig drückend vielleicht, bei gedämpftem Licht aber durchaus gemütlich. Die Schank schien zweckmäßig, der Bursche dahinter und auch die Kellnerinnen bonierten die bestellten Getränke über ein elektronisches System. Durchaus zeitgemäß.

Martin dachte an die Einrichtung beim Probst, die wesentlich spartanischer und an dessen Buchführung, die ungleich chaotischer war. Aber sogar Probst, der weder Geld zu verschenken noch Zeit zu vergeuden hatte, betonte dauernd, wie schnell die Dinge ausgetauscht werden müssten und dass es immer etwas zu renovieren gab. Ein Lokal sei eine Hure, bemühte dieser eine ungewöhnliche Metapher. Sie werde so oft geliebt, dass sie keine Liebe mehr spüren könne. Martin hatte zwar die tiefere Bedeutung dieses Vergleichs nie verstanden, versuchte sich diese aber damit zu erklären, dass Probst wahrscheinlich zum Ausdruck bringen wollte, wie schnell sich ein von vielen Menschen besuchtes Lokal im Vergleich zu einer Wohnung abnutzte.

Er nippte an seinem Glas und überlegte, ob er sich verdächtig verhielt. Fadinger hatte in den letzten fünf Minuten wiederholt zu ihm hinübergeschielt. Vielleicht war sein Interesse für das Geschehen am Stammtisch doch zu auffällig. Diskretion war Teil seines Berufsethos. War es immer schon gewesen. Vor allem als Bestatter wurde einem viel Schweigen abverlangt. Das lag nicht nur daran, dass man sich mit seinen echten Kunden schwer unterhalten konnte. Auch die Hinterbliebenen erwarteten sich ein Stillschweigen wie jenes Grab, in das der Verblichene versenkt wurde. Sein Chef hatte es ihm nicht verzeihen können, dass er diese eherne Regel seines Standes gebrochen hatte. Aber sogar ihm als Laien war die verfärbte Zunge aufgefallen, die auf einen Vergiftungstod hingewiesen hatte. Er hätte bei seinem ersten Verdacht die Behörden einschalten müssen, war ihm vorgeworfen worden. Wer er sich denn einbilde zu sein, hatte ihn sein Chef gemaßregelt. Doch er war hartnäckig gewesen und hatte begonnen auf eigene Faust zu ermitteln und herauszufinden, wer denn vom Tod des Dr. Mannlicher profitiert hatte. Dieser war zu Lebzeiten Leiter der Forschungsabteilung eines Pharmakonzerns gewesen und hatte eine Entdeckung gemacht, die bei positiver Testreihe für ein neues Medikament gegen Migräne hätte eingesetzt werden können. Die Testreihe hat Dr. Mannlicher aber nicht mehr erleben können, weil er an einem Herzanfall verstorben war. Ein Mann Mitte fünfzig, der bislang laut Auskunft seiner Witwe niemals über Beschwerden geklagt hatte oder in Behandlung gewesen sei. Der den Totenschein ausstellende Arzt war bei seiner Diagnose geblieben, doch die von der Witwe angeordnete Obduktion brachte ein anderes Ergebnis zutage. Tod durch Vergiftung. Martin hatte der Witwe nicht nur zu diesem Schritt zugeredet, sondern auch herausgefunden, dass die Lorbeeren der Forschung Mannlichers Stellvertreter eingeheimst hatte. Dieser Stellvertreter war wieder mit dem Arzt, der die Todesursache untersucht hatte, verschwägert. Ein von langer Hand vorbereitetes Komplott war von Martin aufgedeckt worden. Dumm war nur, dass ihm die Polizei seine Version nicht geglaubt hatte, da er einige Querverbindungen nicht nachweisen hatte können, auch wenn der Verdacht nahe gelegen war. Am Ende hatte es überall nur Verstimmung gegeben: Der Arzt, der ihm einen Verleumdungsprozess hatte machen wollen, dann aber im letzten Moment einen Rückzieher gemacht hatte, sein Chef im Beerdigungsinstitut, weil er sich in die Privatangelegenheiten einer Kundschaft eingemischt hatte und am meisten hatte ihm die Witwe gezürnt. Anstatt, dass sie ihm dankbar gewesen wäre, weil er die Wahrheit ans Licht gebracht hatte, war sie stinksauer gewesen, weil die Lebensversicherung sich plötzlich geweigert hatte, die Versicherungssumme auszubezahlen. Die Exhumierung hatte schließlich ergeben, dass es sich nicht um eine natürliche Todesursache gehandelt hatte. Dieser Fall war von den Bedingungen ausgeschlossen gewesen. Der Ruf des Arztes, der erwiesenermaßen einen Kunstfehler begangen hatte, war für immer angepatzt. Dass dieser nicht gegen Martin persönlich vorgegangen war, wertete Martin noch immer als Schuldeingeständnis. Erst nach Jahren war ihm die Idee gekommen, die Sache könnte in Wahrheit im Zusammenwirken zwischen der Witwe und dem Mediziner stattgefunden haben. Aber da war der Doktor schon verstorben und die Spuren der Witwe hatten sich im Sand verlaufen.

Aber eines hatte diese erste, dilettantische Untersuchung gezeigt: Martins Interesse, den Dingen auf den Grund gehen zu wollen. Sich in die Angelegenheiten anderer einzumischen. Seine Neugier als Interesse zu tarnen. Da war es ihm klar geworden. Er würde noch umsatteln und sich zum Detektiv ausbilden lassen.

Plötzlich wurde er von einem Tumult bei Fadingers Gesellschaft in die Gegenwart zurückgeholt.

„Hearst Ernsti, bleib doch da!“, rief der Winzer dem wütend davoneilenden Architekten nach. „Des is' ja nur a klane Änderung.“

„Wirft aber mein Gesamtkonzept über den Haufen“, antwortete Zepetzauer, der kurz gestoppt hatte, verärgert.

„Bringt aber mehr Profit – für uns olle“, sagte der Baumensch so laut, dass es Martin wie auch die anderen Anwesenden deutlich hören konnten.

Fadinger nahm Kopf schüttelnd Platz und lächelte den Verbliebenen zuversichtlich zu. Sein weißer Haarschopf schwang im Takt zu den Bewegungen. Martin konstatierte, dass dessen berühmte Dickköpfigkeit sich schon an der widerborstigen Haarpracht manifestierte.

Irgendwie musste er näher an diesen Tisch. Jetzt würde das Gespräch in lockerer Atmosphäre sicher weitere interessante Details bringen. Er wusste also, dass Fadinger einen Umbau plante. Er suchte nach einem Vorwand, den Tisch zu wechseln. Es waren aber alle anderen Tische mittlerweile besetzt, bis auf den einen direkt neben dem Stammtisch, der jedoch als reserviert gekennzeichnet war. Da fiel ihm der ihm vis-a-vis sitzende Gast auf, der genüsslich an einer Zigarre, Marke Müllverbrennungsschlot, sog. Martin hustete lautstark. Niemand nahm davon Kenntnis. Er wartete einen Moment, bis die Kellnerin wieder vorbeikam.

Diesmal hustete er sich das Beuschel aus dem Leib.

„Um Himmels Willen! Was is denn passiert, ham Sie sich verschluckt?"

„Nein ... es geht schon, nur ... dieser Rauch ...", er versuchte, diese Worte möglichst gepresst klingen zu lassen, so als befinde er sich ohne Sauerstoff beim Gipfelsturm des Nanga Parbat. „Haben Sie vielleicht einen anderen Tisch?"

Der Mann mit der Zigarre errötete. Schuldbewusst drehte er den dicken Tabakstängel im Aschenbecher, um die Glut auszumachen.

„Nur da hinten den Tisch beim Chef, da ist es aber relativ laut. Aber wenn Ihna des ned stört ..."

Martin packte sofort sein Glas und setzte sich an den neuen Platz. Fadinger beäugte den vorbeiziehenden Martin zwar misstrauisch, wandte sich dann aber wieder seinem Gespräch zu.

Martin rutschte unruhig auf seinem Platz hin und her, weil er versuchte, einen Blick auf die nach wie vor am Tisch aufgebreitete Skizze zu ergattern. Er spielte mit seinem Schlüsselbund, ließ ihn fallen. Er schob sich wie eine Katze um die Tischplatte herum und beugte sich langsam zu Boden, den Blick nach wie vor auf den Plan gerichtet. Mit seiner Hand tappte er blind am Boden nach dem Schlüssel. Er konnte in dem Plan das Frostbachl erkennen. Die fett umrandeten Linien mussten der Zubau sein. Es sah aus wie ... und wenn das das Frostbachl war, würde das bedeuten, dass...

„Hör'n Sie, was machen Sie denn da! Sie machen mich ja ganz nervös! Hier bitte! Und jetzt geben S' einen Frieden. Verstanden?"

Fadinger hatte die Initiative ergriffen, respektive die Schlüssel. Er hielt sie Martin vor die Augen. Der bedankte sich kleinlaut und verschwand wieder auf seinen Platz.

Was er gesehen hatte, ließ ihm keine Ruhe. Jetzt schien es nicht weiter verwunderlich, dass Fadinger wenig Betroffenheit nach dem Brand gezeigt hatte. Auf dem Grund, wo der alte Teil gestanden hatte, sollte ein Riesengebäudekomplex entstehen.

Abermals sandte Fadinger einen Blick zu Martin. Das Gespräch am Nebentisch wurde leiser. Doch das war im Moment nicht Martins Problem. Der Spritzwein drückte ihn. Er stand auf und peilte den Gang an, in dem sich die Toiletten befanden. Doch die Pissrinne war defekt und die Herrentoilette besetzt. Er eilte hinaus zum Garten, da er wusste, dass im Sommer auch die alten Toiletten geöffnet waren.

Endlich Erleichterung! Nach erledigtem Geschäft trat er in den Garten hinaus. Es hatte abgekühlt, doch die Luft war noch dunstig. Nur mehr wenige Gäste hielten sich, in Decken gehüllt, im Freien auf. Kein Wunder also, dass der Gastraum zuvor fast zur Gänze besetzt war.

Er trat an die Stufen, die über ein kleines Plateau zum alten Trakt hinführten, heran. Ein Absperrband aus Plastik versperrte den weiteren Weg zu dem Ort, wo die Brandruine ruhte. Er griff nach dem Band und hob es an.

„Was machen Sie da? Die ganze Zeit über frage ich mich schon, warum Sie bei mir herumschnüffeln!"

Fadinger musste ihm gefolgt sein. Gegen das aus dem Lokal

fallende Licht zeichnete sich eine bedrohliche Silhouette ab.

5. Martin saß auf der ihm vom ersten Besuch bekannten Couch. Vor ihm ein Glas mit Averna. Den Likör konnte er gut gebrauchen.

„Danke für deinen Anruf", sagte er zu Michi Bogensberger, die einen Hocker an den Couchtisch heranzog und sich darauf niederließ.

„Danke für dein Kommen, ich weiß, es ist schon spät."
Es war bereits nach zehn Uhr und normalerweise unschicklich, einer Dame um diese Uhrzeit einen geschäftlichen Besuch abzustatten. Aber wenn man schon per Du war, dann war das etwas anderes, dann war das schon eher ein Freundschaftsbesuch.

„Du sagtest vorhin am Telefon, du hättest wichtige Informationen." Er verschwieg geflissentlich, dass ihn ihr Anruf zuvor gerettet hatte.

„Ja, ich habe jetzt endlich den Text der sogenannten „Abschiedsbotschaft" erfahren."

„Und? Wie lautet er?"

Sie nahm einen Zettel zur Hand und las ihn vor: „Jetzt ist es doch so weit. Alles ist aus. Aber vielleicht ist es auch gut so. Damals ..."

„Wie geht's weiter?"

„Es geht nicht weiter. Das ist alles."

„Und mit diesen Worten soll sich eine Suizidabsicht manifestieren?"

„Ist zumindest die offizielle Version."

„Aber warum hat er die Nachricht nicht fertig geschrieben?"

„Das wundert mich ja auch!"

„Er muss also verunglückt sein, bevor er die SMS senden konnte."

„Er hat sie gesendet."

„An wen?"

„An Fadinger. Behaupten zumindest die Verbindungsprotokolle des Mobilfunkbetreibers."

Die Fäden liefen bei Fadinger zusammen! Für Martin war der Adressat der Botschaft dennoch sonderbar.

„Wieso sollte dein Opa so eine Nachricht an Fadinger senden und nicht an dich?"

„Genau das frage ich mich auch. Ich hoffe, du kannst mir die Erklärung bringen."

Martin schluckte.

Nachdem er sich geräuspert hatte, sagte er: „Das trifft sich gut. Denn ich habe mit ihm für morgen einen Termin vereinbart. Er hält mich für einen Journalisten. Ich konnte ihn überzeugen, dass ich ihm eine Story verschaffen kann, die einem Denkmal gleichkommt. Zunächst hat er noch gezögert, aber als dein Anruf kam, konnte ich ihn überzeugen, dass du meine Chefredakteurin vom Rundfunk bist und mir grünes Licht für die volle Produktion gegeben hast. Mit Society-Reportagen ohne Ende. Warum, habe ich ihn gefragt, warum wollen Sie das Feld den anderen überlassen? Er sei doch der König von Neufried, die Medien brächten aber immer nur etwas über seine Vasallen, also solle er sich doch auch einmal in den Mittelpunkt rücken lassen."

„Also deswegen hast du am Ende noch einen „Dominic" grüßen lassen. Ich hab mich schon gewundert, ich kenn' nämlich keinen. Und den aus dem Fernsehen wahrscheinlich genauso wenig wie du."

„Stimmt, aber es hat funktioniert. Morgen zeigt er mir seinen Betrieb."

Martin nippte an dem Glas. Das war natürlich nur ein Teil der Wahrheit. Aber er konnte ihr schwerlich erzählen, dass er sich so aufdringlich verhalten hatte, dass ihm Fadinger schnell auf die Schliche gekommen war. Die Idee zu dieser Reportage hatte ihm Fadinger sogar selbst geliefert, als er ihn gestellt hatte. Wie die Filzläuse seien die Reporter über ihn hergefallen, hatte er ihm an den Kopf geworfen. Ob er auch so einer sei. Martin war knapp davor zu verneinen, dann waren ihm aber die Bilder vom Kirtag eingefallen. Dabei war ihm bewusst geworden, dass man zwar über das Weingut lesen konnte, so gut wie keiner aber über den Menschen berichtet hatte. Fadinger musste sich geschmeichelt gefühlt haben, ein kurzes Aufblitzen seiner weißen Zähne hatte ein angedeutetes Lächeln verraten.

Michaela Bogensberger schenkte nach und gönnte sich auch einen ordentlichen Schluck, bevor sie sagte: „Und da ist noch etwas. Ich habe jetzt den Zugriff auf das Konto erhalten. Da kamen monatlich über zweitausend Euro rein, also die wurden überwiesen. Daher diese hohen Beträge auf den Sparbüchern."

„Überwiesen? Von wem?"

„Der Großvater war Begünstigter einer auf ihn eingerichteten Stiftung in der Schweiz. Woher das Geld dafür kam, konnte ich bislang nicht eruieren. Dort beruft man sich auf das Bankgeheimnis."

Martin stellte fest, dass er die ganze Zeit über das Likörglas in seiner Hand hin und her gedreht hatte. Er stellte es endlich auf den Tisch und wehrte Michis Ansinnen, ihm nachzuschenken, ab.

„Danke, aber bei dem, was ich jetzt zu verdauen habe, da hilft kein Schnaps. Es war ein langer Tag und morgen sollte ich fit sein. Ich halte dich auf dem Laufenden. Und du mich bitte auch."

„Natürlich, und danke nochmals fürs Kommen."

„Ich danke dir für deine Gastfreundschaft."

Sie begleitete Martin zur Tür und sie reichten einander zum Abschied die Hände. Martin trippelte die Treppe hinab und seine Auftraggeberin wartete an der halb geöffneten Tür noch so lange, bis er aus ihrem Blick verschwunden war. Sie hörte die Haustür ins Schloss fallen und versperrte ihre eigene Wohnungstüre.

Martin trat auf die Straße. Der Dunst war in Nebel übergegangen. Die Autos waren bereits beschlagen. Untrügliches Zeichen für einen nahenden Herbst.

Er musste zunächst einen kleinen Anstieg bewältigen. Die Irisgasse stieg zu Beginn steil an, bis man nach wenigen Minuten die Kuppe des Schoppenbergs erreicht hat. Das Licht der Laternen war milchig getrübt. Von hier oben hatte man normalerweise einen herrlichen Blick auf die gesamte Stadt, doch heute reichte die Sicht gerade auf die nächsten Hügel der Umgebung und den Einschnitt, den der Frostbach mit seinem Bett in früheren Zeiten durch das kleine Tal gezogen hatte. Doch die Lichtverhältnisse waren ausreichend, um Martin eine Beklemmung in der Brust zu bescheren. Wie die Pfähle eines tatarischen Reiterheeres ragten sie überall empor. Der in luftiger Höhe quer zum vertikalen Gerüst montierte Arm ließ die Gebilde mit dem Führerhäuschen oben drauf wie Kreuze erscheinen. Jede Stelle markierte ein Grab. Martin zählte in seinem unmittelbaren Blickfeld deren zwölf Stück. Jeder Kran Sinnbild der menschlichen Gier nach mehr Profit. Die Baustellen, und da war Martin sich sicher, waren flankiert von Bautafeln, die auf das jeweilige Prestigeprojekt hinweisen würden. Marmorgetäfelte Bäder, die nur Spekulationsobjekt waren oder Steuerabschreibposten, weil kein Durchschnittsverdiener sich diesen Luxus leisten konnte. Dafür wurde nach und nach das Erscheinungsbild zerstört. Alte Häuschen mit Holzpawlatschen, vielleicht auch einem Salettl im Garten, die verschwanden, eins nach dem anderen. Dafür kamen sie, die eckigen Quader, die eher einer Aufbewahrungsbox für Menschen, denn einer heimeligen Wohnstatt entsprachen.

Martin ging weiter, vorbei an dem einzigen Häuschen in den Weinbergen. Spitzdach, alter Baumbestand, eine Terrasseneinfassung aus Holz, das leicht verwittert war. Er musste sich nicht ausrechnen, wie oft wahrscheinlich Bauspekulanten Pläne damit angestellt hatten.

Gleich nach der sanften Linkskurve kreuzte er die Ritterpolzergasse, wo die Baugrube verschwunden war und ein wuchtiger Rohbau sich in die Luft erhob. Vier Stöcke hoch und der Dachstuhl war noch nicht einmal errichtet.

Wütend beschleunigte er seine Schritte und erreichte die Neufrieder Hauptstraße, wo sich sein Groll gegen den nächsten Irrsinn richtete: Neben die Feuerwache, den Blick auf den malerischen Kirchturm verstellend, hatte sich protzig ein Neubau gesetzt. Der Investor hinter dem Bauträger war eine bekannte Bank, also hatte es nichts geschadet, dass die Bulldozer irrtümlich die denkmalgeschützte Fassade des früheren Baus niedergewalzt hatten, und man zum Ausgleich dafür gleich um einen Stock höher gebaut hatte, als eigentlich zulässig war.

Martin reichte es, es musste etwas geschehen!

Als er wütend zu Hause angelangt war, setzte er sich sofort an den Computer.

Ein Prasseln war durch das gekippte Fenster zu hören. Der Regen hatte den letzten Rest des Sommers weggewaschen.

Martin griff auf die andere Seite des Betts, strich mit der Hand über den unbenutzten Kopfpolster. Dort, wo nichts war. Nichts mehr. Was hatte er erwartet? Dass über Nacht Sandrine zurückgekehrt war? Ohne Schlüssel? Den hatte sie ihm nämlich, nachdem sie ihn vom Schlüsselbund gerissen hatte, vor die Füße geknallt.

Martin fröstelte, als er aufstand. Das dünne Leintuch, mit dem er zugedeckt gewesen war, hatte ihn kaum gewärmt. Und die Einsamkeit ist schließlich auch kein Thermophor. Die Temperaturen verlangten eher nach einer Tuchent. Er spielte mit dem Gedanken, die Heizung aufzudrehen. Aber er war ein Mensch, der nach dem Kalender lebte. Im September wurde nicht eingeheizt. Und der dicke Pullover hatte mindestens bis zum Nationalfeiertag im Schrank zu bleiben. So schlüpfte er schlotternd wenigstens in eine lange Baumwollhose, die Shorts konnten an diesem Tag im Kasten hängen bleiben. Er hatte am Vormittag ohnehin einen Termin, zu dem er schlecht in kurzen Hosen erscheinen konnte.

Schnell im Bad ein wenig frisch gemacht, dann prüfte er nochmals den Text der Petition, die er noch in der Nacht verfasst hatte. Beim Korrekturlesen stolperte er über ein paar

Rechtschreibfehler, aber sonst las es sich ganz passabel. Er war jedenfalls zufrieden.

Weil es spät geworden war, hatte er länger als sonst geschlafen. Jetzt drängte die Zeit ein wenig, ihm blieben knapp fünfzig Minuten, daher fällte er die Entscheidung, später im Kaffeehaus zu frühstücken. Wobei die Tage, als das Blau*Stern noch ein Café vom alten Schlag, also schummrig, muffig und fern der mondänen Welt stylischen Designs war und Grillparzer hieß, schon lange vorüber waren. Vorbei die Zeit der im Warten auf Fahrgäste Bohnensuppe und Würstel verzehrenden Taxifahrer. Das Publikum hatte gewechselt. Die Karte auch. Jetzt bot man zahlreiche Variationen einer schmackhaften Morgenmahlzeit an. An der Grenze zu Döbling setzte man in dessen Einzugsgebiet auf entsprechende Klientel. Die WU war auch in der Nähe, also musste sich das Lokal nicht über ausbleibende Gäste sorgen.

Er zog ein Hemd über und machte sich noch schnell einen Kaffee. Den brauchte er, um seinen Wagen sicher durch die Untiefen des um diese Zeit zwischen der Billrothstraße und dem Gürtel, wo das Lokal situiert war, herrschenden Verkehrs steuern zu können.

Ein schneller Blick auf die Uhr, während der Automat die schwarze Flüssigkeit durch den Filter presste. Ein Telefonat ging sich noch aus. Er knöpfte das Hemd zu, während er, den Apparat zwischen Kopf und Schulter geklemmt, auf ein Freizeichen wartete. Eine Frau meldete sich am anderen Ende der Leitung. Martin verlangte nach der Abo-Abteilung.

Warteschleife, Glockenspielgedudel.

„Bin ich jetzt endlich richtig bei der Stelle, die Abonnenten betreut?“

Die Frage war nicht unberechtigt, war er doch erst dreimal weiterverbunden worden. Der Mann am anderen Ende der Leitung bejahte und erkundigte sich nach Martins Anliegen.

„Was ich will? Ganz einfach. Ich will meine Zeitung! Ich habe die Sonntagsausgabe Ihres Blattes abonniert, nur seit drei Wochen findet Ihr Zusteller den Weg zu mir nicht mehr!" Der Zeitungsmitarbeiter fragte nach der Kundennummer Martins und versprach sich der Sache anzunehmen. Ob er die fehlenden Ausgaben per Post wünsche?

„Nein danke, mir reicht es schon, wenn ich die nächste bekomme! Aber danke trotzdem."

Er legte auf, trank schnell den Kaffee und verließ das Haus. Beim Zusperren konnte er durch die Seitenscheibe die verschwommenen Konturen seiner Nachbarin erkennen, die wie gewohnt und trotz der Temperatur am Fenster hing. Er konnte es sich nicht verkneifen, einen Schritt in ihre Richtung zu machen. Er fragte sie direkt:

„Sagen Sie, werte Frau Pribil, lesen Sie eigentlich Zeitung?"

„Na! Ich wart' da auf den Postboten, der was mir ein Packerl bringen soll, warum?

„Vergessen Sie's."

Martin entfernte sich ohne nähere Erläuterung. Er hätte sie fragen sollen, ob sie seine Zeitung lese, doch daran hinderte ihn seine Erziehung. Oder war es doch eher Feigheit? Manchmal wünschte er sich die bodenständige Eloquenz seines Onkels, der direkt das ansprach, was er dachte.

Frau Pribil rief ihm nach: „Sein S' so gut, wenn Sie den Zusteller sehen, schicken Sie ihn zu mir, gelt? Ich verlass mich auf Sie!"

Doch Martin hatte keine Lust, sich von seiner Nachbarin als Laufbursche behandeln zu lassen. Er beeilte sich, den Wagen zu starten und überließ den tatsächlich bereits in der Anlage umherirrenden Zusteller seinem Schicksal.

„Einmal das Vitalfrühstück für den Herrn! So, da die Eier im Glas, und der frisch gepresste Saft für die Gnädigste." Der Kellner hatte den kleinen Bistrotisch mit verschiedenen Tabletts angeräumt und Martin schlichtete seine verschiedenen Bestellungen um.

„Lassen Sie, es geht schon", sagte Frau Simlinger. Sie nahm ihr Glas in die Hand und schob ihr Tablett unter eines von Martin. „Sehen Sie? Genug Platz für alles. Also, Sie sagten, Sie hätten was für mich?"

Martin kaute schnell den Bissen von seinem Dinkelspitz, den er mit Putenbrust und Leichtkäse belegt hatte. Nachdem er hinuntergeschluckt hatte, hielt er ihr einen Umschlag hin und nickte.

Während der Fahrt war ihm nochmals bewusst geworden, dass die anderen Detektive, die Simlinger bislang observiert hatten, wohl auch keine Dummköpfe gewesen waren, wenn sie die schmerzhafte Wahrheit nicht ans Licht hatten bringen wollen. Wie auch immer, das war etwas, das Simlinger selbst zu regeln hatte. Daher übergab Martin ihr nur die Fotos von Simlingers Arbeitseinsätzen, alles was mit seiner Tochter zu tun hatte, hatte er ausgespart, auch in seinem Bericht.

Frau Simlinger betrachtete die Fotos und überflog die paar Zeilen, die Martin dazu verfasst hatte. Viel hatte er nicht zu schreiben gehabt, die wenigen Fotos waren schnell mit ernster Miene betrachtet. Frau Simlinger hob den Kopf. Die starren Züge wichen einem zufriedenen Lächeln.

„Gut, dass ich mich getäuscht habe", sagte sie.
Martin löffelte sein Ei fertig. Er wusste nicht, was er darauf hätte antworten sollen.

Simlingers Lächeln wurde breiter, ihr Gesichtsausdruck verschmitzter. Sie wirkte auf Martin wie eine Katze, die soeben einen verbotenen Leckerbissen entdeckt hatte.

„Nett, dass Sie auf einen Teil Ihres Honorars verzichten. Das kommt mir sehr entgegen."

Martin nahm schnell einen Schluck von seinem Kaffee, um das Gekaute besser hinunterwürgen zu können.

„Aber Sie brauchen sich keine weitere Mühe zu geben. Ich weiß es ohnehin schon."

Martin verschluckte sich vor Schreck. Er versuchte ein Husten zu unterdrücken, doch es half nichts; die Flüssigkeit war in die falsche Röhre gelangt. Er prustete los und konnte deshalb auch nicht verhindern, dass er vorgeführt wurde. Seine Klientin genoss es sichtlich, mit ihm zu spielen. Er bekam die Rache dafür ab, dass ihr bislang alle Männer die Wahrheit verschwiegen hatten.

„Mein Mann hat es mir gestern gestanden. Sofort nachdem er nach Hause gekommen ist. Danach war Ihr Anruf, wonach Sie nichts von Belang herausgefunden hätten, natürlich interessant, um nicht zu sagen, amüsant."

Martin hatte sich wieder so weit unter Kontrolle, um zu antworten:

„Ich verstehe nicht, worauf Sie hinauswollen?"

„Ich rede von dem Kuckucksei, das Sie gestern kennen gelernt haben, und von dem ich nichts in Ihrem Bericht gelesen habe." Mit einem Mal war die Freundlichkeit aus Simlingers Gesicht gewichen. Sie trug wieder die Züge der eisernen

Finanzbeamtin.

„Sie müssen verstehen, dass ich etwas irritiert bin. Aber lassen wir das."

Martin folgte dem Beispiel eines ehemaligen Bundeskanzlers, den man in den Medien schließlich als den „Schweigekanzler" bezeichnet hatte. Simlinger holte einen Umschlag aus ihrer Tasche. Sie überreichte ihn Martin.

„Hier ist Ihr Honorar. Die vereinbarte Summe. Von so einem Amateur lasse ich mir nichts schenken. Dafür übernehmen Sie das Frühstück. Sie können ja versuchen, es von der Steuer abzusetzen. Vielleicht bin ich ja gnädig."

Sie presste ein absichtlich gekünsteltes Lächeln heraus und verließ den Tisch. Martins Blick folgte ihr zur Tür nach. Das mit dem Kaffee nach einer allfälligen Scheidung hatte sich für ihn wohl erledigt. Es dauerte ein paar Sekunden, bis er sich wieder soweit gefangen hatte, um einen klaren Gedanken zu fassen. Er winkte den Kellner herbei.

„Zahlen bitte! Ach ja, und ich brauche eine Rechnung mit Mehrwertsteuer."

Gruppeninspektor Krasberger fuhr am Gasthaus Gradil vorbei bis zum Ende der kleinen Gasse. Er parkte seinen Wagen direkt neben dem auf der Straße abgestellten Baucontainer, auf dem verschiedene behördliche Hinweise angebracht waren. Er stieg aus. Direkt vor ihm, um das Grundstück gezogen, sperrte ein Bauzaun allfällige Schaulustige aus. Dahinter waren schon die Betonsteher des auf der großen Tafel präsentierten Neubaus zu sehen. Das Metallskelett ragte aus diesen Stützen in die Luft.

Sein Chef hatte ihm gehörig Druck gemacht, den Tatort freizugeben. Er hatte sich beugen müssen. Aber er wusste, dass sie etwas übersehen hatten, etwas, das nun unter Tonnen von Stahl und Zement verborgen lag, unauffindbar.

Ein Hupen ließ ihn hochschrecken. Ein LKW brachte neues Material und wollte die Einfahrt benützen. Er machte einen Schritt zur Seite. Der Laster hielt neben ihm, der Fahrer kurbelte die Seitenscheibe herunter:

„Da nicht gut stehen. Ich mein die Auto. Kommt gleich breiter Transporter, müssen Sie wegfahre“, meinte der Chauffeur.

Krasberger nickte. Durch die geöffnete Einfahrt konnte er sehen, wie Bergmann im hinteren Bereich der Baustelle offenbar dem Polier auf seinem Tablet-PC einige Pläne erläuterte.

Er musste etwas übersehen haben, dachte er. Was?

Das Motiv schien immer noch unklar. Geld schied mit ziemlicher Sicherheit aus. Zumindest hatte sich die Summe aus dem Verkauf der Liegenschaft noch auf dem Konto befunden. Sonst hatte man keine Hinweise auf weiteres Vermögen, das Körbert möglicherweise im Haus aufbewahrt haben könnte, gefunden.

Was war es? Warum musste der Mann, der ohnehin todgeweiht war, sterben?

Krasberger zwängte sich hinter den Sitz des Wagens. Für seine Körpergröße waren die Mittelklassewagen einfach nicht gebaut, dachte er. Plötzlich sah er, dass Reichhold versucht hatte, ihn von seiner Nebenstelle im Wachzimmer aus zu erreichen. Er hatte sein Handy zuvor auf dem Beifahrersitz vergessen. Er drückte die Rückruftaste.

Reichhold meldete sich.

„Hier Krasberger, Sie wollten mich erreichen?“

„Gut, dass Sie mich sofort zurückrufen. Jetzt halten Sie sich fest, Chef. Wissen Sie, was ich herausgefunden habe?"

Das Ehepaar Dallinger kehrte von einem ausgedehnten Spaziergang zurück. Beim Betreten ihres Grundstücks nahmen sie, wie gewohnt, den Nachbargarten ihres verschrobenen Nachbarn in Beschau.

„Also schön is das nicht, so wie beim Beheim die Wiesen wuchert", sagte Margot Dallinger zu ihrem Mann, der zustimmend brummte: „Ich hab ja a nix gegen die Bleamerln, aber die soll'n doch da sein, wo sie hingehören, in ein Beet oder in an Topf."

Seine Frau legte noch eins drauf: „Man hat da das Gefühl, man ist irgendwo in der Wildnis. Geh red du mit ihm, dass er seinen Garten besser pflegen soll."

„Wos soi i mit dem red'n? Der hat andere Interessen, wie man so schön sagt. A Stengl interessiert den nua, wann a Bua dranhängt."

„Geh Adolf, jetzt hör einmal auf! Das ist doch nur so ein blödes Gerede."

„Wird schon einen Grund haben, wenn g'redt wird."

Adolf Dallinger öffnete die Haustüre, ließ seiner Frau aber den Vortritt. Auch wenn er aus einer gänzlich anderen sozialen Schicht als seine um gut zehn Jahre ältere Frau stammte, überkam ihn manchmal ein Anflug von Galanterie, weil er ihr beweisen wollte, dass auch einfache Menschen entsprechende Umgangsformen besitzen. Wenn sie wollen.

„Danke", reagierte sie geschmeichelt auf diese Geste. „Warum machst denn das nicht öfter?"

„Aber bitte Gnädigste, kein Problem, stets zu Diensten!"

Er half ihr sogar aus dem dünnen Mantel, den sie sich angezogen hatte. Kaum war die Sonne verschwunden, fiel jetzt auch die Temperatur in den Keller.

„Owa jetzt derfst du des Essen machen!“ Dallinger grinste, der Galan wollte wieder Pascha sein, eine Rollenverteilung, die sich aber ohnedies gut in Margots konservatives Weltbild einpasste.

„Magst ein Bier dazu?“

„Eh kloa!“ Er hatte nicht üben müssen, um den Spruch so authentisch wie weiland Karl Merkatz in der Rolle des Edmund Sackbauer herauszubringen.

„Übrigens“, sagte er, als ihm Margot eine Flasche auf den Küchentisch stellte, „vielleicht hamma eh bald neue Nachbarn!“

„Neue Nachbarn? Wie kommst du jetzt darauf?“

„Is' dir ned aufg'foin? Des Schüdl is weg.“

„Du meinst?“

„Vielleicht hat er's doch verkauft?“

Adolf Dallinger führte die Bierflasche zum Mund, ließ sie unter dem strengen Blick seiner Frau aber wieder sinken. Sittsam schenkte er sich ein Glas ein.

„Eh wurscht, dei Essen is' ma wichtiger, was gibt's denn?

Schützt die Weinberge!

1. Die Türglocke spielte die Melodie des Big Ben in London. Über dem Eingang war eine Überwachungskamera montiert.

„Sie wünschen?", meldete sich eine Stimme über die Gegensprechanlage.

„Verzeihen Sie, aber das Gartentor stand offen. Ich wollte Sie etwas fragen, haben Sie kurz Zeit?"

„Worum geht es denn?"

„Um unsere Gegend hier, die zunehmend verschandelt wird."

Es dauerte einen Moment, dann wurde die getäfelte Eingangstür in die Villa einen Spalt geöffnet und eine ältere Dame in Rock und Bluse, die grauen Haare jugendlich kurz geschnitten, beäugte Martin.

„Kommen Sie rein!"

Wenig später saß Martin auf einem mit Gobelinstoff gepolsterten Biedermeiersessel in einem fensterlosen Raum. Die angeknipste Stehlampe warf ein gedämpftes Licht auf die antiken Holzmöbel. Martin betrachtete die bis an die Decke reichenden, vollen Bücherregale. Offenbar handelte es sich um so etwas wie ein Studierzimmer, in das ihn die Hausherrin geführt hatte.

„Wollen Sie vielleicht eine Schale Tee mit mir trinken?", fragte sie.

„Ja, gern!"

Sie ließ Martin mit den Büchern allein zurück. Neugierig wie er war, begann er die Titel zu lesen. Viele Bücher handelten von Architektur, es gab vor allem Bildbände über Bauwerke, dafür so gut wie keine Belletristik. Wahrscheinlich das Interesse des Gatten, mutmaßte Martin.

Er hörte von draußen ein sich näherndes Klimpern. Schnell setzte er sich wieder auf den zugewiesenen Platz.

Die Hausherrin stellte ein kleines Tablett mit zwei Porzellantassen, Silberkännchen und weiterem Zubehör auf den Tisch.

„Nehmen Sie Milch oder Zitrone?"

„Weder noch, danke."

Während sie die Tassen einschenkte, forderte die Hausherrin Martin auf, ihr sein Anliegen zu erläutern.

„Sehen Sie", begann er zu erklären, während er ihr den Text seiner Petition an die Bezirksvorstehung überreichte, „mir geht es darum, das Ortsbild unserer schönen Gegend hier vor den Machenschaften rücksichtsloser Immobilienspekulanten zu schützen. Wann immer ein Haus zum Verkauf steht, wird der Preis künstlich so hoch getrieben, dass die Liegenschaft nur mehr für einen Bauträger interessant ist, der eine bestmögliche Verwertung anstrebt. Damit will ich sagen, dass die über viele Jahrzehnte gewachsene Struktur hier, die ja den Charme der Gegend ausmacht, binnen kürzester Zeit vernichtet wird, wenn man dem nicht endlich einen Riegel vorschiebt."

„Ich nehme an, Sie sind Weinhauer?"

„Nein, wieso ... also ich kenne einige Heurigenwirte ganz gut, aber ... warum wollen Sie das wissen?" Martin war auf diese Frage nicht vorbereitet gewesen, und er konnte nicht erkennen, was sie mit seinem Thema zu tun hatte.

Die Dame lächelte ihn milde an und sagte: „Weil ja wohl nur die Bauern hier die eigentlichen Ureinwohner sind, die ein Anrecht auf den Schutz ihrer Landschaft beanspruchen könnten. Ich nehme an, sie bewohnen ein Haus?"

„Nicht ganz, eher ein Reihenhaus."

„Eben, auch Sie bewohnen eine Hausanlage, die irgendwann in jüngerer Zeit errichtet wurde, wollen, aber den anderen die Chance nehmen, es Ihnen gleichzutun. Verstehe ich Sie richtig?"

„Aber das ist doch etwas anderes", protestierte Martin, „das Haus hat es ja bereits gegeben, als ich die Wohnung erworben habe."

„Das ist genau dasselbe", widersprach ihm sein Gegenüber. „Ihre, wie Sie es nennen, Petition würde, seit jeher umgesetzt bedeuten, dass hier nur ein paar Bauernhäuser stehen dürften, und außer den Winzern hier niemand zu wohnen hätte. Aber auch das ist eine Landschaftsänderung, also müsste hier ein Urwald wuchern. Aber eine Stadt ist ein Organismus, der Änderungen braucht, um nicht zu sterben. Junger Freund, Sie liegen hier falsch."

Martin war verärgert. Daher ließ er sich zu einer Frage hinreißen, die er besser nicht gestellt hätte: „Und woher wollen genau Sie das wissen?"

„Weil ich Architektin war. Ich habe einige Studien zu diesem Thema angestellt. Für einige davon erhielt ich sogar Preise und Auszeichnungen. Junger Mann, mit meiner Unterstützung können Sie nicht rechnen. Ich muss Sie nun bitten, mein Haus zu verlassen."

Als Martin auf die Straße trat, hatte es zu allem Überdruss wieder zu regnen begonnen.

Die dritte Abfuhr an diesem Tag. Warum nur musste es in dieser Gegend so viele Menschen geben, die ihren Wohlstand zum Teil mit derartigen Geschäften sicherten? Entweder es handelte sich wie zuletzt um Architekten oder Baumeister, die direkt daran verdienten, dass etwas gebaut wurde. Oder es waren Ärzte, höhere Beamte oder Akademiker, die mit ihren Geldern an solchen Projekten beteiligt waren. Nicht zu vergessen die Juristen, die für die vertragliche Abwicklung Sorge trugen. Gerade einmal im Gemeindebau hatte er einige Unterstützer gefunden. Dabei war gerade dieser Komplex einer der störendsten Schandflecke in der Gegend. Er hatte die Waldstraße fast bis zum Friedhof hinauf abgeklappert. Einige Häuser gab es noch, denen er einen Besuch abstatten wollte. Aber jetzt drängte die Zeit, er musste sich wieder beruflichen Belangen zuwenden. Die Führung durch Fadingers Weingut stand an.

Zum Glück lag dieses nicht weit entfernt. Die Mappe für die Unterschriftenliste konnte er nun gut für Notizen verwenden. Das würde sein Auftreten als Journalist unterstreichen.

„Jessas, auf Sie hätt' i fast vergessen!" Fadinger zerquetschte beinah Martins Hand in seiner Pranke, als er ihn begrüßte. Er forderte ihn auf, ihm zu folgen.

„Wenn S' was über mi wissen wollen, dann miassen S' mei Familie kennen lernen!"

Fadinger führte Martin in eine Kammer, in der gerade ein Diwan und ein altdeutscher Sekretär Platz fanden. Fadinger bedeutete Martin, auf dem Polstermöbel Platz zu nehmen. Er selbst holte aus einer Schublade ein in Leder gebundenes Fotoalbum. Behutsam fuhr er über den Einband. Dann schlug er das Buch auf.

„I bin scho der vierte Fadinger. Da", er richtete die Fingerspitze auf ein vergilbtes Schwarz-Weiß-Foto, das ein typisches

Bauernhaus an der Landstraße zeigte, „das is' mei Urgroßvater, der Quirin Fadinger. Der hat den Heurigen von aner alten Witwe auf Leibrente 'kriegt. Der woar a klana Knecht. Die Leut ham sicher g'munkelt, dass da was g'laufen is, zwischen dem Weib und mein' Ahndl. Wie auch immer, wir Fadingers ham uns halt immer voll eing'setzt, wenn's um was gangen is." Fadinger strahlte Martin mit leuchtenden Augen an.

„Von wann ist denn das Foto?", wollte dieser wissen.

„So um 1890, tät i sagen, da war ja der Quirin noch a junger Bursch."

So sah der Mann auf dem Foto, mit Vatermörder, ernster Miene und honorigem Schnauzer, gar nicht aus. Das Bild stammte eben aus einer Zeit, in der alles alt und älter wirkte. Das Haus hatte nichts mit dem heutigen Anwesen zu tun. Die Fassade war schmucklos, der Putz bröckelte ab. Eine Marienstatue war in eine Mauernische über dem Eingang eingebracht. Und das windschiefe Dach drohte jederzeit einzuknicken. Dennoch präsentierte sich der Mann davor mit einem gewissen Stolz. Vielleicht hatte er den Betrieb der Witwe abgeschwatzt oder er war sonst durch einen geschickten Schachzug in dessen Besitz gelangt. Wie hatte Fadinger es zuvor genannt? Voller Einsatz. Offenbar war ein Fadinger bei der Erreichung seiner Ziele nicht immer zimperlich.

Martin machte sich ein paar Notizen. Er hoffte damit der Erwartung, die man an einen Reporter richten würde, zu entsprechen.

Fadinger blätterte liebevoll weiter. Sein Großvater, Ferdinand, setzte die Ahnengalerie fort. Wieder präsentierte er sich vor der Frontalansicht des Gebäudes. Straßenseitig waren nun Fenster eingebaut worden. Der Dachstuhl schien der kosmetischen Behandlung eines Zimmermanns unterzogen worden zu sein. Er streckte seinen Rücken ebenso kerzengerade wie der davor abgelichtete Hausherr. Ausgebaut war das Dach damals nicht. Zwei Bänke waren straßenseitig aufgestellt, auf denen Gäste ihre Gläser dem Fotografen entgegenstreckten. Die festgehaltene Mode entsprach der Endzeit der Monarchie.

„Das Haus wurde renoviert, oder?"

„Wahrscheinlich. Der Großvater hat halt vor allem drauf g'schaut, dass er genug Grund hat, des Haus war damals ned so wichtig wie heut'. Mein Vorfahre hat eigentlich die ganzen Flächen erworben, die ich heut' noch bewirtschaft'. Schaun S' damals war ein großer Garten eigentlich des Um und Auf. Die Leut sind vor allem im Sommer gekommen. Man is' ja früher auch nach Nussdorf oder Grinzing auf Sommerfrische gefahren. Mit dem öffentlichen Verkehrsnetz sind's dann natürlich öfter gekommen."

„Wann ist der Heurigen vergrößert worden?", unterbrach Martin die wie ein Gebirgsbach im Frühling sprudelnden Ausführungen des Weinhauers, dessen klobige Hände von einem langen, arbeitsreichen Leben erzählten, dafür aber kaum Altersflecken aufwiesen.

Fadinger blätterte weiter, zu seinem Vater, dem Leopold Fadinger, der im Bezirk zu einer wahren Größe aufgestiegen war.

„Da, der Vater, wie er den Heurichen im Jahr 35 übernommen hat, und da, nach der Vergrößerung. Die war aber nach dem Krieg." Das Datum unter dem zweiten, in verblassten Farben festgehaltenen Bild, war aus dem Jahr 1953.

Martin hatte in den letzten Tagen die meisten über Döbling erhältlichen Bezirkschroniken und Fotobände studiert.

Am Namen Fadinger kam man seit den Sechzigern nicht mehr vorbei. Davor ein Betrieb wie so viele andere auch, und dann plötzlich, unter der Leitung von Fadingers Vater, ein Synonym für Neufried und den Wiener Weinbau.

„Wann haben Sie den Betrieb eigentlich übernommen?"

„Erst Ende siebzig. Über vierzig Jahre ist mei Vater im G'schäft g'standen. In den Weinbau hat er mich natürlich früher eingebunden. Er hat ja g'wusst, wie wichtig Erfahrung ist. Heut' lernen die Jungen des alles amal in der Theorie, a paar machen Studienaufenthalte oder gehen zu bekannten Kellermeistern. Einige kriegen auch was Ordentliches zusammen. Wir ham' halt früher nur unsern Gaumen g'habt. Und de Nasen. Ma muass halt a Ahnung von de Stöck a haben. Vom Regen und von der Sonn'. Beides braucht's. Ned z'vü, ned z'wenig! Aber jetzt gemma in den Keller. I zeig Ihna was!"

Fadinger klappte schnell die ihn zeigende Seite im Album zu. Martin erhaschte einen Blick auf den gut vierzig Jahre jüngeren und auch vierzig Kilo leichteren Fadinger, den sein Haarschopf wohl auch noch dann verraten würde, wenn der Rest des Körpers in einer Tarnkappe steckte. Über seine langen Beine kletterte ein kleines Mädchen.

Martin hatte zwar einiges gehört, aber nichts davon war ihm neu. Genauso gut hätte er ein Exzerpt aus den verschiedenen Büchern über den Bezirk erstellen können. Fadinger baute wohl auf Familientradition, aber da zählte offenbar nur der Wein und sein Geschäft. Über die Mutter hatte er beispielsweise nichts erzählt, oder über seine Frau und sein Kind. Martin wusste, dass beide mit dem Auto verunglückt waren, das lag lange zurück. Fadingers Frau war 1967 mit dem gemeinsamen Sohn auf Urlaub gefahren. An die Riviera, die damals gerade „in“ war. Fadinger hatte sie nicht begleitet. Martin wusste jetzt auch warum. Der Betrieb war ihm sichtlich wichtiger als die Menschen. Vielleicht hatte ihn auch sein Vater, den manche Bezirkschronisten als „bestimmend“ – wohl eine Umschreibung für despotisches Verhalten – bezeichneten, zur Arbeit eingeteilt.

Martin hätte brennend interessiert, wer nun die Nachfolge des letzten Fadinger antreten sollte, der ja selbst keine Nachkommen mehr hatte.

Geld macht nicht glücklich und Tradition war ein Fluch. Mit dieser Erkenntnis folgte Martin Fadinger über den weiten Hof nach. Sie passierten die Stelle, wo ihn Fadinger am Vorabend abgepasst hatte. Jetzt untertags konnte er die Brandruine ganz gut erkennen. Zu Martins Verwunderung war der Holzbau besser erhalten, als es die Berichterstattung in den Medien hätte vermuten lassen. Aber da fiel es ihm auf: Der sogenannte „alte Heurige“ hatte nichts mit dem ersten Haus der Fadingers von den Fotos gemein. Bei passender Gelegenheit würde er das Gespräch darauf lenken. Doch jetzt wartete Fadinger auf ihn beim Stiegenabgang.

Der Weg in den Keller führte über einige Stufen. Unten schaltete Fadinger das Licht ein. Mehrere Neonröhren an der Decke beleuchteten den nüchternen Raum. Weiße Wände und grauer Boden. Eine Etikettiermaschine war von einer Stapelwand aus unzähligen Kartonagen umgeben. Dahinter fanden sich riesige Tanks aus Aluminium.

„Wir selber sind natürlich unser bester Kunde. Den meisten Wein schenk’ i aus. Aber es reicht no’ für a paar Hektoliter, die in ’n Verkauf gehen. Aber nur an ausgesuchte Kundschaft, kane Diskonter, damit mir uns richtig verstehn!“

„Sie haben also auch die praktischen Metalltanks?" Martins Enttäuschung musste mit der Frage durchgeklungen sein. Er hätte sich Fadingers Weinkeller heimeliger und verwinkelter gewünscht. Und auch nicht so steril. Das hier entsprach mehr einem Industriebetrieb als seiner Vorstellung vom idyllischen Mauerwerk aus rohen Ziegeln.

„Nur für'n Schankwein, außerdem, die Qualität passt scho'. Kommen S' weiter, i zeig Ihna wos."

Fadinger öffnete eine Metalltür, gerade groß genug, dass ein erwachsener Mann durchgehen konnte. Eine weitere Stiege führte tiefer ins Erdreich. Die schummrige Glühbirne leuchtete die engen, ausgetretenen Stufen schlecht aus. Martin folgte Fadinger nach.

„Da geht's jetzt in den alten Keller."

Sie waren unten angelangt. Der Gang wurde breiter. Unverputzter Ziegelstein zu beiden Seiten, die Decke gewölbt. Dazwischen führten Rundbögen in verschiedene Räume. Darin waren unzählige Flaschen wie die in einem Karner aufgeschichteten Schädel übereinander gestapelt. Verschiedene Gänge führten in weitere Räume.

„Das ist ja ein richtiges Labyrinth", entfuhr es Martin.

„Ja, da ham' S recht. Der ganze Hügel ist ein einziges Tunnel- und Kammernsystem. Des hat uns im Krieg gute Dienste geleistet."

„Sie haben da Menschen versteckt?"

„Na, unsere Vorräte, damit's die Nazis ned konfiszieren." Fadinger führte Martin nun in den Gewölbekeller, in dem riesige Holzfässer aufgebaut waren. Er erklärte, dass diese teilweise hundert Jahre oder älter seien. Durch die gute Pflege und das optimale Klima seien sie aber immer noch intakt.

„A neichs Fassl haltet halt, wenn's gut hergeht, so an die zwanzig Jahr, aber so was wie die da, so was gibt's nimmer."

„Aber wenn eins kaputt geht, ich mein, wie können Sie das hier unten austauschen?"

„Erstens kann man so was reparieren. Wenn man weiß, wie's geht, dann is' des ka Problem. Und zweitens gibt's an Lastenaufzug, der wos auf de Straßen geht. I wollt' mit Ihna halt den romantischen Weg gehen." Fadinger grinste und Martin lächelte zurück. Er wusste in diesem Moment noch nicht, wie er Fadinger einschätzen sollte, aber er war ihm dankbar, dass er ihm ein wenig seiner Idealvorstellung über einen alten Weinkeller zurückgegeben hatte.

„Und da hinten, da in der Ecken, da steht des älteste Fassl von mein Keller. Angeblich ham's de Franzosen unterm Napoleon z'rucklossn. Do wird er g'macht, der Cuvée Bombastum."

2. Gruppeninspektor Krasberger hatte schon zuvor am Telefon geglaubt, dass er sich verhört hatte, aber jetzt las er es selbst in dem Polizeibericht der Bezirksinspektion Ottakring. Ein beinahe gleicher Mord war vor mehreren Wochen am Wilhelminenberg verübt worden. Auch da handelte es sich um einen alleinstehenden, älteren Herrn, der sein Haus verkauft hatte. Ebenso in diesem Fall war der neue Besitzer, gleichfalls eine Immobiliengesellschaft, sozusagen über die Leiche gestolpert. Und hier gab es wieder Spuren, dass jemand, vermutlich der Mörder, für einige Zeit in dem Haus des Toten gewohnt hatte. Die Leiche des Hausbesitzers hatte man in einem Schuppen gefunden.

„Des is ka Bemmerl!", entfuhr es Krasberger, der anerkennend durch die Schneidezähne pfiff. „Wie san S' denn auf die

Idee 'kummen, nach ähnlichen Morden zu suchen?"

„Ich hab' halt unsere Datenbank angezapft und relativ bald einen Treffer gehabt", antwortete Reichhold.

„Wer hat denn die Ermittlungen in der Wattgasse über?"

„Ich hab' den Kollegen schon kontaktiert, der schickt den Akt, es is ned alles in der EDV zum Sehen."

„Aber unterhalten müssen wir uns mit dem schon, mit dem, ... wie war der Name?"

„T'schuldigung, den hab ich Ihnen vorenthalten. Baierl heißt der Kollege."

„Außerdem müss' ma den Tatort auch noch besichtigen."

Reichhold machte ein Gesicht, als würde er nach einem Durchfallkranken eine Toilette betreten. „Den gibt's ... also den gibt's nicht ... mehr", stammelte er.

„Was haßt, den gibt's nimmer?"

„Plattgewalzt, niedergerissen, was soll ich sagen? Die haben auch zum Bauen begonnen!"

„Wie in unserm Fall", resümierte Krasberger. „I' wett', die im Westen san a ned weida mit ihre Ermittlungen wie mir."

„Bingo! Auch kein mögliches Motiv, das Umfeld alles andere als ergiebig. Die Nachbarn haben nix gesehen, das Opfer war als Einzelgänger bekannt."

„Geh holn S' uns an Kaffee!" Krasberger hielt dem Rangniedrigeren zwei Münzen hin und schickte ihn damit zum Kaffeeautomaten auf den Gang hinaus. Reichhold nahm die Geldstücke und verließ das Büro.

Krasberger lehnte sich zurück. Er verschränkte die Arme hinter seinem Kopf und versuchte die Gedanken zu ordnen. Wieder dieses Tropfen in seinem Hirn, aus dem langsam der Kalkstein wuchs.

Worin lag das Motiv des Täters? Wenn es derselbe war. Die Parallelen bei den zwei Morden reichten wohl noch nicht für ein Muster. Mehr als ein Zufall war es aber allemal. Worin gab es eine Übereinstimmung? Das Haus war verkauft worden. Die Opfer waren alleinstehend. Das Haus wurde von einer Baufirma gekauft, die es abreißen ließ, um ein einträglicheres Bauwerk zu errichten.

„Bitte, der Kaffee."

Reichhold stellte seinem Chef den Plastikbecher auf den Tisch. Er selbst nahm einen Schluck daraus. Dann zog er einen Sessel an den Tisch heran und wartete, nachdem er darauf Platz genommen hatte, dass Krasberger endlich die angespannte Stille mit einer Ansage durchtrennte. Doch dieser griff nach dem Becher und blickte seinerseits Reichhold erwartungsvoll an.

Die Luft im Raum war abgestanden. Reichhold schielte sehnsuchtsvoll nach dem Fenster. Diesen Wink musste Krasberger verstanden haben. Er ging zum Fenster und öffnete einen Flügel.

Beiläufig fragte er endlich: „Was halten denn Se von dera G'schicht?"

Reichhold seufzte, dann sagte er: „Dass es wohl mehr als ein Zufall ist."

„Des denk' i a. Wir miass'n aufpassen!"

„Aufpassen? Worauf?"

„Des kann uns zu groß werden. Wenn des irgendwer spitz kriagt, also, dass die zwa Morde vielleicht mitanand zu tun ham, dann ist der Fall tschari, dann wern's bei de Krimineser irgenda SoKo einsetzen und mir schaun durch die Finger, also Vursicht."

„Natürlich, daran hab ich noch gar nicht gedacht."

Sie tranken ihren Kaffee aus.

Nach einer Pause fragte Reichhold: „Und was soll ich als Nächstes tun?"

„Schaun S', ob sich alle unsere Hinweise wirklich mit der andern G'schicht decken. Ich werd amal an Freundschaftsbesuch beim Baierl in Ottakring machen. Ja, und dann, dann wer' ma uns amal den Immobilienmarkt näher anschauen."

„Sie meinen Makler befragen?"

„Alles. Makler, Annoncen und a die Interessenten. Vielleicht ham' ma a Glück und des andere Häusel is' über an Makler 'gangen."

„Wissen Sie, was ich glaub'?"

„Na, sagen S' es halt."

„Wir werden mehr Leute brauchen."

Krasberger lächelte zynisch, weil er wusste, dass Reichhold diese Forderung nicht ernst gemeint haben konnte. Mehr Personal war derzeit einfach nicht drinnen. „Na", entgegnete er daher, „einfach viel mehr Zeit. Wir brauchen einfach sehr viel Zeit. Und Kaffee!"

Reichhold lächelte sauer. Er wusste, was das bedeutete: Überstunden, Überstunden und noch mehr Überstunden. Keine Freizeit, kein Wochenende.

„Also, Sie wissen, was zu tun ist!"

Reichhold nickte und verließ den Raum.

Martin kehrte aus dem Keller mit einem nicht unangenehmen Dusel an die Erdoberfläche zurück. Fadinger hatte ihn zwar nicht die begehrte Cuvée verkosten lassen, dafür aber hatten sie sonst kaum einen Wein ausgelassen.

Martin trat hinaus zum Frostbachl-Weg und inhalierte die feuchte Luft. Das Erdreich neben der gepflasterten Fahrbahn verströmte einen herbstlich modrigen Duft.

Tuckernd näherten sich zwei Traktoren, ließen ihn zur Seite weichen. Auf den mit den Zugmaschinen verbundenen Anhängern saßen einige Männer, den müden, aus bartstoppeligen, von Wind und Wetter zerfurchten Gesichtern kommenden Blick auf die Butten mit den untertags gelesenen Trauben gerichtet. Der erste Traktor ordnete sich, unten bei der Kreuzung angelangt, in die Hauptstraße ein und hinterließ eine erdige Spur auf dem Asphalt.

Das andere Gefährt bog in die Einfahrt zu Fadinger. Martin wurde bewusst, dass der Hauptteil der Lese jetzt im Herbst bereits vorüber war. Fadinger hatte darüber kein Wort verloren. Keine Prognose der Menge oder Qualität. Das erschien Martin ungewöhnlich.

So oder so, er hatte mit Fadinger einen weiteren Termin für den Sonntag vereinbart, da es noch einiges zu hinterfragen galt. Zum Beispiel die Rolle, die der verunfallte Bogensberger im Verband des Weinguts eingenommen hatte.

Vielleicht sollte er Richard mitnehmen. Richard war ein Bekannter aus Schultagen, mit dem er in losem Kontakt stand. Dieser arbeitete als Redakteur beim Regionalkanal Wien, würde also seinen gespielten journalistischen Auftritt weit authentischer aussehen lassen. Wer weiß, vielleicht war Richard ja an der Geschichte interessiert. Schön langsam fand Martin Gefallen an seiner Tarnung, er begann sogar, sie für eine gute Idee zu halten. An irgendetwas musste er sich festhalten, denn wirklich aufschlussreich waren seine bisherigen Ermittlungen nicht gewesen.

Gedankenversunken schlenderte er nun den Weg einige Meter bergan in Richtung Weinberge. Der Regen hatte aufgehört und die Hügel leuchteten, in eine Dunstglocke gehüllt, in der Abendsonne.

Abermals ließ ihn ein Motorengeräusch auffahren. Ein Muldenkipper zischte an Martin vorbei. Auf der Ladefläche hatte er Schutt und verkohlte Holzreste geladen. Erst jetzt entdeckte er das Baugerät, das hinter Fadingers Heurigen platziert war. Ein feindliches Heer hatte Stellung bezogen. Letzte Klarheit verschaffte die aufgestellte Tafel. Die Worte „für gehobene Ansprüche" verfehlten nicht ihre Wirkung. Dieser Schuft!

Jetzt schien es für Martin klar, welches Spiel Fadinger spielte.

Sofort hatte er sich eine These zurechtgezimmert: Der alte Heurige und der mit einem lebenslangen Wohnrecht ausgestattete Knecht, der diesen bewohnte; beide waren Fadinger im Weg gewesen, einem Mann der nach Martins Einschätzung bei der Durchsetzung seiner Pläne nicht zögerlich war. Wie hatte Fadinger es selbst beschrieben? Man musste eben Einsatz zeigen.

Alles fügte sich in ein Bild. Warum die Chemikalien an diesem Tag dort gelagert gewesen waren, warum er Bogensberger mit dem Feuer hatte hantieren lassen. Aber was hatte Bogis Botschaft zu bedeuten? Warum hatte er sie an Fadinger gerichtet?

Martin war dermaßen erbost, dass er mit einem Schlag wieder nüchtern war. Er musste seinem Ärger schnellstens Luft verschaffen. Schnurstracks drehte er den Weinbergen den Rücken zu und machte sich auf den Weg zu Probst.

Zu seinem Glück hatte der an diesem Tag die Stube für

ein paar Gäste geöffnet. Im Garten hätte Martin nach dem Regen nicht sitzen wollen. Nach seinem Empfinden, ließ jeder Tropfen, der untertags fiel, das Thermometer abends noch stärker fallen.

„Wie schaust denn drein?“, fragte ihn der Winzer seines Vertrauens zur Begrüßung.

„Weißt du, was ich gerade feststellen musste? Der Fadinger, dieser Falott ...“, Martin kam nicht dazu weiterzusprechen, da ihn Probst unterbrach.

„T'schuldige, aber ich muss da schnell kassieren, die Herrschaften ham a Taxi gerufen, des wos scho do is!“

Martin zeigte zwar Verständnis, ärgerte sich aber über Probsts Verhalten. Wie konnte dem ein blödes Taxi wichtiger sein, als der Schutz des Ensembles in Neufried? Da fiel ihm die Unterschriftenliste ein, die er in der Mappe bei sich trug. Probst würde sicher unterschreiben. Er sollte ein, zwei Bögen auch hier aufliegen lassen und Probst bitten, er möge seinen Gästen die Unterstützung der Petition nahelegen. Die meisten Leute, die hier einkehrten, würden Martins Bemühen um eine Erhaltung des Stadtbildes sicher begrüßen.

Probst kehrte zu Martin, der immer noch vor der Schank stand, zurück.

„Na komm, nimm Platz oder willst es im Stehen erzählen? Oder hast an Durst?“

„Trinken wir einmal ein Stamperl, und dann setzen wir uns, in Ordnung?“

Probst schien überrascht, dass Martin nach dem Schnaps verlangt hatte. Offiziell gab es den nämlich nicht. Probst fehlte die Konzession für die Ausschank hochprozentiger Getränke, also wurde der Hausschnaps, ein Tresterbrand, nur an Freunde oder Stammgäste verteilt. Auf Einladung des Chefs natürlich. Probst schenkte die Gläser ein, und die beiden Männer kippten sie im Stehen hinunter.

„Na des muass ja a wilde G'schicht sein, wenn du sofort was Starkes brauchst." Er führte Martin an einen der freien Tische.

Dieser begann zu erzählen: „Ich war grad beim Fadinger. Er hat mir seinen Keller gezeigt."

„Und jetzt hast genug vom Wein? Versteh ich, außerdem mit dem seiner Qualität kann ich eh ned mithalten. Noch an?"

„Nein danke. Oder ja!"

Probst kehrte mit der Flasche an den Tisch zurück.

Während er einschenkte, fragte er: „Was is' es dann?"

„Genug hab ich. Genug von der Verschandelung von dieser Gegend. Weißt du, was der Fadinger macht?"

„Na bauen tut er, warum?"

„Ja, aber was. Eine Riesenwohnanlage soll hinten, direkt in den Weinbergen entstehen. Verstehst du? Der setzt uns die Bonzen direkt vor die Nasen. Na wer weiß, vielleicht kriegen's den Weingarten auch noch dazu."

Probst legte Martin seinen Arm auf die Schulter. „Und darüber regst dich auf?", fragte er mit sanftem Ton.

„Klar reg ich mich auf. Der Ausbeuter profitiert jetzt auch noch von dem Unglück. Außerdem darf der da sicher nicht bauen. Der hat sich das gerichtet, deshalb war der Wohnbaumensch vor zwei Tagen bei ihm im Lokal."

„Natürlich darf der da bauen. Ich hab dir doch gesagt, dass die Gründe, dic bis zur Straße reichen, Bauland sind."

„Aber die Weinberge, die Weinkultur, das alles ..."

„Die Weinkultur, die Weinkultur", fiel ihm jetzt Probst verärgert ins Wort. „Ich kann's nimmer hören. Was soll denn da besser dran sein, an Wein zu pantschen, als Wohnraum zu schaffen? San a poar Tschecheranten mehr wert, als die Leut', die a Wohnung brauchen?"

Martin war über Probsts Wutausbruch verwundert. Gedämpft meldete er sich wieder zu Wort.

„Aber die Gegend, die wird doch ... und was da für Leute kommen werden. Wenn die überhaupt herziehen. Die meisten kaufen diese Wohnungen doch nur wegen des erhofften Profits."

„Geh her ma doch auf, mit der Gegend. Du red'st ja grad, als ob du seit der vierten Generation im Weingarten g'standen wärst! Du bist jo a zuazog'n!"

Damit hatte Probst nicht unrecht. Martin lebte erst seit ungefähr fünf Jahren in Neufried. Und er bewohnte eine Wohnung in einer Anlage aus den späten Achtzigern des vorigen Jahrhunderts. Damit war er eigentlich auch bei der Zielgruppe seiner eigenen Petition, die den Bau weiterer solcher Anlagen verhindern oder erschweren wollte. Dennoch gab er sich nicht so schnell geschlagen.

„Aber mir geht es doch in erster Linie darum, zu verhindern, dass hier eine langsam gewachsene Baustruktur gegen irgendwelche Geisterbauten ausgetauscht wird. Weil leisten kann sich das fast keiner, diese Luxusappartements."

Martin hielt Probst nun seinen Zettel mit den wenigen bereits erhaltenen Unterstützungserklärungen hin. Probst las den Text, dann rollte er die Augen.

„I' wünsch dir viel Glück, aber der Fortschritt lasst sich ned aufhalten."

„Das heißt, du willst nicht unterschreiben?“

Probst erhob sich und servierte die Gläser ab.

„Oder magst no’ was trinken?“, fragte er beiläufig.
Martin schüttelte den Kopf. Er legte einen Zehn-Euro-Schein auf den Tisch. Nachdem er seine Liste wieder in der Mappe verstaut hatte, verließ er wortlos den Heurigen. Der Wirt sortierte Gläser bei der Schank. Ohne seine Tätigkeit zu unterbrechen oder davon aufzusehen, winkte Probst Martin nach, der aber schon in der Tür war.

Ein wenig verbittert machte sich Martin auf dem Heimweg. Er passierte den Winzersteig und näherte sich wieder dem Platzl, wo die Straße eine Biegung machte. Es war wenig los auf der Straße. Jetzt im Herbst, wenn das Wetter ungemütlich wurde, herrschte ein wenig Pause in der Heurigengegend, sozusagen Nebensaison. Der Sommer mit dem Kirtag als Höhepunkt war vorüber und die Fixpunkte am Himmel des ausklingenden Jahres, Martini, und danach der Advent, lagen noch in der Zukunft. Jetzt konnte man die Ruhe genießen und ein Besuch in einem der Lokale wurde vor allem durch Zeit, die das Personal oder der Chef persönlich seinen Gästen widmen konnte, belohnt.

Martin fröstelte und bald würde ihm der Kalender erlauben, seine dünne Jacke gegen einen Trenchcoat einzutauschen. Er zog das Revers seines Sakkos über der Brust zusammen. Aus dem Schanzer-Haus fiel Licht auf den feuchten Asphalt, ließ ihn in der Dunkelheit glänzen.

Beim Frostbachl-Weg schlug Martin nochmals die Richtung zu den Weinbergen ein. Er ging bis zu der Stelle, wo man im Begriff war, die nächste Bausünde zu begehen. Die Laterne leuchtete den Weg nur schlecht aus, die Bautafel war kaum zu lesen. Martin kniff die Augen zusammen, bis sie sich an die schwache Ausleuchtung gewöhnt hatten.

„Pro-dinger Bau GesmbH“

Zumindest der Name der Baufirma war zu erkennen. Bei der Schriftgröße keine besondere Kunst.

Martin zückte sein Mobiltelefon. Die Lichtverhältnisse ließen ein Foto aber nicht zu. Er würde sich den Namen so merken müssen. Die Eselsbrücke dafür war, dass man hier genauso ein hässliches Ding errichten würde, wie sonst im Bezirk.

Leider war morgen Samstag. Da hatten Firmenbuch und Grundbuch geschlossen. Er könnte natürlich auch Dr. Sanwald, seinen Anwalt, anrufen. Dieser hatte in der Kanzlei einen Online-Zugriff auf die Daten. Aber er würde wenig erbaut sein, am Samstag in die Kanzlei zu kommen, zumal ihm Martin noch das Honorar für das letzte Mandat schuldete. Also verwarf er diese Idee wieder.

Daher wollte er gleich am Montag zu Gericht gehen, die entsprechenden Auskünfte einzuholen. Es war nämlich höchste Zeit, endlich eine solide Recherche zu beginnen. Wenn er so weitermachte wie bisher, würde er zwar bald eine Fettleber haben, aber keine Erkenntnisse, was hinter der Sache steckte.

Er betrachtete die Hausreihen links und rechts auf seinem Weg. Probst hatte natürlich nicht unrecht. Direkt an der Straße waren die niedrigen Hausreihen, die manchmal von einem höheren Bauwerk oder einem solchen neueren Datums unterbrochen waren. Doch bereits in der zweiten Riege dahinter ragten Wohntürme in den verschiedensten Stilen empor. Die Gegend hatte sich verändert.

Martin kam zu seinem Haus. Ebenso ein Fremdkörper im

Fleisch des Grätzels. Beinahe schuldbewusst öffnete er das in die Wohnanlage führende Tor. Resigniert trug er die Mappe mit Unterschriften und Notizen nach Hause, beinah so weit, sein Vorhaben endgültig aufzugeben. Auf den letzten Metern bis zu seiner Eingangstür hörte er ein leises Wimmern. Mit jeder Stufe wurde es lauter.

„Ja um Gottes Willen, Frau Pribil, was ist denn mit Ihnen passiert?"

Martins Nachbarin lag hingestreckt auf dem Boden vor seinem Eingang.

„Was soll schon passiert sein? Hing'fallen bin ich. Ich hab lüften wollen. Also durchziehen hab ich's lassen, da hat der Wind durch mein Zimmer geblasen und den Vorhang aus'm Fenster zogen. Der hat sich in ihrem blöden Ding da neben der Tür verheddert und ich hab ihn wieder rausfitzeln müssen!"

„Geht's? Warten Sie, ich helf' Ihnen." Martin griff Frau Pribil, die keine sichtbaren Verletzungen aufwies, vorsichtig unter die Arme, um sie langsam hochzuziehen. Er betrachtete die Distanz zwischen dem Fenster und seiner Glaswand. Er bezweifelte, dass die Länge des Vorhangs überhaupt bis dorthin reichen würde. Realistischer schien ihm die Möglichkeit eines Spitzelübergriffs. Wahrscheinlich hatte sie seine Abwesenheit nutzen wollen, um wieder eine Bosheit zu starten. Aber eigentlich war das jetzt egal. Denn in diesem Moment benötigte sie seine Hilfe.

„Haben Sie sich verletzt? Soll ich die Rettung holen?" Unter lautem Ächzen rappelte sich Frau Pribil, an Martins Arm klammernd, hoch. Sie sagte: „Nein, es geht schon. Können Sie aber bitte so nett sein und mir in meine Wohnung helfen."

„Natürlich."

Im Wohnzimmer deutete sie in eine Ecke und bat Martin, sie bis zum Lehnstuhl zu begleiten. Sie plumpste auf die Sitzfläche. Dann begann sie sich aus der Jacke zu schälen.

„Sind Sie sicher, dass ich keinen Arzt holen soll?"

„Das ist nur das Rheuma."

Mit einem Mal tat ihm die Nachbarin, für die er bislang nur Gefühle fern der Sympathie gekannt hatte, leid. Er fragte sich, wie alt sie sein mochte. Sie wirkte zerbrechlich, so wie sie nun da vor ihm saß. Vielleicht an die siebzig?

„Gut, wenn Sie nichts brauchen, geh ich dann wieder." Martin lächelte und drückte sie aufmunternd an der Schulter. Er wusste selbst nicht so recht, was ihn zu dieser Geste veranlasst hatte. Frau Pribil hielt ihn an der Hand zurück.

„Warten Sie, wollen Sie noch einen Tee mit mir trinken?"

Martin überlegte, dann nickte er.

„Ich müsste nur kurz ...", er lächelte gequält.

„Unten, die zweite Tür nach dem Eingang", wies sie ihm den Weg zur Toilette.

Als er zurückkehrte, erklärte sie ihm, wo er welches Utensil für die Teezubereitung finden würde und wenig später hielten beide eine dampfende Tasse in Händen.

Sie plauderten ein wenig. Zunächst Belangloses. Dann kam Frau Pribil auf Martins Beruf zu sprechen. Es hätte Martin auch gewundert, wenn sie sich da nicht bereits schlau gemacht hätte. Er erklärte ihr ein wenig Allgemeines, und dass diese Tätigkeit weit weniger spannend sei, als allgemein angenommen werde, zumal sie vor allem im Beobachten und Nachforschen bestünde.

Natürlich versuchte sie den Fokus auf seine laufende Untersuchung zu lenken, doch Martin blieb unverbindlich. Bis zu dem Punkt, als Frau Pribil von sich aus auf Fadinger zu sprechen kam.

„Den soll einmal jemand genauer unter die Lupe nehmen!"

„Warum?", fragte Martin überrascht.

„Weil's beim Alten nimmer geht. Der is' ja schon lang tot. Aber der Apfel fällt nicht weit vom Stamm. Der Sohn ist um nix besser wie der Vater."

„Entschuldigung, wenn ich Sie das jetzt frag, aber wie lange wohnen Sie schon da?"

Pribil lächelte verschmitzt, dann sagte Sie: „In dem Haus wohn ich, seit es gebaut ist, also seit 1982, aber in Neufried leb' ich seit meiner Geburt. Mein Vater hat da auch einen Heurigen gehabt. Solang, bis er hat zusperren müssen. Wegen dem Fadinger sein' Vater."

Martin nahm einen Schluck aus der Tasse. Was für ein Abend voller Überraschungen, dachte er, bevor er seine nächste Frage stellte.

„Wieso hat Ihr Vater wegen dem alten Fadinger zusperren müssen?"

„Weil der Fadinger in der Zeit der Besatzung, also die nach dem Krieg, mein ich, sich ein Grundstück nach dem andern unter'n Nagel g'rissen hat. Der hat damals ganz gute Kontakte zu den Amis gehabt, der hat halt immer gut verstanden, sich auf die jeweils richtige Seite zu schlagen. Mein Vater hingegen hat fast nur Pachtgründe bewirtschaftet. Die Pacht ist ihm gekündigt worden, nachdem der Besitzer gewechselt hat."

„Und der neue Besitzer war Fadinger senior."

„Natürlich! Wollen S' vielleicht auch ein Stamperl haben?"

„Tät ganz gut zum Tee passen, oder?" Martin grinste und folgte den Anweisungen, die ihm Frau Pribil erteilte, um die richtige Flasche aus der Kredenz zu holen. Diese Begegnung war für Martin ein Glücksfall, denn was er bislang erfahren hatte, war endlich einmal etwas Griffiges, etwas, das die Lichtfigur Fadinger aus einem völlig anderen Blickwinkel zeigte.

„Der Schnaps ist das letzte, was von meines Vaters Weinberge übrig is'. An kleinen Weingarten hab' ich noch. Der tragt nicht viel, aber der Fadinger kümmert sich drum. Dafür macht er mir den Schnaps."

Die kleinen Gläser wurden zusammengestoßen und der klare Schnaps wärmte.

„Wenn Sie sich da so gut auskennen", fragte Martin in der Hoffnung, ein Buch aufgeschlagen zu haben, weiter. „Können Sie mir vielleicht auch etwas über den alten Teil vom Heurigen erzählen. Ich hab bislang nicht herausfinden können, wann dieses Gebäude errichtet worden ist."

Frau Pribil grinste, dann sagte sie: „Das ist kein Wunder, weil das war ja auch kein Heuriger, also ursprünglich. Das war ein Sommerhaus. Des hat an Nazi gehört, an hohen Tier, der was ganz gut mit dem alten Fadinger war, der hat ihm gestattet, dass er es auf seinem Grund bauen darf, so was nennt man ..."

„Superädifikat", sprang Martin mit dem korrekten Rechtsbegriff ein.

„Ja, so ähnlich. Der hat seine Frau sogar hier in Neufried geehelicht. Warum interessiert Sie das? Wegen dem Brand?"

„Nein, ich hab nur so gefragt, wissen Sie, ich interessiere mich für diese alten Postkarten und über dieses alte Holzhaus habe ich nichts finden können. Der Vater vom Fadinger war also, ähm, in der Partei?", versuchte Martin zu erkunden.

„Ich weiß es nicht. Wunder wär' es nicht gewesen, aber so ein echter Parteigänger war er eigentlich nicht. Na, des war echte Freundschaft, ich glaub, die Nazis hat er an sich gar nicht so mögen. Deshalb hat er nach dem Krieg ja so gute Karten gehabt, bei den Amis, die haben ihm die Grundstückeln von den Nazis ja fast nachg'haut."

„Auch die von Ihrem Vater?"

Frau Pribil schwieg. „Ich wissert nicht, was Sie das angeht? Warum fragen Sie das alles? Haben Sie nichts anderes zum Tun als ehrliche Leut anschwärzen?" Der übliche schnippische Ton, so wie ihn Martin gewohnt war, hatte wieder in die Konversation Einzug gefunden.

„Ich glaub, es ist besser, Sie gehen dann. Ich bin müde." Martin hatte mit seiner unbedachten Frage das Buch soeben zugeklappt. Aber vielleicht konnte er zumindest noch einmal darin blättern. Er versuchte es: „Eine letzte Frage habe ich noch: Wissen Sie, was aus diesem Freund geworden ist?"

Er schickte einen treuherzigen Blick.

Frau Pribil lehnte sich zurück. Sie wirkte tatsächlich müde und abgekämpft, so wie sie da mit zugekniffenen Augen im Stuhl kauerte. Martin rückte seinen Sessel näher an sie heran.

„Bitte!", insistierte er.

„Schauen Sie. Vor dem Krieg sind die Kummerln und die Sozis verschwunden, im Krieg die Juden und nachher haben sich die Nazis schnell verzupft."

„Sie meinen, er hat sich ins Ausland abgesetzt?"

„Vielleicht, ich weiß es nicht. Es sind ja die wenigsten verhaftet worden, und die, die man erwischt hat, hat man bald wieder laufen lassen. Von an Tag am andern war er verschwunden, der Herr Ressner. Vielleicht haben's ihn geholt, vielleicht ist er geflüchtet. Glauben Sie mir, das war keine leichte Zeit für uns. Vorher wie nachher. Wir haben da andere Sorgen gehabt."

„Danke, Sie haben mir sehr geholfen!"

„Ich weiß. Ich hab mir eh gleich gedacht, dass Sie sich den Fadinger kaufen wollen, so wie Sie mich ausg'fratschelt haben."

Martin war ertappt, leugnen zwecklos. Frau Pribil würde jegliches Abstreiten als weitere Bestätigung ihrer im Kern zutreffenden Schlussfolgerung auffassen.

„Gute Nacht. Wenn Sie was brauchen, Sie wissen, wo Sie mich finden. Ich zieh die Tür von außen zu, wenn es recht ist."

Martin erhob sich. Seiner Gastgeberin waren die Augen zugefallen. Auf leisen Sohlen schlich er sich zum Stiegenhaus. Vorsichtig nahm er die ersten beiden Stufen, als sein Blick an einem Setzkasten hängen blieb. In die kleinen Holzrahmen war allerlei Krimskrams gestopft. Martins geschultem Sammlerauge stach sofort die Plastikfigur in der dritten Reihe heraus. Ein um eine Bananenstaude tanzender Mogli. Die Firma Kinder hatte sie 1985 in ihre Überraschungseier gepackt. Ganz wenige nur. Auf Auktionen oder Börsen kostete der kleine Held aus dem Dschungelbuch schon an die fünfzig bis siebzig Euro. Daneben der von Disney gezeichnete Berlioz, der aus der Aristocats-Serie.

Sollte er? Sollte er lieber doch nicht? Die Alte schlief im Nebenzimmer. Ein kleiner Griff nur, dachte Martin, aber eine unheimliche Bereicherung für die Sammlung. Er streckte den Arm aus.

„Kann ich Ihnen helfen?"

Martin wäre vor Schreck beinah die Stiege heruntergepurzelt.

„Was machen Sie da?" Frau Pribil fixierte Martin mit ihren Argusaugen.

„Ich wollte, also ich habe, ich meine, die Figuren, da, die da stehen, also, die habe ich bewundert, und ..."

„Die gehören meinem Enkel!"

Martin wunderte sich, er hatte aus der Wohnung noch nie so etwas wie Kinderlachen gehört. Er sagte: „Der spielt dann damit, wenn er Sie besucht?"

„Unsinn, mein Enkel ist fast dreißig, der spielt doch nimmer mit irgendwelchen Figuren. Das hab ich nur so als Erinnerung aufgehoben."

„Würden Sie oder Ihr Enkel sich von dieser Erinnerung trennen? Ich zahle natürlich dafür, Sie müssen wissen, ich bin Sammler."

Frau Pribil schüttelte den Kopf. „Was es nicht alles gibt? Ausg'wachsene Männer, die mit Kinderfiguren spielen. Nein, die Figuren sind nicht zu haben. Sie finden die Tür?"

Enttäuscht nickte Martin und verließ die Wohnung. Die Pribil hatte schnell zu ihrer alten Form gefunden, dachte er sich. Der kurzfristige Anflug von Nettigkeit musste vom Sturz hergerührt haben. Dennoch war die Begegnung fruchtbar gewesen. Er hatte, nachdem sich zunächst keinerlei Anhaltspunkte in der Fadingersache ergeben hatten, nunmehr so viele Hinweise, dass er diese würde nach einer Checkliste abarbeiten müssen, um nichts zu vergessen.

Zu Hause angelangt, begann er sofort die verschiedenen Punkte schriftlich festzuhalten. Daraus ergaben sich unzählige mögliche Richtungen, in die er vorstoßen konnte. Doch morgen war Samstag. Den würde er sich frei nehmen, um die Sache ein wenig sickern zu lassen.

3. Es war bereits nach elf Uhr nachts, wie die kleine Uhr in der Taskleiste am Bildschirm verkündete. Inspektor Reichhold rieb sich die Augen. Der restliche Kaffee in der Tasse vor ihm war erkaltet. Er hatte einfach keine Lust mehr auf das bittere Gebräu, das er an diesem Abend massenhaft in sich hineingeschüttet hatte.

Neben ihm klopfte sein Vorgesetzter in die Tastatur. Den ganzen Abend über hatten sie sich in den unzähligen Immobilienportalen im Internet verloren.

„Wonach suchen wir eigentlich?", fragte er Krasberger.

„Nach der berüchtigten Stecknadel im Heuhaufen."

„Und wie sollen wir die finden?"

„Die hat noch kaum wer g'funden. Einfach immer wieder einehupfen und hoffen, dass es an dann sticht."

Krasberger grinste. Er hatte auch Ringe unter seinen Augen, doch sein Gesichtsausdruck verströmte nach wie vor Zuversicht. Bereits den vierten Tag recherchierten sie in Sonderschichten auf dem Wiener Immobilienmarkt. Unzählige Anrufe hatten sie getätigt, an die hundert Mails in konkreten Fällen an fast ebenso viele Immobilienmakler geschickt. Ein Nachbar des Ottakringer Opfers, der bei den ersten Befragungen auf Urlaub geweilt hatte, vermeinte nun, sich erinnern zu können, dass ursprünglich ein Makler eingeschaltet gewesen sein soll, dem aber bald darauf wieder der Auftrag entzogen worden sein soll. Von eben diesem Vermittler erhielt Reichhold eine Nachricht.

„Das Realbüro hat sich auf unsere Anfrage gemeldet. Ich hab g'rad die Antwort erhalten."

„Wos, jetzt, um diese Zeit?"

Reichhold rückte näher an den Bildschirm. Nach den vielen Stunden strengte ihn der Blick in den Bildschirm an, die Zeichen wurden unscharf.

„Die haben eh schon am frühen Abend geantwortet, aber die Mail ist in der Firewall hängen geblieben."

„Und was schreiben S'?"

Reichhold kniff die Augen zusammen. Wie ein Taferlklassler musste er um jeden Buchstaben kämpfen, bis die Worte endlich kommen wollten. Strahlend drehte er sich zu Krasberger hinüber und sagte: „Bingo! Ich glaub, wir haben die erste Spur. Die schreiben, sie haben damals das Haus verkaufen wollen und hätten auch einen ernsthaften Interessenten gehabt, doch der Besitzer hat von seiner überzogenen Preisvorstellung nicht abrücken wollen. Der Deal ist geplatzt und das Büro hat unter diesem Aspekt den Auftrag zurückgelegt."

„Na bitte, das ist doch schon was. Offenbar kann man heute Häuser nur mehr zum Abreißen verkaufen." Befriedigt speicherte er dieses neue Argument für die nächste Diskussion mit seiner Frau, wenn es um eine, von ihr gewünschte, neue Bleibe gehen würde.

„Ja, da haben S' recht", bestätigte Reichhold, „da rennt was falsch, wenn man für ein Haus dann mehr Geld kriegt, wenn man es niederreißen kann." Er druckte die Nachricht aus und holte sie aus dem Drucker, der im Nebenraum stand. Beim nochmaligen Durchlesen stach ihm endlich ein weiteres Detail ins Auge. Aber er war einfach zu müde für einen klaren Gedanken. Er informierte sofort seinen Chef. „Die müssen erst die Unterlagen durchsuchen. Morgen bekommen wir den Namen mit Kaufanbot und allem, was die dort haben. Vielleicht sollten wir es für heute gut sein lassen."

„Bravo, an das hätt' i jetzt gar ned denkt!" Krasberger fehlte die praktische Erfahrung in solchen Dingen. Ein Crashkurs unter dem Motto „Wohnungssuche für Dummies" wäre angebracht. Er überlegte, sich entsprechende Informationen aus dem Internet zu holen, doch seine Augen waren auch schon beinah viereckig. Wahrscheinlich war es das Beste, Reichholds Rat zu befolgen und für heute Schluss zu machen.

„Ich denke, Se ham recht, lass ma's gut sein fia heut!" Die Polizisten löschten nacheinander ihre Schreibtischleuchten und meldeten sich vom System ab. Im Raum wurde es finster, nur vom Gang fiel ein wenig Licht herein, das die Gegenstände darin mit einem grauen Überzug belegte. Krasberger wartete im Türstaffel, um Reichhold den Vortritt zu lassen. Doch der blieb auf gleicher Höhe stehen. Er blickte Krasberger an und fragte: „Und wenn wir den Interessenten haben, was dann?"

„Dann vergleichen wir seinen Namen mit denen, die sich für das Körberthaus interessiert haben."

„Wie sollen wir die herausbekommen? Die Transaktion lief bekanntlich nicht über einen Makler."

„Wie wär's, wenn mia uns sein Computer anschaun?"

„Der wurde doch schon von der Spurensicherung durchleuchtet", erwiderte Reichhold, der nicht an eine so einfache Lösung glauben wollte. „Aber, wenn ich es so recht bedenke ...", seine Augen begannen wieder munter zu blitzen, „herrlich, Chef, dass Sie da so überhaupt keine Ahnung haben, ich meine, Sie müssen verzeihen, aber, ..."

„Können Sie mich bitte an Ihrer Weisheit teilhaben lassen?"

„Sicher, also sicher ist der Computer untersucht worden, aber da war ja gar nicht klar, wonach wir suchen, die Ausgangssituation war eine andere. Weil ja das Haus verkauft war, sind wir gar nicht auf die Idee ..."

Krasberger lächelte verständnisvoll, er hatte es endlich begriffen. Manchmal war es eben auch von Vorteil, unvoreingenommen an etwas heranzugehen. Wer keine Ahnung von der Abwicklung eines Haustransfers hatte, fragte eben derart naiv.

Er sagte: „Ich mein', sie hat uns grad gestochen."

„Wer?"

„Besagte Nadel! Also los, gehen wir uns den Computer holen!"

In einem entfernt gelegenen Bezirk saß ebenfalls jemand vor einem mit dem Internet verbundenen Rechner und studierte die Annoncen der zum Verkauf angebotenen Häuser. Er suchte nur nach Privatverkäufen. Erschreckend, wie viele derart angebotener Objekte nur über einen Makler zu haben waren. Neben dem meist überhöhten Kaufpreis kam dann noch die überteuerte Provision hinzu. Vielleicht waren die Realitätenvermittler an der Situation schuld. Immerhin hatten die nicht gerade wenig Einfluss auf die preisliche Entwicklung, wenn diese im Interesse ihres Kunden einen unrealistischen Preis vorschlugen. Dabei wurden sie schließlich vom Käufer bezahlt, denn erfahrungsgemäß wälzte der Verkäufer seinen Anteil ebenfalls auf den Käufer über. Vielleicht sollte er beginnen, diese aus dem Weg zu räumen, einen nach dem anderen. Aber zunächst sollte er seinen Weg fortsetzen, da gab es schließlich auch noch genug zu tun.

4. Das Vogelgezwitscher ließ Martin keinen rechten Schlaf mehr finden. Das Federvieh freute sich mehr als er über die an diesem Tag hell vom Himmel leuchtende Sonne. Damit schien die trübkalte Periode fürs Erste unterbrochen. Über Nacht hatte Föhn eingesetzt und von draußen strömte warme Luft durch das geöffnete Fenster.

Das Wetter schien tatsächlich dazu einzuladen, Unternehmungen an der frischen Luft zu starten. Doch Martin fühlte sich bei weitem nicht frisch genug, um Bäume auszureißen. Nicht einmal für einen Ast würde es reichen.

Er hatte die halbe Nacht vor dem Computer verbracht und versucht, einige Informationen über die Familie Ressner herauszufinden. Das war gar nicht so leicht, da sich die Spur in einer Zeit weit vor dem Internet, in dem sich heutzutage jedermann und -frau gerne mit allen Intimitäten präsentierten, verlor. Im Dokumentationsarchiv wider den Faschismus war er dann endlich fündig geworden. Manfred Ressner war keine allzu große Nummer in der Nazihierarchie gewesen, übte aber eine für deren Bonzen wichtige Funktion aus. Er war so etwas wie ein Mundschenk, der sich darum zu kümmern hatte, dass die Herrschaften in den Kommandozentralen ausreichend zu essen und zu trinken hatten. Gegen

Kriegsende hatte er auch einen Teil der Ostfront zu betreuen. Während also die Soldaten draußen im Feld erfroren, schien es der Führung kriegswichtig, dass der Offizierskader mit ausreichend Schampus versorgt war. Ressner beschaffte ausgesuchte Weine aus dem Burgund, Gänseleberpastete aus Straßburg, Krebse aus Hamburg, einfach alles, was teuer und wertvoll, und daher nur einigen wenigen vorbehalten war.

Er und seine Frau, Gundula Ressner, waren so etwas wie ein Vorzeigepaar deutsch-nationaler Prägung. Großgewachsen, blond und, was in der Nazidiktatur hoch bewertet wurde, kerngesund. Die Hochzeit, die man in Neufried zelebriert hatte, wurde an Pracht nur mehr durch das politische Gewicht der geladenen Parteigrößen übertroffen. Zur Vervollkommnung des Glücks war bald danach eine Tochter geboren worden, die kleine Sigunde. Mit dem Rassenwahn entsprechend perfekter Erbbiologie ausgestattet, wurde die Kleine mit den blauen Augen und dem strohgelben Lockenkopf gerne für Fotos zu offiziellen Anlässen ausgeliehen. Auf einem war die Kleine sogar mit dem *Führer* abgebildet gewesen.

All diese Eindrücke hatten Martin die ganze Nacht über verfolgt. Schwer hatte er Schlaf gefunden, zu beschäftigt waren seine Gedanken mit diesem braunen Fleck in Neufrieds Geschichte. Er hatte sich die Platzeln, die er so liebte, gar nicht vorstellen wollen, verschandelt mit Hakenkreuzen. Dazwischen die Bevölkerung. Feiste deutsche Maiden, als Gebärmaschinen für den Krieg gemästet, und, an ihrer Seite, germanische Urgesänge anstimmend, die mit ihnen polkatanzenden Burschen mit Oberlippenbärtchen und Stahlhelm.

Es gab Tage, an denen man sich glücklich schätzte, dass eine Nacht, die einen nur mit wirren Träumen gequält hatte, endlich vorbei war. Martin kletterte aus dem Bett. Sein erster Weg galt der Kaffeemaschine. Diese hatte zum Aufheizen nun so lange Zeit, wie er für seinen Toilettegang benötigte. Danach hielt er seine Nasenspitze durch die geöffnete Terrassentür ins Freie. Die Temperatur schien tatsächlich einen Aufenthalt im Freien zu erlauben. Ein Blick auf die vom Regen verschmutzte Bistrogarnitur aber nicht. Also ließ Martin die Tür offen und so die milde Luft in den Raum strömen.

Kaum war sein Karma mit den ersten Schlucken wieder ein Teil seiner selbst geworden, widmete er sich erneut dem Stapel mit den bei der nächtlichen Recherche erstellten Ausdrucken. Das Dossier war mittlerweile sehr umfangreich, der aktuelle Bezug dafür umso weniger brauchbar. Wenigstens von der Tochter, Sigi Ressner, hatte er ein Bild, auf dem die Kleine gut erkennbar war.

Die Spur der Familie verlief sich mit Kriegsende. Nach Manfred Ressner wurde zwar seit dem Zusammenbruch des Reichs international gefahndet, es galt aber heute als unwahrscheinlich, dass er noch lebte. Wenn, dann müsste er ein Methusalem sein. Es war aber nicht auszuschließen, dass die Familie unter falschem Namen in einem anderen Teil der Welt lebte. Das wäre schließlich kein Einzelfall.

Martin legte die Unterlagen auf einen Stapel zusammen und ordnete sie in seine Mappe ein. Dabei fiel ihm wieder seine Petition ein. Sein Versuch, das Ambiente zu schützen, hatte sich bislang als Rohrkrepierer erwiesen.

Nach wie vor hatte er Probsts Reaktion darauf nicht verarbeitet.

Er kleidete sich an, dann schien es ihm angebracht, Fadinger einen weiteren Besuch abzustatten. Er hatte zwar an diesem Samstag nicht arbeiten wollen, doch jetzt, mit den neuen Erkenntnissen, gab es vielleicht doch eine Wendung. Das Verhältnis von Fadinger zu Ressner gehörte durchleuchtet. Und dann herausgefunden, wieviel der alte Bogi mit beiden Herren zu tun gehabt hatte.

Er hatte auch noch Fadinger senior in den Datenbanken des Archivs, das mit ähnlichen Organisationen weltweit vernetzt war, gesucht, war jedoch nicht fündig geworden. Fadinger dürfte so etwas wie ein zweifacher Kriegsgewinnler gewesen sein: Zunächst einmal gab es offenbar Beziehungen in die höhere Führungsschicht der braunen Partei in Wien. Dann aber, nach dem Krieg, hatte er beste Kontakte zu den Siegermächten. Damit einhergehend setzte ab diesem Zeitpunkt auch der Aufstieg des Weinguts ein. Das passte sich wieder perfekt in die Schilderung der Pribil ein. Die Spur führte also doch zu Fadinger.

Unter diesem Aspekt rückte die Dringlichkeit der Überprüfung der Prodinger Bau GmbH in den Hintergrund. Firmenbuch und Grundbuch mussten warten.

Es läutete. Martin erwartete niemanden. Vielleicht die Nachbarin, die sich für die gestrige Hilfe bedanken wollte. Er setzte ein freundliches Gesicht auf. Das bekam er mittlerweile ganz gut hin. Übung macht eben doch den Meister. Er öffnete.

„Sers, schau, wen ich dir mit'bracht hab'!"

Vor der Tür standen Onkel Alfred und sein Schulfreund Richard, genau der vom Lokalsender. Martin war doppelt erstaunt. Über den Besuch, wie auch über die Verbindung der beiden zueinander. Daher fragte er den Onkel: „Woher kennst Du denn den Richard?"

„Gö, da schaust, ich sag nur Ruderverein!"
Martin wusste nur, dass sein Onkel seit jeher die Sommer in der Kuchelau mit dem Rudern zubrachte. Dunkel war ihm auch in Erinnerung, dass sein Schulfreund einmal eine Andeutung in diese Richtung gemacht hatte, also zählte er nur eins und eins zusammen und sagte: „Ihr kennt's euch also vom Ruderverein in der Kuchelau!"

Richard meldete sich jetzt zu Wort: „Vom Sehen kennen wir uns eh schon urlang, aber erst in der letzten Saison hab ich den Namen von dein Onkel erfahren."

„Und weil wir beide den gleichen tragen, habt's ihr das hinterfragt und seid's so auf mich gekommen, oder?"

Der Onkel grinste. „Doch ka so schlechter Detektiv. Du hast a Glück, dass'd es erraten hast, sonst hätt' i di gleich wieder zu de Totengräber g'schickt."

Martin reagierte auf diesen Seitenhieb nicht, sondern fragte trocken: „Und, was wollt's?"

„Einekommen wär' ned schlecht."

Martin trat zur Seite und machte den Weg frei. Die beiden Männer traten ein.

Es war Richard, der nun sprach: „Eigentlich wollten wir dich zu einem Spaziergang abholen. Der erste schöne Herbsttag seit Langem. So a bissel durch die Weinberg gehen, dann vielleicht zum Heurigen, aber am Weg hat mir dein Onkel erzählt, dass du an der Sache mit dem Brand beim Fadinger dran bist."

Martin schickte seinem Onkel einen fuchtigen Blick. Sollte er doch seine Fälle gleich in der Gegend affichieren. Der Freund erzählte weiter: „Unser Sender hat heuer einen langen Bericht über den Kirtag gebracht ..."

„Ich weiß", unterbrach ihn Martin, „ich hab' ihn gesehen."

Der Onkel fasste Martin am Arm und flüsterte: „Lass den Richard do ausred'n."

„Wie du dir denken kannst, haben wir, wie es üblich ist, viel mehr Material gedreht, als ausgestrahlt wurde. Mir ist sofort wieder was eingefallen, wie mir dein Onkel das erzählt hat, mit Fadinger. Wir sind sofort in das Studio und", er holte eine Silberscheibe hervor, „ich hab dir die Passage auf DVD mitgebracht."

Die drei begaben sich ins Wohnzimmer, wo der Fernseher stand, und Martin startete die Aufzeichnung.

Die Kameraführung war teilweise sehr ruckelig. Das Kamerateam war offenbar zu Fuß einer Touristengruppe gefolgt. Das Bild wurde ruhiger. Der Rufer hatte seine Trinksprüche beendet, da löste sich ein Mädchen aus der Gruppe. Das Kameraauge folgte ihm. Erst jetzt erkannte Martin das Weingut im Hintergrund. Das Mädchen lief auf einen Mann zu, Fadinger! Es stürzte, und der riesige Mann bückte sich, ihm aufzuhelfen. Doch kaum hatte er das Kind gesehen, stieß er es von sich weg und flüchtete, als ob es an Pest und Cholera zugleich erkrankt wäre. Die Kamera zoomte den Kopf des Mädchens heran. Verzweifelt hielt es nach seiner Mutter Ausschau und drehte das Gesicht zur Kamera. Martin riss die Augen auf. Sein Atem stockte. Dann wurde das Bild schwarz.

*

Das Wasser begann zu sieden. Eine Prise Salz und ein Schuss Olivenöl, dann die Nudeln hinein. Dass diese alleinstehenden Männer immer nur so einfallslose Lebensmittel daheim hatten. Er aß Nudeln zwar sehr gerne, aber eine über mehrere Wochen dauernde Leidenschaft würde sich nicht daraus entwickeln. Vor zwei Tagen war er versucht gewesen, einen Zustelldienst zu bemühen, wieder einmal Fleisch oder einen scharf angebratenen Fisch essen, aber das schien ihm dann doch zu riskant. Es hatte in den letzten Tagen ohnehin wiederholt das Telefon oder jemand an der Tür geläutet. Vielleicht war seine Wahl doch nicht so gut gewesen, vielleicht ging der Alte doch irgendwem ab, der nachzubohren beginnen könnte. Dann wäre es an der Zeit, bald wieder umzuziehen, wie zuletzt auch. Das machte aber auch nichts. Das Haus war zwar ganz nett, aber die achthunderttausend, die der alte Raffzahn verlangt hatte, war es sicher nicht wert. Keines der Häuser hatte dem verlangten Wert auch nur annähernd entsprochen. Sie alle hatten sich ihr Schicksal selbst zuzuschreiben. Mit ihrer Gier hatten sie sein Leben genommen, er tat nun dasselbe, das war gerecht.

Der Topf begann wütend auf der Herdplatte herumzuhüpfen. In seine Gedanken vertieft, hatte er vergessen, die Wärme zu reduzieren. Das Wasser quoll wie aus einem Geysir an der äußeren Topfwand hinab und verdunstete zischend auf der heißen Kochstelle.

Er drehte den Herd zurück und ließ die länglichen Nudeln aus der Packung in den Topf gleiten.

*

Inspektor Reichholds Motivation war am Nullpunkt angelangt. Bereits zwei Wochen hatte er Sonderschichten geschoben. Das dritte Wochenende ohne Freizeit begann. Sie hatten die Liste mit den Kaufinteressenten von der Realitätenvermittlung erhalten. Reichhold war verwundert gewesen, wie groß das Interesse an dem seines Dafürhaltens eher schmucklosen Haus in Ottakring gewesen war. Der Preis wirkte auf ihn nicht gerade wie eine Okkasion. Dennoch hatten sie an die fünfzig Namen zu überprüfen. Das war Routinearbeit. Unspektakulär und Zeit raubend. Sie waren daran, die Daten auf Körberts Computer auszulesen. Es fanden sich darauf tatsächlich E-Mails von einigen Kaufinteressierten, die ihn um einen Besichtigungstermin baten. So weit sie diese Personen überprüft hatten, gab es bislang keine Übereinstimmung zwischen der Maklerliste und diesen Interessenten. Auch Krasberger schien nicht mehr von seiner These überzeugt. Reichhold hatte auch bei ihm in den letzten Tagen gewisse Abnutzungserscheinungen feststellen können: Einige Andeutungen, ob Sie sich auf der richtigen Spur befänden, etwa. Reichhold, der diese Sache zu gern abgegeben oder beendet hätte, beschloss, in dieser Hinsicht nachzustoßen: „Und wenn wir wirklich in die falsche Richtung graben?"

„Verzeihung, ich war in Gedanken, was manen Se?"

„Wenn es doch keinen Zusammenhang gibt, zwischen den beiden Toten?"

Gruppeninspektor Krasberger kratzte sich über die unrasierten Stellen am Hals. Er sagte: „Dann ham mir nur an ungeklärten Mord, und der andere g'hert wieder den Ottakringern."

Krasberger hatte sich diese Ausrede während der letzten Nacht zurecht gezimmert. Es entsprach ja auch der Zuständigkeit. Würde jemand von den höheren Chargen mitbekommen, dass er sich in ein fremdes Revier einmischte, wären die

Probleme, die er bekäme, noch das geringste Problem. Seine Frau hatte ihm schon angedroht, sich ein Haustier oder einen Hausfreund zuzulegen. Krasberger fand die Reihenfolge witzig, die Tatsache der emotionalen Unterbeschäftigung seiner Frau weniger. Aber er musste langsam den Fakten ins Auge blicken. Beruflich wie privat. Er kam in beiden Belangen nicht vom Fleck.

Er richtete das Augenmerk wieder auf die Verkaufsannonce, die Körbert geschaltet hatte. Mit Glück war man auf den Betreiber der betreffenden Immobilienplattform gestoßen. Der Onlinediensteanbieter hatte eine Kopie der Texte samt Fotos übermittelt. Es gab zwei Versionen, die sich nur geringfügig im Text unterschieden. Körbert musste die Anzeige nachträglich bearbeitet haben. Bei der letzten Version hatte er den Zusatz „ideal für die Verwertung durch Bauträger" in die Beschreibung aufgenommen. Und eine Kleinigkeit war da noch: Die Telefonnummer unterschied sich in der Vorwahl.

„Mia san doch echte Deppen."

„Wie meinen Sie das?" Reichhold blickte von seinem Bildschirm auf, hinüber zu Krasberger.

„Die Anzeige vom Körbert, amoi mit der Festnetznummer, aber dann hat er sei Handynummer angeben. Wir brauchen unbedingt den Rufnummernnachweis vom Betreiber. Gelt, sein S' so gut und kümmern sich drum. I hol deraweil amal die Liste mit de Nummern, die wir von dem Maklerbüro kriegt haben. Vielleicht hamma's jetzt endli, die Nadel!"

Martin stand der Mund offen. Nach wie vor. Er drehte sich zu Richard und seinem Onkel.

„Na, was sagst?", eröffnete Alfred das Gespräch. „Interessant, ned woahr?"

„Jetzt müsste ich nur noch rausfinden, wer aller in dieser Gruppe dabei war, dann wäre ich einen Riesenschritt näher am Ziel."

„Kein Problem, hier bitte!" Richard hielt Martin einen Zettel hin, auf dem eine Adresse in Prag notiert war. „Das ist die Adresse vom Veranstalter."

„Wie kommst du denn an die?"

„Das ist einfach erklärt. Wir sind ja ein Privatsender. Daher vermarkten wir einen Teil unserer Aufnahmen auch über alternative Kanäle. Kurz gesprochen, das Kamerateam war länger mit der tschechischen Reisegruppe unterwegs und man ist von Seiten des Reisebüros an uns herangetreten, ob wir die Aufnahmen den Teilnehmern zur Verfügung stellen würden. Gegen Entgelt, versteht sich."

„Also müssten die dort im Büro eine Liste mit allen Adressen haben. Die werden sie sicher nicht herausrücken wollen. Wegen Datenschutz und so."

Richard schickte dem Onkel einen verschwörerischen Blick. Er grinste überlegen, als er einen weiteren Zettel zückte und Martin reichte.

„Ich mein', es haben eigentlich alle das Video bestellt. Direkt bei uns. Und wir haben die DVDs an sie geschickt. Direkt an diese Adressen da. Die haben sie uns freiwillig gegeben."

„Na? Hülft dir des weiter?", fragte Onkel Alfred.

„Sicher, und wie!"

„Ich denk, da solltest dem Richard einen schönen Batzen von deiner Provision geben", konstatierte der Onkel weiter.

Sofort unternahm Martin den Versuch, die Bedeutung dieser Information zu relativieren. In die Suppe wollte er sich nicht spucken lassen. Auch nicht vom Onkel, und schon gar nicht finanziell. „Na ja, das ist ja nur ein Indiz, das muss mit dem Fall nicht unbedingt was zu tun haben. Obwohl …" Er machte eine Pause, dann sagte er nachdenklich, „Es deutet nur schon wieder auf Fadinger hin."

„Du glaubst also auch, dass der Fadinger hinter der Sache mit dem Brand steckt?", fragte Richard, für den das seltsame Verhalten Fadingers unerklärlich war.

„Tut mir leid, aber darüber kann ich nicht reden. Ihr wisst eh schon viel zu viel."

„Keine Sorge", gab sich Onkel Alfred versöhnlich, „wir können schweigen, fast so wia die Ex-Kundschaft!" Er lachte kurz auf.

„Ja, aber was hat das Kind eigentlich mit dem Brand zu schaffen?", fragte Richard weiter.

„Auch das kann ich dir nicht sagen, obwohl ich eine Vermutung hege. Aber dazu muss ich erst nach Prag fahren. Und vorher nochmals Fadinger besuchen."

Martins Mobiltelefon läutete. Es war Michi Bogensberger, die sich auch nach dem Stand der Ermittlungen erkundigte. Im Gegensatz zu den beiden Anwesenden war sie auch die Einzige, der er verpflichtet war. Martin deckte das Mikrophon ab.

„Könnt ihr mich bitte kurz allein lassen? Klientengespräch."

Doch die zwei machten keine Anstalten, den Raum zu verlassen. Daher sperrte Martin sich auf dem Klo ein. Berg und Prophet, fiel ihm dazu nur ein.

Er setzte sich auf den Deckel.

„So, jetzt kann ich wieder mit dir sprechen!"

Seine Auftraggeberin fragte nach konkreten Ergebnissen. Ob schon irgendwelche weiteren Anhaltspunkte vorhanden wären, wollte sie wissen. Martin blieb unverbindlich, ließ aber durchblicken, dass tatsächlich eine mögliche Wendung bevorstehen könnte. Er tat das, um sein Verlangen nach einem Vorschuss zu rechtfertigen. In ein paar Tagen würde er das überprüft haben. Dann könne er präziser werden.

„Das trifft sich gut, weil ich muss für ein paar Tage nach Italien. Wenn du mir deine Kontonummer gibst, überweise ich dir siebenhundert Euro für deine Spesen. In Ordnung?"

Martin war damit einverstanden und sagte ihr die Daten seiner Bankverbindung durch. Dann wünschte er ihr noch eine gute Reise.

Er kehrte in den Wohnraum zurück, wo er seine Besucher erwartete. Doch die hatten es sich bereits auf der Terrasse gemütlich gemacht.

„Wir sind raus", erklärte der Onkel, „weil wir wissen ja ned, was do auf dein Sofa so passiert is." Demonstrativ hielt er einen BH in die Höh' und grinste. Martin verschlug es die Rede. Er erkannte die zartrosa Spitze. Das Bustier gehörte Sandrine. Ihm fiel auch wieder ein, bei welcher Gelegenheit er sie davon befreit hatte. Dass ihm das Stück die ganze Zeit über nicht aufgefallen war.

„Der Richard hat's gfunden, weil ihm was aus der Hosen in den Spalt beim Sofa g'fallen is. Wie er's dann rausfingern wollte, kam eben dieses Corpus delicti zum Vorschein. Naja und dann simma weg, weil wir wollten gar ned wissen, was das Sofa no für Geheimnisse birgt."

„Richtig“, stimmte Richard zu, „du hätt’st deine Möbel aber auch putzen können. Jetzt ist meine Hos’n ganz dreckig.“

„Und einen Kaffee sollt’ ich euch auch servieren, oder?“, konterte Martin dieser Bemerkung.

„Schlecht wär’s jetzt nicht, wenn ich einen Kaffee bekäme. Immerhin war ich fast den ganzen Vormittag in deinen Belangen eingesetzt“, meinte Richard. Martin hatte ohnehin vorgehabt, etwas anzubieten, also machte er noch schnell drei Kaffee. Den Onkel vergatterte er dazu, die Möbel mit einem Tuch abzuwischen, dann nahm auch er draußen Platz.

In den Ecken der Terrasse hatte sich schon das erste Laub angesammelt. Es verströmte einen feuchten Modergeruch. Die Luft selbst war angenehm mild und schmeckte nach Feigen und Trauben, eben nach Spätsommer. Dank dieser angenehmen Witterung wucherten in den Gärten noch Dahlien oder Astern, und in den Blumenkästen drängten sich Pelargonien, Begonien und Petunien, wuchsen in dichten Büscheln über den Rand.

Aber Martin hatte noch viel zu tun, daher auch keine Zeit für Smalltalk.

„Warum schnaufst denn a so?“

„Wie bitte?“, fragte er seinen Onkel, der ihn aus den Gedanken gerissen hatte.

„Du rasselst ja wia’r a alte Dampflok!“

Tatsächlich! Onkel Alfred hatte recht. Er hatte überhaupt keine Kondition mehr. Das bisschen Rauf-und-Runter über die Stiegen und die paar Handgriffe im Haushalt hatten ihm körperlich bereits einiges abverlangt und jetzt erst im Sitzen kam er schnaufend zur Ruhe. Er musste kürzer schalten und etwas mehr relaxen, oder sich besser ein wenig mehr körperlich ertüchtigen. Er überlegte, wie lange das her war. Die letzte Joggingrunde war kurz nach dem Kirtag gewesen, lag also schon mehrere Wochen zurück. Dafür war er in letzter Zeit ständiger Gast in diversen Heurigenlokalen oder Kaffeehäusern gewesen. Von der Schokolade, die er notgedrungen in sich hatte stopfen müssen, um an die aktuellen Happy-Dinos zu gelangen, ganz zu schweigen. Denn die begehrten Zugaben fanden sich nicht in jedem Überraschungsei, sondern nur in jedem siebten.

„Wisst ihr was? Ihr habt recht. Ich stelle meinen Tagesplan wieder um. Habt's ihr noch Lust auf einen Spaziergang? Gehen wir eine Runde durch die Weinberge. Die frische Luft wird uns gut tun."

„Und die Jause, auf die du uns im Anschluss einladen darfst auch", setzte Richard nach.

Der Onkel nickte zustimmend und Martin ergab sich mit den Worten, „So sei es", in sein Schicksal. Immerhin hatte er den beiden tatsächlich einen wichtigen Hinweis zu verdanken.

Auf den Hund gekommen

1. Krasberger blinzelte mürrisch dem Morgen entgegen. Verkrampft lag er in seinem Bett, in das er irgendwann gegen zwei Uhr morgens geklettert war. Ganz leise hatte er sich ins Schlafzimmer geschlichen, bedacht darauf, seine Frau nicht zu wecken. Womöglich hätte sie ihm Vorhaltungen wegen der Uhrzeit gemacht. Dabei war er von der Arbeit gekommen. Mehr oder weniger. Nach den vielen Stunden am Telefon und vor dem Computermonitor war er kurz nach Mitternacht heimgekommen. Zu gerädert um zu schlafen. Also war er in das kleine Café im Nebenhaus – eigentlich eine furchtbare Bumsen – gegangen, um sich wieder auf die Erde zu trinken. Drei Achtel und zwei Baucherln später war er dann ins Bett gekippt.

Jetzt kitzelte ihn etwas in seinem Gesicht. Seine Nase wurde feucht und der Geruch, der kurzfristig den an seiner Haut haftenden Beiselduft überlagerte, war alles andere als erfrischend.

Er konnte sich auch nicht zur Seite drehen, denn etwas hockte auf seinem Brustkorb. Nicht nur der Teer, den seine Lungen aus der verrauchten Luft des Automatenkaffees extrahiert hatten, machte das Atmen schwer, nein, etwas Reales saß auf ihm und es beschnüffelte ihn.

„Na, habt ihr euch schon bekannt gemacht?“, fragte ihn seine Frau.

Krasberger blinzelte. Verschwommen erkannte er zwei ihn beobachtende schwarze Knopfaugen. Sie steckten in einem weißen Wuschelkopf, aus dem eine flache Schnauze wuchs.

„Seine Besitzer haben ihn eben erst vorbeigebracht. Leider ist ihr Neugeborenes auf Tierhaare allergisch, jetzt haben sie einen guten Platz für Arthur gesucht."

Das war für Krasberger zu viel.

Aber immerhin hatte sich seine Frau an die Reihenfolge gehalten und sich das Haustier vor dem Hausfreund zugelegt. Er schob den Flederwisch zur Seite und rappelte sich ächzend in die Höhe. Das Vieh musste wohl schon länger auf ihm gethront haben. Deshalb schmerzte ihn auch die Rippen. Er sagte: „Du willst das Tier doch nicht ernsthaft behalten?"

„Natürlich will ich das und es wird hoffentlich eher spaßhaft. Weil mit dir hab ich Ernst genug. Nein, mit dir hab ich im Moment gar nichts! Du bist ja nie da!"

Der Tonfall in ihrer Stimme klang verbittert. Krasberger wusste, dass er nachgeben sollte. Manchmal war es in einer Beziehung wichtig, sich ein wenig zurückzunehmen, einen Schritt zurückzugehen. Etwas, das ihm auch nach über zwanzig Jahren Ehe schwer fiel. Was er aber gelernt hatte, war, einen Schritt zur Seite zu machen.

Er betrachtete seine Frau, musterte die traurigen Falten in ihrem Gesicht. Sie war trotz der körperlichen Veränderungen, die das Altern mit sich brachte, immer noch hübsch. Er liebte den schelmischen Glanz ihrer Augen, wenn sie verschwörerisch grinste. Sie hatte kräftige dunkle Locken, die sie, wie in ihrer Jugend, schulterlang trug. Krasberger bemerkte, dass das Strahlen, das sie sonst mit sich in einen Raum brachte, heute fehlte. Vielleicht war es schon seit einiger Zeit verschwunden, aber heute erst fiel es ihm auf. Es wurde ihm bewusst, dass er viel von ihr verlangt hatte. Vielleicht zu viel. Er musste das irgendwie gut machen.

„Warum foahrn wir ned über's Wochenende wieder amal nach Mörbisch?"

Er wusste, dass seine Frau die Gegend um den Neusiedlersee liebte, dass sie am liebsten ihren ganzen Urlaub dort verbringen würde.

„Und der Hund?"

„Den nemma mit! Was is des eigentlich für a Rasse?"

„Ein Scotchterrier, glaub ich, aber ganz reinrassig is er nicht."

Sie lächelte. Ein wenig begann es im Zimmer wieder zu glänzen. Die Therapie schien anzuschlagen.

Krasberger verständigte Reichhold per Telefon, dass sie heute einen Tag Pause einlegen sollten. Die Liste mit den Rufnummern der Telefongesellschaft würden sie nicht vor Montag erhalten, also gab es im Moment nicht viel, was sie tun konnten. Außer zu hoffen, dass der „Besichtigungsmörder", wie sie ihn mittlerweile nannten, nicht wieder zuschlagen würde. Er konnte förmlich spüren, wie erleichtert Reichhold auf diese neue Direktive reagierte.

Sie erreichten ihr Ziel am frühen Nachmittag. Sie bezogen Quartier in der kleinen Pension, in der sie im Sommer, wenn Mörbisch zum Festspiel für Menschen wie Gelsen gleichermaßen lud, wohnten. Das Haus war geschlossen. Die Saison vorüber. Aber Anni, die Wirtin, hatte für Stammgäste immer ein, zwei Zimmer vorbereitet. Sie war über den flauschigen Zuwachs in der Familie Krasberger zwar weniger begeistert, drückte aber dem ihr sympathischen Ehepaar zuliebe ein Auge zu.

„Waunn er ma auf da Deck'n bleibt, da Hund!"

Nach einer kurzen Rast machten sie einen ausgedehnten

Spaziergang entlang der Uferpromenade. Krasberger fand den kleinen Arthur, wie er um ihre Beine herumwuselte, ganz witzig. Und er folgte auch den meisten Kommandos, was ihm als Polizisten doch wichtig erschien. Wenn seine Frau Freude mit dem Tier hatte, dann sollte sie es auch behalten. Er zog sie an sich. Sie blickten einander in die Augen.

„Du …“, setzte er an, doch sie führte ihren Zeigefinger an seinen Mund. Sie stellte sich auf ihre Zehenspitzen, nahm seinen Kopf zärtlich in ihre Hände. Dann berührten ihre Lippen sich. Sanft und inniglich.

Die Sonne hatte sich müde über die Hügel gelegt. Sie strich mit ihren orangefarbenen Strahlen über das gräuliche Wasser. Es war eine durch und durch romantische Stimmung, dachte Krasberger. Wäre da nicht Arthur gewesen, der plötzlich Interesse an seinem Hosenbein zeigte.

Martin hatte seine Gäste durch den Wald Richtung Fischerwiese geführt. Nun standen sie auf einer Anhöhe oberhalb des alten Kerns von Freiwersdorf. Die Wege waren vom Laub gesäumt und vereinzelte Lacken waren schlammige Zeugen der vergangenen Regentage. Bunt verfärbte Blätter leuchteten in der die Spaziergänger mit ihren Strahlen wärmenden Sonne. Zu ihren Füßen verlief das Frostbachtal mit der stark frequentieren Hauptstraße. Da, wo einst der Frostbach seine Schneise durch die Hügel gezogen hatte, wälzte sich jetzt die Blechlawine Richtung Innenstadt.

Martin befand sich in einer melancholischen Stimmung. So erging es ihm meist gegen Ende des Sommers, wenn er des nahenden Herbstes gewahr wurde. Heuer hatte es länger gedauert, bis es so weit war, denn der Sommer bäumte sich nun ein letztes Mal auf. Aber das würde nicht mehr lange andauern. Martin betrachtete die Hand in Hand gehenden Pärchen, denen sie begegneten. Er seufzte.

Sie peilten den Höhenweg, der oberhalb der Weinberge verlief, an. Onkel Alfred fluchte, weil er beinah auf einer Nacktschnecke ausgerutscht wäre. Sie kamen zu einer Biegung, die oberhalb Neufrieds lag. Martin bedeutete seinen Begleitern, einzuhalten. Er griff nach dem Arm des Onkels und zog ihn zu sich. Mit der Fingerspitze peilte er einen Punkt unweit des Ortszentrums an. Das Gerüst eines Krans markierte die Stelle. Er sagte:

„Da, schaut's her! Da unten plant der Fadinger einen Riesenkomplex hinzustellen."

„Na hör' auf", antwortete der Onkel sichtlich erstaunt.

„Ja, du hast recht, da steht schon a Teil von an Kran, und mit dem Fundament haben's auch schon begonnen!", bestätigte Richard.

„Ja, ein Wahnsinn, ich weiß. Und da, schaut's einmal da rüber. Oder dorthin."

Martin ließ seinen Finger durch die Landschaft gleiten. „Überall wird gebaut. Überall entstehen neue Apartmenthäuser. So wie das da." Er zeigte auf einen Neubau, der sich breit in das Ensemble aus kleinen Häusern und Baumkulturen gedrängt hatte.

„Scheußlich, des passt gar ned do her!", ereiferte sich der Onkel.

„Da muss man doch was dagegen machen können", meinte auch Richard.

„Nicht viel, glaubt's mir, bei der Politik stößt man da auf

taube Ohren. Alles im Rahmen der Bauordnung, mehr oder weniger ..."

„Dann muss halt die Bevölkerung selbst was tun, um die Gegend zu schützen. Immerhin wohnen die Leut' da."

Martin lächelte milde zu Richards Vorschlag. Er begann von seiner Idee zu erzählen, davon, wie er mit seiner Petition Klinken putzen war, wie wenig Unterstützung er dafür erhalten hatte, ja sogar von den Feindseligkeiten, die ihm mancherorts entgegengebracht worden waren, berichtete er.

„Na bumm, des is ka Bemmerl! Da tuat ana wos und ko si a no bled o'red'n loss'n!"

„Na, so schlimm war es auch wieder nicht", bremste Martin den erzürnten Onkel ein.

„Aber man überlegt sich halt, wofür man seine Zeit aufwendet", meinte er resigniert.

„Nein, da darfst du nicht aufgeben", widersprach Richard, „Du musst trotz dieser Rückschläge weitermachen. Hast du die Liste dabei? Meine Unterstützung hast du jedenfalls. Ich unterschreib' sofort."

„No, i a! Wie du weißt, bin i in Dornbach aufg'wachs'n. Da hot's früher an jed'n Eck an Wirtn geb'n. Dann a Trafik, an Greißler und a Zuckerlg'schäft. Jetzt seit a poar Joahr wird des ollas revitalisiert. Des haßt, de baun nur mehr Wohnungen. A schene Gegend zum Leben, aber eigentlich is tot, weil es gibt kane G'schäfte mehr. Infrastruktur haßt des heut. Oiso, de kannst suachn oder du setzt di ins Auto und foahrst ins Schopping Centa."

„Ihr meint also wirklich, ich soll ...?"

„Na sicher!", kam es unisono aus zwei Mündern.

„Danke! Ihr macht's mir Mut. So, und jetzt gehen wir

schnell runter zur Irisgasse und dann zurück nach Neufried. Weil ich hab einen Hunger."

„Und i an Durscht! Wer zahlt?"

„Ihr seid's selbstverständlich meine Gäste."

Sie betraten das Lokal. Im Garten herrschte Hochbetrieb. Zumindest in den Tischreihen, die von der Sonne beschienen waren. Die Gäste, die dort keinen Platz hatten ergattern können, saßen auf Decken oder waren in diese eingehüllt, wie es der Jahreszeit entsprach.

Der „Sailer am Winzersteig" war bei Stammgästen wie Ausflüglern gleichermaßen beliebt. Probsts Weinschenke war geschlossen gewesen und Martin hatte sich bei seiner Einladung ausbedungen, dass sie nicht bei Fadinger einkehren würden.

Doch manchmal wollte man einem Geröllfeld ausweichen und stolperte über den einzigen Stein am befestigten Weg. Fadinger saß an einem der Tische. Er hatte Martin nicht entdeckt, weil er mit dem Rücken zum Eingang saß. Doch auch von hinten war er mit seiner markanten Haarpracht gut zu erkennen. Martin war mehr über seine Tischgesellschaft überrascht. Denn bei ihm saß Probst. Probst hatte Martin erkannt. Er winkte ihn zu sich. Martin überlegte die wenigen Schritte, die der Weg zu den beiden dauerte, wie er seine Tarnung Fadinger gegenüber schützen konnte.

Probst begrüßte Martin.

„Servas, na, gehst amal zur Konkurrenz?"

„Du hast ja geschlossen!", antwortete Martin.

„Ihr kennt's euch?", fragte Fadinger erstaunt.

„Na sicher, das ist ..."

„Der Journalist, der mit dem Herrn Probst auch schon so

ein Interview geführt hat!", unterbrach Martin die Erklärung seines Bekannten.

„Ah so? Bei dir auch? Also mi hat er ja stundenlang ausg'fratschelt, aber g'lesen hab i no nix über die Story."

Probst schickte Martin einen fragenden Blick, sagte aber zum Glück nichts.

„Das ist so", sagte Martin, „weil wir derzeit am Überlegen sind, das ganze noch ein wenig größer aufzuziehen. Wir planen da eine Kooperation."

Martin gab mit einem Zeichen seinen Begleitern zu verstehen, dass sie sich zu ihm gesellen mögen. Langsam trotteten die beiden an.

Martin stellte Richard vor: „Das ist der Herr Kemptner vom Regionalkanal Wien. Wir stehen mit dem Sender in Verhandlung, ob wir unsere Reportage nicht in Form eines Dokumentarfilms produzieren sollen."

„Griaß Ihna, ihr wart's eh erst unlängst bei mir! Eh scho wissen, „die goldene Nadel" für die Fetzendesigner!" Fadinger streckte Richard seine Hand entgegen, der sie verlegen lächelnd ergriff.

„Und wer is er?", fragte Probst in Richtung des Onkels.

„I bin sei Manager!"

Selbstsicher schüttelte auch Alfred den beiden Herren die Hände.

„A Kameramann, der was an Agenten hat? Sachen gibt's!"

Martin kam nicht umhin, Verständnis für Fadingers Verwunderung aufzubringen. Der Onkel und seine Affinität zum Sport! Was Blöderes konnte ihm wohl kaum einfallen, dachte Martin, dem schön langsam heiß wurde.

„Ihr könnt's euch gern den Tisch behalten", vermeldete Probst völlig überraschend, kaum dass alle Platz genommen hatten. In Richtung Fadinger sagte er: „Wir sind's dann eh, oder?"

Fadinger nickte und Probst erhob sich, um sich sogleich zu verabschieden. Martin hätte brennend interessiert, was die beiden zu besprechen gehabt hatten. Aber vielleicht ergab sich die Gelegenheit, Probst später dazu zu befragen. Doch seit ihrem letzten Streit hatte sich ihr Verhältnis ein wenig abgekühlt. Das war auch jetzt zu bemerken, weil dieser seinem Blick wiederholt ausgewichen war.

Auch Fadinger schickte sich an, zu gehen, wurde aber von Martin zurückgehalten.

„Und, was sagen Sie zu meinem Vorschlag? Fernsehen und so?"

„Ich überleg es mir, rufen Sie mich am Montag an."

„Warten Sie, ich habe noch eine Frage!"

„Hören Sie, ich hab jetzt wirklich keine Zeit mehr, aber gut, um was geht es?"

Martin rollte mit den Augen zu seinem Anhang am Tisch und sagte: „Unter vier Augen. Am besten ich begleite Sie ein Stück."

Fadinger beachtete den ihm nachfolgenden Martin gar nicht richtig, bis sich dieser auf der Straße neben ihn schob und ihn ansprach: „Sie haben mir gar nichts über die Familie Ressner erzählt."

Fadinger stoppte. Er hob eine Augenbraue, dann sagte er mürrisch: „Da kann ich Ihnen auch nichts erzählen, darum." Martin rechnete nach. Fadinger musste ein Kind gewesen sein, als die Familie in Neufried ihre Sommerresidenz errichtet hatte. Sie gingen wieder einige Schritte.

„Sie wissen aber schon, worauf ich hinauswill?“

„Schon möglich, aber wie gesagt, da kann ich Ihnen nichts erzählen.“

„Aber wie ist das Haus in Ihren Besitz gelangt?“

Fadinger blieb abrupt stehen. Sein Tonfall wurde ungehalten: „Na geerbt hab i's, von mein' Vater!“

„Und wie ist der dazu gekommen?“

Der Weinbauer begann zu brüllen: „Des waß i ned. Do miassn S' eam scho söba frog'n! Machen S' a Séance!“

Martin wusste, dass er die Sache nicht ganz diplomatisch angegangen war. Er sollte im Handbuch für Jungdetektive das Kapitel über subtile Verhörmethoden nachlesen. Wenn es so ein Handbuch gäbe! Fadinger hatte sich wieder beruhigt. Seine Stimme klang gefasst, als er nun fragte: „Was interessiert Sie das eigentlich?“

„Immerhin ist das der alte Holzteil, der im Sommer abgebrannt ist.“

„Wir haben aber vereinbart, dass wir über das Feuer nix red'n. Sonst gibt's ka Interview mehr, is des kloar?“

„Natürlich, aber eine Frage hab ich noch, bitte!“ Martin dachte an den Bericht des pyrotechnischen Sachverständigen, den ihm der Onkel auseinandergesetzt hatte. Aber er musste aufpassen, dass er Fadinger nicht endgültig verlor.

„Vo mir aus!“

„War es üblich, dass Sie Chemikalien dort gelagert haben?“

„Na, des hob i do a schon der Polizei erklärt. I hab ned amal a Ahnung, welcher Trottel die Kanister dort eineg'stöd hat.“

„Sie werden doch wissen, wer auf Ihrem Gut etwas damit zu schaffen hat."

„Des schon, aber ich vinifizier ja auch für a poar Private, die was ihren Weingarten nimmer selbst bestellen können oder wollen. Manchmal helf' i a a poar Kollegen."

„Und Sie meinen, einer von denen könnte ... Verraten Sie mir die Namen?"

„Meglich war's, aber i will niemand in Schwierigkeiten bringen, na, ich will keine Namen nennen."

Martin bedankte sich für die Offenheit und die Männer trennten sich.

Er schlug den Rückweg zum Sailer ein. Seine Fußsohlen klebten beinah am Asphalt fest, so schwer war sein Gang. Irgendetwas hatte sich nun in sein Gefühl eingeschlichen. Eine Dissonanz in der bislang wohlgefälligen Melodie seiner Untersuchung.

Als er zu seinen Kumpanen zurückkehrte, hatten diese bereits die Jause verputzt und auch vom Wein war nicht mehr viel übrig. Der Onkel hielt ihm den Zettel mit den Bestellungen hin und Martin zahlte ohne Widerspruch. Zu sehr war er damit beschäftigt, seine Gedanken zu ordnen. Er hatte nicht einmal Augen für die aparte Brünette, die ihm, seitdem er das Lokal betreten hatte, zulächelte.

„Ich sag danke für eure Hilfe, genießt's noch den schönen Abend, aber ich bin jetzt nicht in der Stimmung mit euch zu trinken."

Der Onkel murrte und Richard nickte verständnisvoll.

„Ich muss noch ein paar Vorbereitungen für meine Reise treffen. Vielleicht fahr ich sogar in der Nacht mit dem Zug. Baba!"

Die Kellnerin kam an den Tisch, um abzuräumen, doch Onkel Alfred bestellte noch zwei Fluchtachterl.

„Zwei wohlgemerkt! Eines für mich und eins für den Richard", wie er Martin eingeschnappt nachrief, „weil uns halten unsere Geschäfte nicht vom Saufen ab. Prost!"

2. Die Krasbergers hatten eine durchwachsene Nacht hinter sich. Nach einem romantischen Abendessen hatten sie das machen wollen, wozu sie schon seit Wochen keine Gelegenheit gehabt hatten: sich einander körperlich zuzuwenden. Etwas, das dem kleinen Arthur nicht so wirklich recht war. Kaum hatte Krasberger unter der Decke Stellung bezogen, war auch schon der Hund auf ihm und hatte sich in die Decke verbissen. Wenn er nur die Decke erwischt hatte. Der Versuch, ihn im Kasten wegzusperren, war an den kläglichen Wehlauten, die das Tier von sich gegeben hatte, und der daraufhin herbeigestürmten Zimmerwirtin, die nach dem Rechten sehen wollte, gescheitert. So war es beim Kuscheln geblieben. Um zwei hatte der Hund ein dringendes Bedürfnis nach Ausgang verspürt und um vier offenbar schlecht geträumt und das halbe Haus mit seinem Jaulen geweckt.

Nun saß das Ehepaar beim Frühstück. Am Gesichtsausdruck der Hausherrin war unschwer zu erkennen, dass sie verstimmt war. Bei jedem Mal, wenn sie ein Stück an den Tisch brachte, schickte sie dem nun brav darunter sitzenden Tier einen abschätzigen Blick.

Irene Krasberger fasste ihren Mann an der Hand und sagte: „Es war aber trotzdem sehr schön, danke für den wunderbaren Ausflug."

Der Gruppeninspektor war aber mit seinen Gedanken wieder bei seinem Fall. Er biss von einer Brioche ab und nickte beiläufig. Sie sprach weiter: „Ich weiß, dass du zurzeit viel um die Ohren hast. Ich wollte dich nicht unter Druck setzen. Und keine Angst: Das mit einem Geliebten war nur ein blöder Schmäh. Ich konzentrier' mich mehr auf mein Yoga. Da bin ich bald Großmeisterin."

Sie grinste ihren Mann an. Der schluckte seinen Kaffee hinunter und sagte, die Augen auf Arthur gerichtet: „Außerdem fehlt dir für an Freund jetzt die Zeit."

Seine Frau begann zu strahlen. Sie beugte sich zu ihm vor und gab ihm einen Kuss auf die Wange.

„Danke!"

Krasberger war zufrieden. Mit diesem Zugeständnis an seine Frau hoffte er, sich die Diskussion um eine neue Wohnung für einige Zeit zu ersparen. Seine Frau war mit dem Tier zufrieden und würde genug mit ihm zu tun haben.
Er dachte wieder an Körbert und dessen Haus. Er konnte es richtig hören, das Tropfen in seinem Hirn. Der Stalagmit war wieder im Wachsen, er wusste nur nicht wieso.

Martin hatte seine Tasche noch am Abend gepackt. Er hatte beschlossen, nicht mit dem Auto zu fahren. Prag war zwar nur gut drei Stunden entfernt, aber es gab eine praktische Nachtverbindung. Der Zug kam zwar mitten in der Nacht am Hauptbahnhof an, aber in unmittelbarer Nähe gab es ein Café, in dem man zu der Uhrzeit schon ordentlich frühstücken konnte. Kein Wunder, dass es vornehmlich von Menschen, die früh ihren Dienst antreten mussten oder spät davon heimkehrten, frequentiert war.

Bei dem Gedanken, mit dem Zug zu reisen, fühlte Martin sich an Hercule Poirot erinnert, wie dieser im Orient Express seine scharfsinnigen Schlussfolgerungen gezogen hatte.

Schade, dass sich das wahre Leben nicht wie in einem Kriminalroman abspielte. Es war vielschichtiger und die Möglichkeiten waren zur Potenz größer. Auch kam einem der Zufall fast nie zur Hilfe.

Martin fiel ein, dass er sich für die Reise Lesestoff besorgen könnte. Einen Detektivroman zum Beispiel. Auf jeden Fall die heutige Zeitung, die vor der Tür liegen müsste. Er war weit früher dran als an den letzten Sonntagen, als ihm ein boshafter Zeitgenosse offenbar zuvorgekommen war.

Er stürmte zur Tür, riss sie, so wie er war, nämlich im Pyjama, auf und stutzte. Auf der Matte lag der Mogli, jene Figur, die er bei seiner Nachbarin unlängst entdeckt hatte und die sie so vehement verteidigt hatte. Angeblich für ihren großjährigen Enkel. Ob diese Geste Ausdruck eines schlechten Gewissens war? Oder sie hatte sich doch bei ihm bedanken wollen.

Martin las die Statuette aus Kunststoff auf. Egal, wie sein Tag würde, er hatte zumindest gut begonnen. Dafür war wieder keine Spur von der Zeitung auszumachen.

Martin schloss die Tür hinter sich und stürmte wutentbrannt zu seinem Computer. Sein erster Gedanke war, das Abo sofort zu kündigen. Bis ihm einfiel, dass es sich ohnehin um ein auf drei Monate befristetes Angebot gehandelt hatte. Aber gezahlt hatte er ja doch etwas dafür. Dieses Geld würde er nun zurückfordern und sicherheitshalber, immerhin war es möglich, dass er bei der Bestellung eine Verlängerungsklausel übersehen hatte, doch auch seine sofortige Kündigung erklären. Wenig später hielt er das, seines Dafürhaltens brillant formulierte Schreiben in Händen. Sein Ärger klang perfekt zwischen den Zeilen durch. Er war zufrieden. Sie würden es sich gut überlegen, ihm noch einmal so ein Abo aufschwatzen zu wollen. Er unterzeichnete es.

Wenn er heute schon so gut im Formulieren war, nutzte er diesen Anflug von Produktivität und richtete gleich noch ein paar Zeilen an Dr. Sanwald. Sein Rechtsbeistand sollte für ihn die entsprechenden Abfragen erledigen. Der hatte ja auch leichter Zugang zu diesen Daten. Ihm selbst fehlte im Moment die Zeit, persönlich bei Gericht vorzusprechen, da er doch einige Tage Aufenthalt in Prag einplante.

Auch das war schnell erledigt. Er beschloss, die Briefe persönlich zur Post zu bringen. Am Sonntag hatte die Hauptpost am Fleischmarkt in der Innenstadt geöffnet. Es war immer noch warm und er konnte diesen Weg mit einem Spaziergang verbinden.

Die ganze Zeit über hatte ihn der kleine Mogli beobachtet. Vielleicht war er der Quell seines Eifers.

Er nahm die Figur und stellte sie in ein leeres Fach seines Setzkastens, wo sie den Reigen seiner bisherigen Trophäen wunderbar erweiterte. Er musste daran denken, dass sie noch bis vor kurzem, wenige Meter Luftlinie entfernt, in einem ähnlichen Regal verstaubt war. Jetzt hatte sie einen würdigen Platz erhalten. Bei kritischer Betrachtung stellte er fest, dass dieser nicht minder staubig war. Er führte seinen Kopf an das Regal, spitzte seine Lippen und blies kräftige Luftstöße in Richtung der ausgestellten Objekte. Staubkörner wirbelten durch die Luft.

Die Leidenschaft des Sammlers war schon etwas Sonderbares, musste Martin sich eingestehen. Man ergatterte ein Stück und machte damit nichts anderes, als es von einem Ort zum anderen zu bringen. Aber war es am Kunstmarkt denn viel anders? Ein Bild wechselte von einem Safe in den nächsten. Nur, dass die dafür hingeblätterten Beträge Millionenhöhe erreichten.

Er verspürte ein Hungergefühl. Es war Zeit, sich endlich anzuziehen. Er wollte das Auto nehmen, um in die Innenstadt zu fahren. An einem Sonntag, noch dazu bei gutem Wetter, sollte ihm die Suche nach einem Parkplatz keinen Kummer bereiten.

3. Reichhold versuchte nun schon zum dritten Mal seinen Chef zu erreichen. Doch er gelangte immer nur an die Mobilbox. Zu Hause ging dieser auch nicht an den Apparat. Daher vermutete Reichhold, dass dieser über das Wochenende weggefahren war. Also blieb ihm nichts anderes übrig, als immer wieder die Mobilnummer anzuwählen.

Irene Krasberger hatte ihren Mann dazu überreden können, noch einen Spaziergang zu machen, bevor sie nach Wien zurückfahren wollten. Da er hoffte, dass Arthur diese Gelegenheit nutzen würde, um seine Hundeblase zu leeren, und dann im Auto ruhig schlafen würde, gab Krasberger diesem Wunsch nach. Aber jetzt war dann Schluss mit diesem Wunschkonzert, dachte er, fürchtend, dass seine Frau jetzt erwartete, dass er ihr weitere Zugeständnisse machen würde.

„Aber da Kommissar bin scho no i!“, sagte er rotzig.

„Aber sicher doch, mein Bärchen“, kam die Antwort, die ihm zeigte, wie wenig überzeugend er bei seiner Ansage gewesen sein musste. Er begann in seiner Jackentasche zu kramen, lüpfte sein Hinterteil vom Sitz und begann zu murmeln: „Also, ich weiß ned, wo ist denn des blede Ding ..."

„Was suchst denn?"

„I kann mei Telefon ned finden."

„Aber ich hab dir doch vorhin gesagt, dass ich es dir in deine Tasche räum! Im Seitenfach is es!"

„Na super!", meinte er lakonisch.

Die Reisetasche war im Kofferraum verstaut und Krasberger war zu faul, noch einmal auszusteigen. Er startete den Motor.

„Jetzt werden wir aber doch nicht wegen dieser blöden Tasche streiten", sagte seine Frau, den Blick auf die weite Ebene gerichtet. Krasberger bog in die Ruster Straße ein. Aus dem Augenwinkel heraus betrachtete er seine Frau. Es gefiel ihm gar nicht, was er da sah. Er kannte diesen Blick. Den hatte sie aufgesetzt, wenn sie etwas im Schilde führte. Sie sprach weiter: „Das war doch wunderschön da. Schade, dass wir nicht öfter hier sind. Dabei tut uns das Ausspannen so gut. Du wirkst auch richtig erholt."

Krasberger murrte Zustimmung, wandte den Blick aber nicht von der Straße ab.

„Es wäre doch toll, wenn man eine Bleibe hat, wenn man kommt. Gestern beim Spaziergang, da war doch diese Wohnung zur Vermietung ausgeschrieben. Hast du das Schild auch gesehen? Das wär doch was."

Krasberger schob wie eine die Gefahr witternde Schildkröte seinen Kopf zwischen die Schultern.

„Glaubst, is die teuer? Naja, die Welt wird sie wohl nicht kosten. Verdienen tust ja nicht so schlecht, jetzt mit den vielen Überstunden, die du machst."

Das war zu viel, Krasberger musste mit der Verteidigung seines Etats beginnen: „Geh, so a Ferienwohnung is doch a Bledsinn. Des kannst nie ausnutzen. Außerdem haben wir doch eh immer a ganz feines Quartier, wenn ma obekummen."

„Aber das ist doch nicht dasselbe! Es macht doch einen Unterschied, ob man als Fremder wohin kommt, oder ob man was Eigenes hat."

Krasberger hörte das Tropfen seiner Gedankenhöhle lauter werden. Der Tropfstein war am Wachsen. Und er kletterte rapide in die Höhe. Irene setzte noch etwas nach:

„Da steckt doch was von deiner eigenen Persönlichkeit drinnen. Da bist kein Gast, da bist zu Hause!"

„Das ist es!"

Krasberger sprang auf die Bremsen. Der Wagen kam mit quietschenden Reifen zum Stehen. Ein hinter ihnen fahrender Lieferwagen konnte eine Kollision gerade noch verhindern. Er scherte knapp vor dem Auto der Krasbergers aus und brauste mit gedrückter Hupe an ihnen vorbei.

„Du bist also einverstanden, dass wir die Wohnung anschauen?", fragte Irene Krasberger ihren Mann verunsichert.

„Nein, aber ich hab das Motiv."

„Welches Motiv?"

„Na, von mein' Besichtigungsmörder. Der sucht kein Haus, der sucht ein Heim. Etwas, wo er sich für eine Zeit so fühlen kann, als gehörte ihm das Haus."

„Aber warum kauft er sich dann keines?"

„Wahrscheinlich, weil er sich keines leisten kann." Krasberger dachte an den aktuellen Preisspiegel, der ihm die Lust auf eine Wohnungssuche in eigener Sache schnell vergällt hatte. Immerhin hatte er die letzten Wochen Tausende von Annoncen zu studieren gehabt.

„Geh, das glaub ich nicht. Wo kämen wir denn da hin, wenn jeder jeden umbringt, nur weil er das haben will, was der andere hat."

„Des is', bitte, des klassische Mordmotiv. Unlängst hat aner an wengan Handy abg'stochn. Die Menschen san leider so schlecht. Woart, i muass schnell telefonieren."

Krasberger stieg aus und holte sein Telefon aus dem Kofferraum. Er schaltete es ein, und bevor er noch die Nummer von Reichhold hatte aufrufen können, kam schon die Verständigung, dass er drei neue Mailboxnachrichten erhalten hatte.

Alle drei waren von Reichhold. Er bat darin um dringenden Rückruf in der Dienststelle.

Krasberger rief Reichholds Nebenstelle in der Inspektion an.

„So ein Glück, dass ich Sie jetzt endlich am Hörer hab", klang sein Untergebener hörbar erleichtert. Auf die Frage, was es denn so Dringendes gebe, antwortete Reichhold, dass man einen Treffer habe. Mehr wolle er ihm am Telefon nicht erzählen. Krasberger solle in die Wachstube kommen.

„Ich hab auch was für Sie. Ich denk, jetzt kommen wir endlich weiter."

Gut eine Stunde später hatte Krasberger seine Dienststelle erreicht.

Als er das Büro betrat, wachelte Reichhold zur Begrüßung mit mehreren Papierbögen.

„Die Liste ist schon heute gekommen. Offenbar arbeiten

die beim Handybetreiber auch durch, wie wir."

„Na, so a Handy is eben mindestens so wichtig wia a Spital oder die Polizei", meinte Krasberber zynisch. „Und?"

„Wir haben tatsächlich einen Treffer. Eine Nummer ist bei beiden Opfern ident."

„Wiss ma scho, wer zu der Nummer g'hört?"

„Noch nicht, aber bald. Wir arbeiten daran. Was haben Sie denn für mich? Sie haben da so was angedeutet, vorhin, am Telefon?"

Gruppeninspektor Krasberger begann seine These zu erläutern. Reichhold pflichtete ihm bei, dass dies wirklich ein mögliches Motiv wäre. Zwar ungewöhnlich, aber dennoch denkbar.

Plötzlich stürmte ein junger Inspektor in Krasbergers Büro.

„Chef", sagte er aufgeregt, „wir haben den Namen!"

„Und?"

Den beiden höheren Chargen war anzusehen, dass sie vor Neugierde platzten.

„Der Anschluss gehört zu einem Peter Kramer."

„Sehr gut. Den werden wir uns sofort vorknöpfen."

Der junge Polizist blickte betreten zu Boden, so, als ob es seine Schuld wäre.

Er sagte: „Es tut mir leid, aber Peter Kramer ist polizeilich nicht gemeldet."

„Was?", kam es unisono aus Krasbergers und Reichholds Mund.

„Peter Kramer ist für uns kein Unbekannter. Wir suchen bereits nach ihm. Da läuft eine Fahndung. Aber es handelt sich um keine große Sache ..."

„Und Sie manen, dass wir deswegen net intensiv genug nach ihm suchen müssen. Jede Fahndung is' wichtig", ärgerte sich Krasberger.

„Was hat er denn ausgefressen?", fragte Reichhold.

„An sich nix Schlimmes, also ich meine, kein Kapitalverbrechen. Es geht um leichte Körperverletzung. Zu seiner ersten Vernehmung ist er noch gekommen. Das ist jetzt vier Monate her. Danach muss er untergetaucht sein. Die Kollegen haben es vor drei Monaten an seiner bisherigen Wohnanschrift versucht, aber da hat er nicht aufgemacht. Vor zwei Monaten hat man es an seinem Arbeitsplatz probiert, da hat er aber bereits gekündigt gehabt. Vor zwei Monaten hat ihn auch sein Vermieter delogieren lassen."

„Kollege Reichhold", wandte sich der Gruppeninspektor mit einem Zustimmung verlangenden Tonfall an seinen Untergebenen. „Wann wurden die Verkaufsinserate geschaltet?"

„Na genau zu dieser Zeit. Das passt!"

Der junge Polizist meldete sich nochmals zu Wort: „Aber da ist noch etwas. Das wird Sie vielleicht interessieren. Ich habe hier den Akt mit seiner ersten Aussage."

Er reichte die Ausdrucke weiter. Sofort stürzten sich die beiden Beamten auf die Blätter und begannen sie zu lesen. Beiden gingen beinahe die Augen über. Plötzlich schien vieles klar. Krasberger sah plötzlich in seiner Gedankenhöhle ein riesiges Kalksteingebilde, das fast bis zur Decke reichte. Von einem Tropfen konnte keine Rede mehr sein. Sein Stalagmit wuchs wie ein malaysischer Wolkenkratzer.

Martin stand am Schalter des Hauptpostamts. Der Mann dahinter nahm die zwei Briefe mit einer Miene entgegen, als hätte Martin ihn zu einer Rektaluntersuchung eingeladen. Einen Umschlag nach dem anderen legte er auf die Waage und beklebte sie dann mit der Freimachung. Er wandte sich wieder Martin zu und verlangte das Geld für Porto sowie für die Einschreibegebühr. Martin hatte bei dem Brief an den Zeitungsverlag auf Nummer sicher gehen wollen.

„Klaner ham S' es ned?"

Martin betrachtete verwundert seinen Zwanzig-Euro-Schein, der gerade etwas mehr Kaufkraft hatte, als eine Rolle Klopapier. Er kramte in seiner Hosentasche, bis er endlich ein paar Münzen gefunden hatte, die er dem Mann am Schalter hinlegte. Der Mann nahm das Geld an sich. Im Gegenzug überreichte er Martin einen Bon. Darin bedankte sich das Unternehmen für die Inanspruchnahme seiner Dienste. Kein Wunder also, dass dem Mann kein Sterbenswort über die Lippen kam, dachte Martin. Das wurde ihm ja jetzt von den digitalen Helferlein abgenommen.

Es war bereits später Nachmittag und Martin hatte sein Gepäck bei sich. Viel brauchte er nicht, also war die rasch gepackte Reisetasche keine große Beeinträchtigung. Nach der frostigen Abfertigung am Postschalter, verspürte er Lust auf ein Eis. Direkt ums Eck, am Schwedenplatz, gab es einen bekannten Eissalon. Martin ging den Laurenzerberg Richtung Donaukanal hinab. Auch wenn die Straße leicht bergab ging, war der Name doch glattweg eine Übertreibung. Wie man eben manches in Wien gern in Richtung eines Superlativs rückte, damit überhaupt irgendjemand davon Notiz nahm. Denn die der Bevölkerung dieser Stadt zugeschriebene Lässigkeit war nichts anderes, als ein mit viel Schmäh getarntes Phlegma, das nur dann und wann unterbrochen wird, etwa, wenn die Sensationsgier die Faulheit überwindet. Zuletzt ist das in größerem Ausmaß nur im Zuge des Anschlusses an Deutschland gelungen.

Martin liebte seine Heimatstadt dennoch.

Weniger liebte er die Gepflogenheiten der meisten Eisgeschäfte, die unabhängig vom Wetter mit dem Beginn des kalendarischen Herbstes ihre Pforten bis zum nächsten Frühjahr schlossen. Er erreichte den Schwedenplatz, doch die für diesen Ort im Sommer typische Menschenschlange fehlte. Stattdessen war der Rollladen herabgelassen. Darauf ein Zettel, auf dem man den Kunden dankte. Es war eine Zeit der schriftlich bekundeten Danksagungen.

Obwohl es bereits Anfang Oktober war, ärgerte sich Martin über die sklavische Unterwerfung der Branche unter das Diktat des Datums, das die Sperrzeit bestimmte. Gerne übersah er dabei, dass er selbst nicht weniger danach lebte. Jedenfalls ließen ihn sein Rollkragenpulli und das Wollsakko an der lauen Herbstluft gehörig schwitzen.

Wahrscheinlich hasste man die eigenen Schwächen bei den anderen noch viel mehr, weil der darauf gerichtete Spiegel zwar zunächst deren Unzulänglichkeit reflektierte, aber die eigenen verstärkt vor Augen führte.

Seine Gewandung im Zusammenspiel mit dem milden Abend besaß aber auch Vorteile. Einem Lokalbesuch im Freien stand nichts im Wege. Er folgte dem Donaukanal stromabwärts bis zur Franzensbrücke, von wo es nur einen Katzensprung in den Prater war.

Nach einem ausgiebigen Spaziergang stimmte er sich im Schweizerhaus bei Budweiser Bier und Kuttelflecksuppe auf seine Pragreise ein.

Krasberger hatte den jungen Kollegen aus dem Raum geschickt. Nicht, ohne ihm vorher das Gelübde des Stillschweigens abverlangt zu haben. Die Geschichte, die sich ihnen beim Aktenstudium aufgetan hatte, war tatsächlich abenteuerlich. Wenn man sie mit den beiden Morden in Verbindung brachte.

„Glauben Sie, er könnte schon wieder zugeschlagen haben?“, fragte Reichhold.

„Möglich wär's ...“ Krasberger starrte immer noch auf den einen Teil der Aussage Kramers. „Na!“, korrigierte er seine vorige Einschätzung, „Des ist sogar höchstwahrscheinlich. So aner gibt ka Ruah, kann der gar ned!“

Kramer hatte zu Protokoll gegeben, dass er keine Reue zeige, weil er den alten Mann ins Gesicht geschlagen hatte. Wegen dieses tätlichen Angriffs war er vorgeladen worden. Ein Wucherer sei der gewesen, noch dazu ein perverser, hatte er sich gerechtfertigt. Der habe ihm mit dem Preis nicht entgegenkommen wollen, dafür habe er ihm ein anzügliches Angebot unterbreitet. Wegen solcher Menschen habe er seine Familie verloren.

„Der muss eine unheimliche Wut in sich tragen“, meinte Reichhold.

„Jo, so ane, die eahm zu allem befähigt!“

Krasberger war der Überzeugung, dass sie sie nun endlich gefunden hatten, die Stecknadel. Läge nicht der Verdacht nahe, dass Kramer der gesuchte Mörder war, hätte er ihm jedoch beinah' leid tun können.

Das Vermächtnis

1. Er hatte es endlich geschafft, das Passwort zu knacken. Es war Zeit, sich nach einer anderen Bleibe umzusehen. Dazu brauchte man heutzutage eben einen Internetzugang. Nachhause konnte er schwerlich gehen. Wahrscheinlich würde ihn dort die Polizei längst suchen.

Zuhause? Er hatte kein Zuhause mehr. Spätestens seit der Trennung hatte er keine Heimstatt mehr. Eine Bleibe, mehr nicht.

Nachdem das erste Verhör ausgestanden war, hatte er den weiteren Ladungen nicht mehr Folge geleistet. Es ist sicher ein Fehler gewesen, dass er sich dazu hat hinreißen lassen, diesen Raffzahn zu prügeln. Aber er hat sich gut gefühlt dabei, hat gemerkt, wie leicht das ging: Gewalt gegen jemanden einzusetzen. Dabei hat er das nur für sie getan.
Claudia.

Sie hat ihn verlassen, nachdem die Bank ihr Haus versteigert hatte. Max hat sie auch mitgenommen. Dabei hat er das nur für sie getan. Nur für seine Familie! Er hat ihr ein Heim bieten wollen. Dabei es ist fast unmöglich gewesen, die Raten zu bezahlen. Aber er hat einen neuen Anlauf unternommen, hat noch einmal versucht, Fuß zu fassen. Mit einem neuen Haus, so war er überzeugt gewesen, wäre seine Frau zu ihm zurückgekehrt. Doch bei der Besichtigung hat er die Gier in den Augen des Verkäufers gesehen. Keinen Euro hat der runtergehen wollen. Und als dieser ihn dann auch noch angefasst hat, mit seinen schmierigen Händen, da ist er herausgekrochen aus ihm, der Wunsch nach Rache. Und mit jedem Fausthieb ist er stärker geworden; ein Golem, der sich nicht mehr befehligen ließ.

Er öffnete das Immobilienportal, bei dem die meisten privaten Anbieter zu finden waren. Ein Haus in Hietzing, am Küniglberg, stach ihm ins Auge.

Dabei tat es ihm fast leid, dass er von hier gehen musste. Irgendwie hatte er sich schon richtig heimisch gefühlt. Das Telefon hatte lange nicht mehr geläutet, also war auszuschließen, dass der Alte jemandem abging. Der eine Besucher war ebenfalls nicht wieder gekommen.

Ein Pop-up signalisierte eine erhaltene E-Mail. Er war über deren Inhalt erstaunt. Daraufhin prüfte er im Cache die besuchten Websites. Nun wunderte er sich nicht länger darüber, dass der Mann alleinstehend war.

Aber solche Kontakte waren gefährlich. Ein anderer konnte kommen. Jemand, mit dem der Alte schon etwas am Laufen hatte, und der sich nicht so leicht abwimmeln ließ.

Das erhöhte jetzt doch den Druck, ein geeignetes Objekt zu finden. Eines, das den besonderen Anforderungen entsprach. Bei dieser Art der Inbesitznahme war der Preis egal.

Er wandte sich wieder den Immobilienanzeigen zu.

*

„Und, was machen wir jetzt?"

Reichhold blickte Krasberger mit einem Ausdruck der Resignation an. Auch der nach wie vor von seiner Beförderung träumende Gruppeninspektor hatte realisiert, dass sie jetzt in einer Sackgasse gelandet waren. Es war lächerlich, aber kaum, dass sie einen konkreten Verdächtigen mit einem möglichen Motiv gefunden hatten, standen sie an. Sie hatten vielleicht die Nadel gefunden, das war Kramer, sowie bestenfalls den Heuhaufen. Aber der bestand aus dem weiten Meer von tausenden Immobilienangeboten, aus denen sie nun das richtige herauszufiltern hatten. Sie suchten also noch nach dem Faden. Und der würde am schwierigsten zu finden sein. Zumindest mit den Ressourcen, die das kleine Wachzimmer hatte.

„Z'erst wird amal die Fahndung intensiviert. Des is' was, des kennan a wir veranloss'n! Irgendwann muass er do aus sein Vasteck kumman!"

„Gut, ich geb's weiter."

„Na, und dann miass' ma des Wo aussefinden. Wir wiss'n Wer und Warum, aber jetzt geht's darum ausse zum Finden, wo er des nächste Moi zuaschlog'n wird."

„Und wie finden wir das heraus?"

Krasberger deutete auf den vor ihnen bunt leuchtenden Bildschirm.

„Mir brauchen des passende Häusel. Vielleicht hamma a Glück und kumman rechtzeitig."

Reichhold räusperte sich. Er sagte: „Aber Chef, das schaffen wir nie. Da brauchen wir weitere Wochen, wie sollen wir so schnell alle Angebote überprüfen können. Selbst wenn wir nur anrufen oder eine Nachricht schicken, brauchen wir unzählige Leute. Und ein paar Adressen werden wir aufsuchen müssen ..."

„Ich weiß", unterbrach ihn Krasberger, „Die Sache ist zu groß für uns. Leider!" Er schloss die Augen, nickte seinem Mitarbeiter zu. „Ich muss jetzt telefonieren."

Reichhold verstand den Wink und verließ das Büro.

Krasberger setzte sich an seinen Schreibtisch. Er wählte die Nummer des BKA. Dabei fragte er sich, ob er das nicht schon früher hätte machen sollen. Sicherheitshalber überlegte er sich eine Begründung. Für den Fall, dass man das dort von ihm auch wissen wollte.

2. Martin kehrte drei Tage später zurück. Seine Expedition war nach anfänglichen Schwierigkeiten, an die Familie heranzukommen, letztlich erfolgreich verlaufen. Er hielt seine Trophäe in Händen. Behutsam, als wäre sie sein größter Schatz. Außerdem hatte er sich der Familie gegenüber verbürgen müssen, dass er das Medaillon umgehend zurückschicken werde, sobald er damit seine Mission zu Ende gebracht hatte. Auch die Familie war daran interessiert, die Wahrheit herauszufinden. Dabei hatte er zugegebenermaßen keine Ahnung, wie das eine in das andere hineinspielte. Aber das sollte ihm Fadinger erzählen. Ein paar geschickt gestreute Verdachtsmomente, die er teilweise sogar beweisen konnte, würden schon seine Zunge lockern. Fadinger war zwar eine gefestigte Persönlichkeit und sein Geheimnis lag wie hinter einem dicken Staudamm am Grund eines Sees vergraben. Doch die Staumauer hatte Risse bekommen. Und der Druck, wurde mit jedem Mosaiksteinchen größer. Irgendwann musste sie bersten und dann würde alles herausgespült werden. Jedes noch so kleine Detail.

Vom Franz-Josefs-Bahnhof, an dem die Züge aus Prag ankamen, nahm er ein Taxi nach Hause. Er konnte es kaum erwarten, Fadinger auf den Zahn zu fühlen.

Das Taxi hielt auf der Straße, vor Martins Haus, um ihn aussteigen zu lassen. Dieser bezahlte den Fuhrlohn. Dabei rundete er die Summe ein wenig auf, während er gleichzeitig umrechnete, wie viel das wohl in Kronen wäre.

Als er beim Eingang in die Hausanlage am Briefkasten vorbeikam, sah er nach der Post. Neben den üblichen Werbesendungen war ein dicker Umschlag dabei. Sein Anwalt hatte ihm geschrieben. Er öffnete das Kuvert noch im Gehen, als ihm Frau Pribil über den Weg lief. Er packte die Blätter wieder zurück und grüßte freundlich. Außerdem dankte er ihr für das Präsent vom letzten Wochenende.

„Naja, was is mir denn anders überblieben? Sie haben ja förmlich gebettelt darum!"

Martin wollte widersprechen und einwenden, dass er durchaus bereit gewesen wäre, auch etwas dafür zu bezahlen, als die Nachbarin von sich aus dieses Thema ansprach: „Aber i hab von mein Enkerl erfahren, dass dieses Klump durchaus was wert ist. So an die hundert Euro, hat er mir g'sagt."

Ihre Augen begannen gierig zu leuchten.

„Na, wenn's das ist, was sie bedrückt, dann kann ich ..."

Martin zückte seine Geldbörse und sagte weiter: „ ... aber so viel wert ist die Figur auch wieder nicht. Ich schlage vor, ich gebe ..."

„Naaa! Lassen S' stecken. Des is schon ein Zeichen meiner Dankbarkeit. Immerhin haben S' mir geholfen, da will ich nicht so sein. Aber Sie wissen ja, eine Hand wäscht die andere."

„Ja?", fragte Martin, der zwar die Andeutung verstanden hatte, aber nicht wusste, worauf sie damit hinauswollte.

„Na, Sie sind ja jetzt, zumindest hab ich so was g'hört, dauernd beim Fadinger."

„Ja und?"

„Wissen S', mein Enkerl trinkt ab und zu gern a guates Tröpferl, also hab ich mir denkt, sie schenken ihm im Gegenzug ..."

„Eine Flasche Wein!"

„Naja, ned irgendan. Der hat doch so an bekannten Rotwein, dieses Küweh ..."

„Sie meinen die „Cuvée Bombastum"?"

„Genau! Dieses Zeug hab ich gemeint."

„Sie wissen aber schon, was die kostet?"

„Na, bin i a Preisverzeichnis? Außerdem, sie werden es sich doch leisten können, oder simma a bissel knapp bei Kasse?"

Sie musterte Martins von der Reise zerdrückte, eher legere Kleidung.

„Das ist keine Frage des Könnens, sondern eher des Wollens. Wissen Sie was, ich überleg mir was, das ihrem Herrn Enkel gut bekommen wird."

Er ließ die Frau stehen und eilte die letzten Stufen zu seinem Hauseingang hinauf. Vielleicht hatte ihn Sandrine ja auch wegen der penetranten Nachbarin verlassen? Insgeheim hatte er sich von seinem Mogli bereits wieder verabschiedet. Der Preis dafür war ihm zu hoch. Nicht wegen des finanziellen Aufwands, sondern wegen der Abhängigkeit, in die er sich begeben würde, wenn er womöglich in der Schuld seiner Nachbarin stand. Besser eine gute Feindschaft pflegen, denn laue Höflichkeit heucheln.

Kaum, dass er seine Wohnung betreten hatte, verschwand er auch schon unter der Dusche. Dies war ihm jetzt, nach der Reise, ein Bedürfnis. Während der heiße Wasserstrahl auf ihn niederprasselte, überlegte er, wie er Fadinger zu einem sofortigen Treffen überreden konnte.

Das vor der Badezimmertür im Vorzimmer summende Mobiltelefon überhörte er dabei.

Nach der Körperreinigung fühlte er sich erfrischt. Außerdem erinnerte ihn die leichte Gänsehaut, die er auf der halbnassen Haut verspürte, dass er jetzt die Heizung aufdrehen musste. Im Oktober war das schon in Ordnung, meinte er. Er frottierte seinen Kopf, während er über den Gang zu der in einem kleinen Nebenraum untergebrachten Therme ging. Schnell hatte er den passenden Schalter gefunden.

Am Rückweg fiel sein Blick auf das Display seines Handys. Er hatte zuvor einen Anruf versäumt. Zu seiner Überraschung war es Fadingers Nummer, die angezeigt wurde. Er drückte die Rückruftaste.

„Ja, wo bleiben S' denn?"

Fadinger musste Martins Nummer ebenfalls erkannt haben.

Natürlich, dachte Martin, er hatte für heute einen Termin vereinbart. Das traf sich vorzüglich.

„Ich bin gleich bei Ihnen, ich mach mich sofort auf den Weg."

Er schlüpfte schnell in frisches Gewand, wobei er sich für einen dunkelbraunen Anzug entschied. Er sollte korrekt gewandet sein, wenn es zur Sache ging. Noch immer verspürte er den abfälligen Blick Frau Pribils auf seiner zerknitterten Freizeitkleidung ruhen.

Seine Haare waren noch feucht, aber das half ihm sie ein wenig zu bändigen. Es war schon fast ein wenig amüsant, dass die beiden Akteure des nun bevorstehenden Showdowns über eine ähnlich widerspenstige Haarpracht verfügten. Wenn er es sich recht überlegte, stach auch die Michi Bogensberger, die ja als Auftraggeberin ebenfalls in diese Sache involviert war, gegen sie beide nicht sonderlich ab.

Die Michi! Wäre sie keine Klientin, hätte er sie sicher schon zum Essen ausgeführt, und wer weiß, was sich dann entwickelt hätte. Und genau wegen dieser Entwicklungsmöglichkeit wirst du nicht zum Essen mit ihr ausgehen, auch nicht nur zum Essen, sagte er sich laut vor.

Er rief sie, noch im Verlassen der Wohnung an. Er klemmte, während er auf das Freizeichen wartete, den Hörer zwischen Kopf und Schulter ein und schloss seine Türe ab.

Er kam nur an die Mobilbox. Wahrscheinlich war sie noch in Italien und hatte ihr Telefon ausgeschaltet. Er hinterließ ihr eine Nachricht, dass sie ihn unbedingt sofort zurückrufen sollte, sobald sie diese Nachricht abgehört hatte. Es gäbe dann höchstwahrscheinlich Neuigkeiten.

Er fand Fadinger hinter seinem Heurigen auf der Baustelle. Die Bauarbeiter hatten ganze Arbeit geleistet, denn die Grundmauern waren bereits hochgezogen worden. Der Bau erstreckte sich über ein weitläufiges Areal.

In diesem Moment fiel Martin ein, dass er über die Diskussion mit seiner Nachbarin ganz vergessen hatte, die Grundbuchs- und Firmenbuchsauszüge, die ihm sein Anwalt geschickt hatte, anzusehen. Das wäre aber wichtig gewesen, denn Martin war sicher, dass Fadinger hinter der regen Bautätigkeit in dieser Gegend steckte. Er wollte umkehren, um das nachzuholen, doch da hatte ihn Fadinger schon entdeckt. Er kam auf ihn zu.

„I hätt' gemeint, Sie kommen gleich mit Ihrem Kollegen vom Fernsehen?“

Fadinger wirkte müde. Müde und abgekämpft. Seine sonst so beeindruckende Haartolle hing schlaff vom Kopf. Dem Gesicht fehlte es an Farbe.

„Nein, wir machen heute mit dem Interview weiter", sagte Martin bestimmend. Er streckte Fadinger seine Hand entgegen, was sich als Fehler herausstellte. Fadinger hatte Hände wie Panzer und Martin fühlte sich als wäre eben einer über seine Rechte gerollt.

Der Weinbauer führte Martin in ein Hinterzimmer seines Lokals, wo sie sich ungestört weiter unterhalten konnten.

Fadinger war erschreckend bleich, Martin ließ sich aber seine Irritation darüber nicht anmerken.

„Wir sind das letzte Mal bei die Achtziger steh'n geblieben, oder?"

„Kann sein, aber ich muss noch einmal in die Vergangenheit zurück."

Fadinger machte ein Doppelkinn und runzelte die Stirn. Er fragte:

„Warum denn das? Wieso ham S' denn heut gar kan Notizbock?"

„Weil ich den heute nicht brauche, weil ich Ihnen was erzählen werde. Zum Beispiel, warum Sie den alten Bogensberger aus dem Weg geräumt haben. Oder warum Sie den alten Heurigen abgefackelt haben. Weil Ihnen beide im Weg waren, bei der Realisierung Ihres Immobilenprojekts. Wahrscheinlich plagt Sie ein drückender Geldbedarf, den Sie so finanzieren wollen."

Das war jetzt ein wenig hoch gepokert, fürchtete Martin, der diese Informationen aus den vom Firmenbuch angeforderten Jahresabschlüssen zu erhalten gehofft hatte. Aber er hatte da so ein Bauchgefühl, und ein Schlag mit der Abrissbirne gegen die Fadinger'sche Staumauer, war es allemal.

Tatsächlich schluckte Fadinger. Er senkte den Kopf und schwieg für eine Weile. Martin musste jetzt zum nächsten Schlag ausholen, dann würde das Mauerwerk schon zu bröckeln beginnen.

Auf einmal hob Fadinger den Kopf. Er schickte Martin einen fuchtigen Blick, der sagte, warte Bürschchen, ich bin noch lange nicht am Ende. Seine Mundwinkel verzogen sich zu einem Lächeln. Ein überlegenes Lächeln.

„Sie kennan von Glück sagen, dass hier niemand zuhört, weil sonst hätt' i' Sie wegen Verleumdung zur Strecke gebracht. Aber auch so werd' ich Sie zerquetschen wie einen Wurm. Was san Sie? Wer san Sie? Kein Reporter, oder? Schickt Sie die Konkurrenz oder erhoffen Sie sich, dass ich auf Ihren plumpen Schmäh hereinfall? Woin S' mi erpressen? Weil i lass' mi ned erpressen! Zuallererst hau i Sie jetz amal ausse. Ham S' g'hört? Ich schmeiß Sie raus!" Fadingers Brüllen hallte bis in die Schankstube. Sofort kam eine Kellnerin, um nachzusehen. Sie sah ihren Chef mit hochrotem Gesicht, der sich wankend an der Tischplatte festhielt und fragte: „Was ist, soll ich die Polizei rufen?"

Martin kam einer Antwort Fadingers zuvor: „Bevor Sie das tun, sollten Sie überlegen, wie Sie der Polizei das hier erklären wollen." Er holte das Medaillon aus seiner Tasche und klappte es auf, um das Bild Fadinger hinzuhalten. Der riss den Mund auf und sank wortlos auf seinem Sitz nieder. Seine Gesichtsfarbe wechselte wieder zu aschgrau.

„Erklären Sie der Polizei, wieso ich dieses Medaillon in Prag finden konnte, bei der Familie einer Verstorbenen, deren Enkel der Sigi Ressner wie aus dem Gesicht geschnitten ist? Die jetzt so alt ist wie die Sigi, als Sie sie kennen gelernt haben. Damals im Krieg, der für Ihre Familie unter dem Schutz von Manfred Ressner nicht ganz so schlimm war? Erklären Sie!" Jetzt war es Martin, der die Stimme erhoben hatte. Fadinger schickte der Kellnerin einen Blick aus matten Augen und sagte zu ihr: „Erna, sei so gut, und lass uns allein."

Fadingers bulliger Körper war in sich zusammengesunken. Martin wusste, dass der Damm gebrochen war. Er fragte: „Herr Fadinger, wie war das nach dem Krieg?"

Fadingers Augen waren rot und feucht.

„Sie ist also gestorben, die Sigunde?" Fadingers Frage klang nach einer Feststellung.

„Ja, schon vor vielen Jahren, noch lange bevor sie eine Chance hatte, aus dem damaligen Ostblock auszureisen." Martin legte seine Hand auf Fadingers Schulter. Er schaute dem alten Patriarchen in die Augen. Er fragte: „Was ist passiert? Wieso ist das Mädchen in die Tschechoslowakei gebracht worden? Was hat Ihr Knecht damit zu tun gehabt?"

Fadinger erhob sich langsam. Es war ein gebrochener, alter Mann, der da aufstand. Er war ein einsamer Mensch. Und das verband die beiden Männer irgendwie.

„Was ist? Was machen Sie?", fragte Martin.

„Was zum Trinken holen."

Fadinger verließ den Raum.

Es dauerte eine Zeit, bis er wieder zurückkehrte. Martin hatte sich schon Sorgen gemacht, ob er sich womöglich etwas antun könnte, aber so jemand war der alte Winzer nicht. Fadinger stellte vor sich und Martin ein Glas hin. Dann drehte er die Flasche zu Martin. Dessen Blick fiel auf das Etikett. Cuvée Bombastum!

War das ein Versuch, ihn zu bestechen, fragte er sich. Das beinah schwarze Getränk rann schwer wie Harz in die Gläser. Martin griff danach.

„Wart'!“ Fadinger griff nach Martins Hand und hielt sie zurück. „Der muass no a bissel lüften.“

„Vielleicht können Sie mir in der Zwischenzeit erzählen, was sich wirklich hier zugetragen hat. Erzählen Sie mir Ihr Geheimnis“, Martin war sich sicher, dass der Schlüssel hier im Heurigen zu finden war.

Fadinger lehnte sich zurück, drückte seinen Hinterkopf gegen die Wand. Er starrte an die Decke und begann zu sinnieren: „Ein Geheimnis, ... ein Geheimnis is wia a bösartiges Krebsgeschwür. Du kannst es ned ausseschneiden, ohne dass es seine Metastasen in' n Körper ausstrahlt. Wenns't es no so guat versteckst, wird's dich doch immer angrinsen. Verwandelt, ois ganz was anders: a Gewohnheit, a Redewendung oder a Anspielung. Des is des Schlimmste, weil des begegnet dir überall. Du suachst es hinter an jeden Wort, wos ana vor sich hinsagt, sogar, wenn der gar ka Ahnung hat.“

Fadinger schnupperte an seinem Glas.

„Jetzt kannst kosten.“

Die Männer nippten an ihrem bauchigen, langstieligen Glas. Martin durchströmte ein explosionsartiges Gefühl der verschiedensten Geschmacksrichtungen. Er hatte noch nie einen vergleichbaren Wein getrunken, der ein derart vielschichtiges Aroma in sich trug. Veilchen, Walderdbeeren mit sanften Rauchnoten, fruchtig, ohne süß zu sein, herb, ohne bitter zu sein. Die Cuvée bot tatsächlich alles, was ein Wein an positiven Eigenschaften hervorzubringen vermochte; alles in einem Glas vereint.

Wahrscheinlich war der Wein nur Ablenkung, Martin musste sich konzentrieren, nicht den Faden zu verlieren. Aber dieses Erlebnis, diese einzigartige Erfahrung, war ihm den kurzfristigen Verlust seiner Kombinationsgabe wert. Die auf den Gaumen geschüttete Geschmacksbombe ließ langsam nach. Er fasste sich wieder.

„Herr Fadinger, wie war das damals mit der Familie Ressner?"

„Sie müssen mir glauben, i hab' lang nix g'wusst davon, wirklich! Was hätt' i denn mitkriegen sollen? I woar a klanes Kind, damals, kaum älter ois wia die Sigi. G'spielt hamma mitanand. Und dann woar's auf amal weg. Warum hob i lang ned g'wusst. Die Russen hätten's geholt, hot's g'haßen. Mei Vater hat's mir Jahre später derzählt, an sein Totenbett. Und jetzt erzähl ich's Ihnen."

Und Fadinger begann zu berichten. Von seinem Vater und dessen Beziehung zu Ressner. Als dieser noch ein Illegaler war, hätte ihn der Vater einmal vor einer Horde Kommunisten, die ihn zu Tode prügeln wollten, gerettet. Fadinger senior habe den schwer Verwundeten schnell in den Kühlraum gesperrt und die Schlägerbande überzeugen können, dass er keinen Nazi gesehen habe. Dem Vater sei diese erste Begegnung so in Erinnerung geblieben, weil es sonst ja umgekehrt gewesen wäre. Aus Dankbarkeit hätte Ressner danach immer wieder den Kontakt gesucht. Irgendwann habe sich dann daraus eine Art Freundschaft entwickelt.

„Aber mein Vater woar ka Nazi, sicher ned! Im Gegenteil. Im Krieg hot er angeblich sogar für a poar Wochen a Familie versteckt g'hobt. Sie ham mein Keller geseh'n. Da kann man scho leicht wen verschwinden lassen. Stellen'S Ihna vor, des

Büld: Im Sommer gehen beim Ressner die ganzen braunen Kapazunder ein und aus, und der Vater hat kane zwanzig Meter weiter die Grünzweigs einquartiert."

Martin brauchte einen weiteren Schluck. Auch Fadinger pausierte. Er rieb sich die blutunterlaufenen Augen. Dann erzählte er wie ein munter sprudelnder Gebirgsbach nach der Schneeschmelze.

3. Als der Krieg dann verloren war, wäre die Familie vom Ressner nach Neufried geflüchtet. Der Vater hätte gemeint, es wäre zu gefährlich, in das eigene Haus zu ziehen, da man dort zuerst suchen werde. Er gab ihnen einen Raum im Keller, wo sie halbwegs sicher gewesen wären. Doch dann hätten die Amerikaner mit den Razzien begonnen. Alles hätten sie auf den Kopf gestellt. Fadinger senior sei zugute gekommen, dass er kein NSDAP-Mitglied gewesen war, also war er nicht bei den ersten, die man unter die Lupe genommen hatte. Aber er hätte gewusst, dass auch er an die Reihe kommen werde. Also hätte er Ressner aufgefordert zu gehen, was dieser verweigert habe. Er hätte begonnen, den Vater zu erpressen, hätte ihm die Vorteile, die er ihm in der Diktatur verschafft hätte, vorgehalten und dafür Gegenleistungen verlangt.

Eines Tages, als wieder ein Trupp Besatzungssoldaten angerückt war, sei es zum Streit gekommen. Ressner habe dabei ein Waffe gezogen und den Vater bedroht. Im Handgemenge habe sich dann ein Schuss gelöst.

„Und Ressners Frau?"

„Na die hat zum Schreien begonnen. De hat auf de Straßn rennen woin, zu de alliierten Soldaten. Sie hat in Vater ka andere Wahl lassen."

„Und der Herr Bogensberger? Wie weit war der in das alles involviert?"

„Der Bogi? Na der woar damals scho Knecht bei mein' Vater. Der hat natürlich von alledem g'wusst. Er hat dem Vater g'holfen, die Leichen zum Begraben, irgendwo im Wienerwald. Dafür hat ihm der Vater a Stellung auf Lebenszeit zuag'sichert, mit Wohnrecht und ana Apanage."

Martin dachte an die monatlichen Eingänge auf Bogensbergers Konto, die über eine Stiftung gekommen waren. Er fragte weiter: „Und Sie haben das alles mit ansehen müssen?"

„Na! I woar mit der Sigi draußen, wir ham g'spüt. Wia de LKW mit de Soldaten kommen san, hamma uns dacht, mia gengan besser eine, aber da hat's a scho kracht! Mir kommen runter, da san de zwa scho am Boden g'legen. Der Vater hat g'schrien, dass der Bogi uns aussebringen soi. Er hat g'sagt, dass Soldaten des ang'richtet ham."

Fadinger schluckte. Plötzlich krümmte er sich zusammen und begann zu stöhnen.

„Was ist? Ist Ihnen nicht gut?", wollte Martin wissen. Fadinger fasste sich mit der Hand an den Bauch.

„Na, na, es geht glei wieder."

Er atmete rief durch, dann nahm er einen Schluck Wein. Martins beinah' leeres Glas füllte er nach. Der fragte: „Was war weiter? Was ist mit der Tochter der Ressners passiert?"

„Der Bogi hat uns beide oben in der Wohnung eing'sperrt. Die Sigi hat 'plaatzt als wia. Irgendwann hat sie sich beruhigt, da war's scho finster, und is' eing'schlaf'n. A poar Woch'n woars dann no bei uns. Sie hat aber immer nach ihre Eltern g'fragt. Unaufhörlich. Irgendwann war's dann weg. Die Russen hätten's g'holt, hat's ghaaß'n."

„Und Sie haben das geglaubt?“

„Irgendwann schon. Warum hätt’ i zweifeln soll’n? Es san ja noch dem Krieg a genug Leut verschwunden. I hab mein Vater g’laubt. I hab des ollas erst viel später erfahren, da war’s aber scho zu spät.“

„Für die Sigrun Ressner, die als eine Kolchakova gestorben ist, kam die Ostöffnung auch zu spät. Sie hat aber anscheinend ihre Herkunft auch verdrängt gehabt. Ihre Verwandten hatten keine Ahnung von ihrer Vorgeschichte. Wahrscheinlich hätte sie sie ganz vergessen, wenn sie nicht dieses Medaillon gehabt hätte. Aber ich frage mich, wie ihr Vater es geschafft hat, das Kind über die Grenze zu bringen.“

„Das hat er gar net müssen, ... da war noch was ...“

„Was?“

Fadinger starrte vor sich hin. Draußen dämmerte der Abend und im Zimmer wurde es schummrig. Martin streckte sich nach dem Lichtschalter, doch Fadinger hielt ihn zurück.

„Lass bitte! In der Dunkelheit kann ich die Bilder besser sehen. Oft genug hab ich’s sehen müssen, beim Einschlafen. Wenn man allein is’, holt an des öfter ein, ois an liab is. Der Ressner hat anscheinend für sei Flucht vorgesorgt g’habt. Er hat so an Riesenschrankkoffer mitg’habt. Sauschwer muass der g’wesen sein. Mei Vater und der Bogi ham den kaum derzaht.“

Fadinger legte wieder eine Pause ein. Er drehte das Glas und hielt es gegen das Fenster. Ein an sich sinnloses Unterfangen, da es auch im Freien fast finster war. Im Dunkel des Raumes konnte man nur mehr Umrisse erkennen. Martin platzte fast vor Neugier.

„Was war denn in dem Koffer?"

Fadinger hob seinen Arm und deutete in die Weite.

„Des olles do!"

Martin verstand die kryptische Bemerkung nicht, was er auch so sagte.

„Schau, der Ressner hat in sein Koffer nur die besten und teuersten Spirituosen, Schampus und Weine g'habt. Des woar am Schwarzmarkt a Vermögen wert. Aber der Vater hat's ned verschachert."

„Nein? Was hat er denn damit gemacht?"

„Den Offizieren hat er's geben. Amis, Russen und Engländern. Franzosen eher ned, da is nix g'laufen. Aber die andern, die war'n ganz gierig drauf. Die san ihm dann dafür entgegengekommen. Er woar ja vurher scho Kontaktmann für die Amis, daher hat er schnell ausseg'funden g'habt, an wen er si da wenden kann."

Martin wusste nicht, was er von der Figur des alten Fadingers halten sollte. Ein Opportunist, der sein Mäntelchen nach dem jeweiligen Wind hängte, war der erste Eindruck. Umgekehrt war er kein Fanatiker. Er schien einen eher pragmatischen Zugang zu Machtverhältnissen gehabt zu haben und hatte wohl versucht, das Beste für sich herauszuholen. Ihm wurde plötzlich klar, wieso der finanzielle Aufstieg der Familie Fadinger mit der Zeit der Besatzung einhergegangen war.

„Und Ihr Vater hat seine Kontakte spielen lassen, um die kleine Tochter von den Ressners außer Landes bringen zu lassen?"

„Des woar a Zufall. Er hat halt erfahr'n, dass a im russischen Sektor was zum Verdienen warat. A Offizier von de

Amis hat eam de Rutsch'n g'legt g'habt. Er is dann in die Leopoldstadt g'fahrn, dazu hat er ja spezielle Passierscheine gebraucht und is zu dem russischen Obersten hin. Er hat erfahren, dass der sei Familie im Krieg verloren hat. Da hat er halt g'mant, dass er dafür a Kriegswaise kennen tät. Naja, und so san de beiden ins G'schäft kumman."

Martin graute, aber er versuchte, sich nichts anmerken zu lassen. Er bemühte sich um einen sachlichen Tonfall.

„Und wieso Prag?"

„Weu der Russ in Wirklichkeit a Tschech woar. Der ist dann irgendwann bald wieder in sei Heimat z'ruck, für de Armee. Damit war der Vater aus'm Schneider."

„Und der bald darauf entstehende Ostblock war das beste Gefängnis, das man sich damals vorstellen konnte."

„Scho gleich nach'm Krieg woar kloar, dass se de Russen ned so schnell aus den besetzten Teilen Europas verzupfen werd'n."

Mittlerweile war es draußen finster. Von der Straßenlaterne fiel ein unaufdringlicher Lichtstrahl gegen das Fenster, tauchte den Fensterrahmen in sein kränkelndes Orange. Drinnen im Raum war es beinah' gänzlich dunkel. Der Atem der beiden schweigenden Männer war zu hören. Ein Konzert für Lungenflügel schwebte durchs Zimmer, bis Martin die Stille unterbrach: „Haben Sie vielleicht Kerzen?"

„Natürlich!"

Fadinger erhob sich. Er schien sich im Dunkeln gut zurecht zu finden. Martin hörte, wie eine Lade aufgeschoben wurde. Dann ein Zischen in der Luft und eine Flamme erhellte die nähere Umgebung von Fadingers Hand, die das Zündholz an den Kerzendocht heranführte. Martin kniff die

Augen zusammen. Im Kerzenschein wurde die Gegenwart wieder real.

Die Männer hatten die Weinflasche beinahe ausgetrunken. Fadinger füllte den letzten Rest in die Gläser. Doch Martin stand nicht der Sinn nach trinken. Er wollte zwar reinen Wein, aber den musste ihm Fadinger erst einschenken. Jetzt kam er an den entscheidenden Punkt. Er brauchte ein Geständnis.

„Und darum musste Herr Bogensberger sterben? Weil er zu einem Risiko geworden war? Nach all den Jahren, die er geschwiegen hatte?"

„Sie san ka Reporter, gell?"

Martin schüttelte den Kopf.

„Kieberer aber a ned?"

Martin nickte, dann sagte er: „Was Sie mir sagen, ist privat."

„Hörn Se! I woar des ned. G'ärgert hab i mi scho über den alten Deppen. Der hat sich so über des Mensch g'freut, weil er g'mant hat, des Unrecht hat endli a End. Der wollt des ois ans Licht bringen, hat er g'sagt."

Martin fielen die Bilder von der Aufzeichnung des Kirtags ein. Er fragte provokant: „Und das hätten Sie riskiert? Ihr guter Ruf wäre zerstört worden. Und der Ihrer Familie. Das haben Sie doch nicht hinnehmen können, oder?"

„Na guat, es stimmt scho, i hab eam ane überzogen, grod wia er die SMS g'schrieben hat."

„Und dann?"

„Nix dann. Der woar wie jed'n Abend dabei, die Lichterl zum Nachfüll'n. Wir ham vurher diskutiert g'habt..."

„Diskutiert?", unterbrach Martin Fadingers Schilderung.

„Wenn S' es genau wissen woll'n, g'stritten ham wir. Fuchsteufelswüd woar i. Der hat ja sofort a SMS an sei Tochter schicken woll'n. Wia i g'sehn hab, dass der ernst macht, hab i eam ane am Schedl g'haut."

Fadinger schluckte, sein Blick wanderte nervös durch den vom flackernden Kerzenschein wenig erhellten Raum. Martin versuchte es mit der geduldigen Art eines Psychologen, um Fadinger zum Weiterreden zu animieren: „Und dann hat sich der Herr Bogensberger nicht mehr bewegt, oder?"

„Na, hat er ned. Aber g'lebt hat er noch, des waß i. Der hat immer no geatmet."

„Aber warum haben Sie dann diese SMS von seinem Handy an sich selbst geschickt?"

„Er woar mit dem Text no ned fertig. I hab's eam abg'nommen und mir dann denkt, wenn er's ned derpackt, dann schauts vielleicht aus als wia a Selbstmord. Der Text hätt ja passt."

Diese Strategie war, wie Martin von offizieller Seite wusste, höchst erfolgreich gewesen. Er zog nun seinen Schluss aus dem bisherigen Geständnis: „Und dann haben Sie das Haus, in dem der bewusstlose Knecht gelegen ist, so geschickt angezündet, dass man dem alten Mann die Schuld daran gegeben hat?"

Fadinger knallte die Faust auf den Tisch. Martin zuckte zusammen. Fadingers Gesicht war rot angelaufen. Er zitterte, sein Haarschopf hatte nun wieder die Kraft gefunden, sich aufzubäumen und in den wütenden Tanz einzusteigen. Der wuchtige Weinbauer brüllte Martin an: „I hab nix anzünd't! Wenn i wissert, welcherner Trottel die Kanister eineg'stellt hat, i tat eam en Schedel o'reißen!"

Martin versuchte diese heftige Reaktion einzuschätzen. Es schien ihm sogar wahrscheinlich, dass Fadinger ihm in diesem Punkt die Wahrheit gesagt hatte. Warum auch nicht? Immerhin hatte der Mann eben seine Lebensbeichte abgelegt.

Plötzlich kamen ihm wieder zwei Aussagen in den Sinn. Zwei Personen hatten zu unterschiedlicher Zeit interessanterweise etwas ausgesagt, was ihm nun wie das passende Puzzlestückchen vorkam. Aber es war ein furchtbarer Verdacht. Er fragte: „Haben die Leute, für die Sie den Wein produzieren, Zutritt zum Hof?"

Fadinger dachte nach, dann sagte er wieder gefasst: „Naja, eigentlich is ned o'gsperrt, und die poar kennen si eh aus ..."

„Ich weiß, dass Sie für die Frau Pribil produzieren, privat, die hat ja keinen Heurigen. Aber gibt es auch Winzer, denen Sie unter die Arme greifen?"

„I hab Ihna scho g'sagt, dass i kane Namen nenn."

Martin griff in seine Tasche und holte daraus Zettel und Stift heraus.

„Schreiben Sie ihn auf."

Fadinger begann zu schreiben, zerknüllte aber den Zettel sofort wieder. Dennoch hatte die Zeit gereicht, damit Martin die ersten zwei Buchstaben lesen konnte. Er lehnte sich zurück und atmete tief ein. Er überlegte, wie es weitergehen sollte.

„Herr Fadinger", sagte er ernst, „sagen wir, ich glaube Ihnen. Aber egal wie das mit dem Feuer wirklich war, da wird einiges an Ihnen hängen bleiben. Für die Taten Ihres Vaters kann man Sie nicht zur Rechenschaft ziehen, auch wenn er Sie in seine Pläne eingeweiht hat. Nur Verständnis wird man für Ihr Handeln nicht aufbringen. Schon gar nicht vonseiten der Justiz. Und da bleibt ja noch der tätliche Angriff auf den Herrn Bogensberger."

Fadinger drehte den Kopf langsam zur Seite. Er lächelte verklärt.

„I hab des alles nur für unsern guten Namen g'macht. Die sogenannten Promi-Events, die Wohltätigkeitsveranstaltungen, den ganzen Zirkus, nur wengan Namen. Was glauben S' wia mir diese arroganten Pfeifen auf den Sack gehen. Am liabsten hätt i's alle ausseg'schmissen, aber i woar immer geduldig, hab immer gelächelt für die Seitenblickefraktion ..."

„Damit ist es jetzt wohl vorbei. Vielleicht gehen Sie sogar ins Gefängnis."

Fadninger lachte auf.

„Pah! I hab Ihna doch erzählt, dass es mir mei Vater am Sterbebett erzählt hat, und dass i es Ihna jetzt erzähl ..."

Erst jetzt wurde Martin diese Anspielung klar. Er fragte: „Meinen Sie damit ...?"

„Postatakrebs, drei Monat' hab i ungefähr no. I geh nirgens mehr hin, außer zu unsern Himmelvater."

Martin blickte betroffen zu Boden. Er räusperte sich, bevor er antworten konnte.

„Das tut mir leid."

„Mir ned! Wissen S' , vielleicht hat der alte Trottel recht g'habt. Irgendwie fühl' i mi jetzt besser. Wahrscheinlich fallt an es Sterben leichter, wenn man sei Gewissen erleichtert hat."

Eine Frage brannte Martin noch auf der Zunge. Er musste sie stellen, Pietät hin, Pietät her. „Warum?"

„Was?"

„Warum das alles? Ich frage mich, warum Sie das alles schützen wollten, wenn es doch ohnehin bald Geschichte ist. Wer soll denn den Betrieb weiterführen? Sie haben ja keinen Erben, oder?“

Fadinger erhob sich. Zielstrebig tauchte er in die Schattenwelt des Raumes ein. Martin vermutete, dass er sich hier wohl auch in völliger Finsternis zurecht finden würde.

Ein Stuhl wurde umgestoßen, krachend fiel er zu Boden.

Doch nicht!

Auf einmal wurde es heller. Fadinger hatte im hinteren Teil der Stube eine Schreibtischleuchte angeknipst, die ihr schwaches Licht auf ihn und den an der Wand stehenden Sekretär warf. Aus einer Lade holte er ein Briefkuvert hervor und kehrte damit zurück zu Martin.

„Da lesen S'! Mei Testament.“

Abermals konnte Martin kaum glauben, was er da zu lesen bekam. Es hätte ihm auch so auffallen können. Bei der ersten Begegnung.

Drah di net um

1. Abermals fühlte Martin sich berauscht, als er den Heimweg vom Frostbachl-Fadinger antrat. Er wusste nicht, ob es am Wein oder der ihm in ebenfalls großen Mengen verabreichten Wahrheit lag. Krampfhaft überlegte er, was er der Michi Bogensberger schon jetzt berichten durfte.

Fadinger hatte ihm das Versprechen abgerungen, der Michi Bogensberger noch nichts zu erzählen. Martin hatte am Schluss die Karten offen auf den Tisch gelegt und wenn die Zeit gekommen wäre – und die würde bald da sein, zumindest nach Einschätzung der Ärzte, hatte Fadinger ihm versichert – könne er sich als eine Art Testamentsvollstrecker betätigen. Fadinger hatte ihm eine Kopie mitgegeben. Der letzte Wille war handschriftlich verfasst und eigenhändig unterschrieben, damit juristisch hieb- und stichfest. Außerdem könnte Martin die geistige Zurechnungsfähigkeit Fadingers attestieren. Aber es würde ohnehin niemanden geben, der die letztwillige Verfügung anfechten wollte.

Aber ein vorläufiges Ergebnis wollte er der Michi mitteilen. Er rief sie an, kam aber an die Mobilbox. Martin hinterließ erneut eine Nachricht, wonach sie sich bald treffen sollten.

Er hatte kaum ein paar Schritte gemacht, als ein Anruf hereinkam. Das Display zeigte die Nummer von Onkel Alfred an. Für einen kurzen Moment dachte Martin daran, nicht abzuheben, doch dann tat er es doch.

„Und wie war's beim Alten. Du hast doch sicher wos ausekriegt in Prag? Über die Klane vom Ressner", fiel der Onkel mit der Tür ins Haus.

„Sag einmal", fragte Martin erbost, „woher weißt du das alles jetzt schon wieder?"

„Na kombinieren kann i halt. Und a a bissi recherchieren im Netz. Außerdem hab' i mi mit deiner Nachbarin unterhalten, du weißt scho, mit der ..., ja, Pribil, hat's g'haßen. Du warst ja ned da. Die hat mi glei abg'fangen und so san mir ins Gespräch gekommen. Eine reizende Person, übrigens. Du, was hat denn die g'mant, wie sie g'sogt hat, sie kann kaum glauben, dass wir beide verwandt san?"

„Die Pribil kannst gern haben. Ich dachte, du wolltest etwas von mir wissen?"

Natürlich platzte Martin beinahe vor Stolz, dass er Fadinger sein Geheimnis hatte entreißen können.

„Ausse damit! Woa er's?"

„Ja und nein. Genaues darf ich dir im Moment nicht sagen. Du weißt, wegen der Verschwiegenheitspflicht, aber nur so viel: Wenn es Brandstiftung war, dann trägt dafür wahrscheinlich nicht der Fadinger die Verantwortung."

„So? Wer denn?"

„Tut mir leid, dafür ist es noch zu früh. Bislang hab ich nur einen Verdacht."

Martin wollte schnell heim, endlich die verschiedenen Auskünfte und Urkunden, die sein Anwalt abgefragt hatte, einzusehen. Wenn er recht haben sollte, wäre es an der Zeit, Tacheles mit einer bestimmten Person zu reden.

„Jetzt ganz was anderes", sagte der Onkel, „Was macht eigentlich deine Bürgerinitiative?"

Martin brummte in den Hörer. Daran hatte er gar nicht mehr gedacht. Nach den ersten Rückschlägen hatte er dieses Projekt eigentlich zu Grabe getragen. Mit dieser Zeremonie war er ja bestens vertraut.

„Nichts, wie kommst du jetzt drauf?"

„Weil i g'lesen hab, dass es ähnliche Bestrebungen in Pötzleinsdorf gibt. Nur san de weiter. Da gibt's scho an Termin beim Burgermaster. Du solltest dich mit denen zusammentun, ka Spaß, wirklich, des muasst!"

Wahrscheinlich hatte der Onkel recht. Einen neuerlichen Anlauf wäre es wert. Martin stimmte zu. Er sagte, er werde sich schlau machen, wie er mit den Pötzleinsdorfern in Kontakt treten könne.

„Des brauchst ned. Hab i scho alles für di g'macht. Des is a Doktor Graupinger, der wohnt im Haus hinter der Pfarre. Woart, i geb dir sei Nummer."

Martin holte abermals einen Zettel hervor und notierte die Zahlen. Er versprach, sich bald bei diesem Herrn zu melden.

„Na, glei! Der Termin beim Häupl is scho übermurgen! Geh heut no hin. Aber schau, dass d' no a poar Leut auf dein' Zettel stehn hast. Mit de poar Pimperlunterschriften brauchst do ned antanzen."

„Aber du weißt, wie schwierig das mit der Unterstützung hier ..."

„Bledsinn, in der falschen Gegend hast es nur probiert. Schau amal in die Streiblgasse. Durt ham's so vüle Neubauten hing'setzt, das zahl'n de Leut sicher no lang an ihre Kredite. Die ham' sicher ka Freud, wenn die Immobilienblase zu schnö' platzt."

Dieser Rat war Gold wert. Ja, dachte Martin, das könnte dort tatsächlich funktionieren. Er hatte gar nicht daran gedacht, dass er sich primär an jene Klientel wenden sollte, die dieses System mit den überteuerten Preisen finanzierte. Er griff in seine Aktenmappe. Zum Glück hatte er die Liste einstecken. Es war zwar bereits dunkel, die Uhrzeit ließ aber durchaus noch einige Hausbesuche zu.

„Danke für den Tipp, ich mach mich gleich auf den Weg!"

Er beendete das Gespräch und wählte im Anschluss daran sofort die Nummer von Doktor Graupinger, der sich sehr interessiert zeigte und Martin noch am selben Abend einen Termin gab.

„In diesem Fall", sagte er, „können Sie auch jetzt noch zu mir kommen. Ich erwarte Sie."

2. Der Weg nach Pötzleinsdorf führte über eine kleine Anhöhe direkt bei der Streiblgasse vorbei. Martin war gewillt, tatsächlich noch ein wenig Beute einzufahren. Dreimal hatte er den Tenor seines Begehrens bereits erzählt und zwei Unterstützungserklärungen erhalten. Das war eigentlich ein ganz guter Schnitt.

Er bog in die Streiblgasse ein. Vor ihm erhob sich ein in den Hügel gebauter Neubau, der ihm wie eine Mischung aus Ferienanlage und Kernkraftwerk vorkam. Kleine Gärtchen im Erdgeschoss, winzige Balkone, die wie Warzen an der Hausfassade klebten, das Dach mit wuchtigen Aluminiumrohren verunziert, schauderte es ihm bei dem Gedanken, dass hier weitere ähnliche Bauten entstehen könnten. Denn gut zweihundert Meter weiter unten ragte schon der nächste Bauzaun auf die Straße.

Nach einer halben Stunde – viele Wohnungen standen noch leer – hatte er sechs weitere Unterschriften gesammelt.

Er blickte auf die Uhr: Es war bereits nach neun, höchste Zeit, endlich diesen Dr. Graupinger zu besuchen.

Er ging zurück Richtung Friedhof. Vor dort waren es keine zehn Minuten, die er zu gehen hatte. Knapp vor dem Eck zur Guschlbauergasse stach ihm ein Haus mit zugewachsenem Garten ins Auge. So sollten seiner Meinung nach die Bauten hier alle aussehen. Das Haus war nicht annähernd so protzig wie die meisten neureichen Villen, hatte aber mit den Erkern und den dunkelgrünen Fensterläden durchaus Stil. Die Tür zum Eingang stand offen.

Martin fühlte sich eingeladen. Er dachte, wer so wohnte, würde vollstes Verständnis für sein Anliegen haben. Und dieses sicher auch unterstützen.

Er drückte den Klingelknopf neben der massiven Eingangstüre. Der Name auf dem Schild darunter kam ihm geläufig vor.

Es dauerte eine Zeit, bis sich Schritte näherten.

Die Tür öffnete sich nur einen Spalt. Martin konnte das Gesicht dahinter kaum erkennen, da der Vorraum unbeleuchtet war. Nur von der Straßenlaterne her fand ein dumpfer Lichtkegel den Weg zum Eingang.

„Ja, was wollen Sie?", fragte eine Männerstimme.

Martin setzte sein breitestes Lächeln auf. Nur weil er den andern nicht sehen konnte, bedeutete das nicht, dass dieser ihn nicht genau mustern würde. Ein freundlicher Gesichtsausdruck war immer noch die beste Eintrittskarte. Er holte seinen Text hervor und hielt ihn dem anderen hin. Der sagte: „Ich brauche nichts, danke!"

Bevor er jedoch die Tür zuschlagen konnte, hatte sich Martin dagegengestemmt.

„Verzeihen Sie, aber es ist wichtig. Es geht um die Gegend hier. Ich will den Grundstücksspekulanten einen Riegel vorschieben. Dazu brauche ich Ihre Mithilfe. Es dauert nicht lange. Wirklich!“

Martin konnte den Mann im Eingang immer noch nicht sehen. Dessen Zögern war aber förmlich zu spüren.

Auf einmal öffnete sich die Tür wie der berühmte Sesam zu Ali Babas Schatz. Offenbar hatte Martin das Zauberwort ausgesprochen.

„Kommen Sie herein, das interessiert mich jetzt aber sehr.“ Das Licht im Vorzimmer ging an.

Martin wurde von einem Endvierziger in grauer Hose und blauem Hemd hereingebeten. Der Mann lächelte ihn an. Martin irritierte, dass er ihm dabei nicht in die Augen blickte.

Er wurde in die Küche gebeten, wo leise ein Radio vor sich hin säuselte. Das Licht in dem Raum war gedämpft. Aber darin hatte Martin zuvor bei Fadinger Erfahrung sammeln können.

„Ich hoffe, es stört Sie nicht, wenn wir uns hier niederlassen, aber irgendwie finde ich es hier gemütlich.“

„Sicher, das ist ja Ihr Haus.“

Der Mann legte die Stirn in Falten und sagte: „Natürlich! Wollen Sie etwas trinken? Ich hab aber nur Wasser. Ich bin noch nicht zum Einkaufen gekommen.“

Martin lehnte dankend ab. Dann legte er dem Mann seine Unterstützungserklärung hin und begann zu erklären: „Schauen Sie, mir geht es darum, dass ...“

„Bei mir rennen Sie offene Türen ein. Sie brauchen mir nichts zu erklären, ich hab Ihr Papier bereits vorhin ein wenig überfliegen können. Sie wollen also etwas gegen die Grundstücksspekulanten unternehmen? Das will ich auch."

Martin war froh, das zu hören. Er hatte einen Verbündeten gefunden. Dieser nahm das Schriftstück an sich und setzte seine Unterschrift in das dafür vorgesehene Kästchen ein. Dann schob er die Klemmmappe Martin hin. Der las den Schriftzug. Dabei fragte er sich abermals, wieso ihm der Name so vertraut schien. Daher fragte er: „Sagen Sie, kennen wir uns vielleicht? Vom Kirtag oder einem Heurigenbesuch?"

Der Mann schien zunächst verärgert, überspielte den Groll über Martins Neugier aber ganz gut.

„Ich glaube eher nicht. Wissen Sie, ich gehe so gut wie nicht weg."

Martins Blick schweifte durch die Küche. Da stand nichts herum, da war alles sauber und weggeräumt. Kein Geschirr, keine Teller, kein Krimskrams, der sich bei ihm immer sofort ansammelte. Beinah' schon unnatürlich. Als wäre der Hausbesitzer ein Phantom. Der Mann wurde Martin unheimlich.

„Ich glaube, wir haben es dann. Vielen Dank!"

„Warten Sie, ich begleite Sie hinaus."

Sie betraten den Vorraum, in dem Martin sofort die vielen an der Wand lehnenden Spazierstöcke ins Auge stachen. Sogar eine Krücke war neben der Eingangstür angelehnt. Martin war eine Gehbehinderung gar nicht aufgefallen. Er drehte sich um, weil er den Gang des Mannes beobachten wollte. Der schob ihn allerdings eher unsanft in Richtung Ausgang. Da blieb Martins Blick an der Eckvitrine hängen. Gargamels Katze! Jetzt wusste er, woher ihm der Name Beheim bekannt war. Das war jener Sammler, mit dem er im Sommer in Kontakt getreten war, um einen Tausch abzuwickeln. Der Doktor hatte sich dann aber nicht mehr gemeldet.

„Sie sind ja gar nicht der Doktor Beheim!"

Doch diese Erkenntnis kam zu spät. Der schwere Silbergriff des Spazierstocks war das Letzte, was er sah, bevor es finster wurde.

Ein Polizist kommt selten allein

1. „Sie waren das also?"

Gruppeninspektor Krasberger, der die Hoffnung auf eine Beförderung bereits aufgegeben hatte, nickte.

Es war bereits fast eine Woche her, dass er seinen Bericht an die vorgesetzte Dienststelle weitergeleitet hatte. Er hatte gar nicht mehr daran geglaubt, dass sich das BKA noch für den Fall interessieren würde.

„So ist des also. Z'erst im Alleingang den großen Zampano spielen wollen, und dann um Hilfe schreien, wenn nix mehr geht."

Krasberger verzog keine Miene. Das hatte er davon. Nicht nur, dass er mehr oder weniger seinen Fall los war, durfte er sich auch noch mit diesem arroganten Major herumschlagen, der gerade so tat, als ob er die Weisheit mit Löffeln gefressen hatte. Er war zwar dem Ermittlungsteam um Major Walzkogel zugeteilt, hatte aber in Wahrheit nichts mehr zu vermelden. Er konnte von Glück sagen, dass es einen Aspiranten gab, der halbwegs Kaffee kochen konnte, sonst hätte er diese Aufgabe ausgefasst.

„Also ich geb's zu, ich glaub' diese Spur ist eher das Werk Ihrer blühenden Fantasie, aber meinen Vorgesetzten haben Sie überzeugt. Nur eins sag' ich Ihnen, viel Zeit möchte ich mit diesem Blödsinn nicht verplempern. Da hab ich Wichtigeres zu tun. Also jetzt fangen S' noch einmal an zum Erzählen."

Krasberger begann noch mal von vorne. Er berichtete von der ersten Leiche in Oberlaa. Er konnte sich gut daran erinnern, dass es an einem Samstag gewesen war, als er zum Tatort hinbeordert wurde. Er berichtete von dem seltsamen Eindruck, den er hatte, wie er in der Küche gestanden war, inmitten all der schmutzigen Kochtöpfe. Er fing an, seine Mutmaßungen einzubauen, bis seine Schilderung einen schlüssigen Ablauf eines möglichen Hergangs lieferten.

„Und Sie glauben, dass dieser Kramer, wenn er unser Täter ist, nochmals zuschlagen wird?"

Krasberger nickte und sagte: „Oder bereits zugeschlagen hat."

„Gut, wollen wir uns das mal ansehen. Also wir brauchen zunächst einen IT-Fachmann, der eine Abfrage über das Web laufen lässt, damit wir einen bereits vorselektierten Inserentenkreis haben. Keine Sorge, den hamma!" Walzkogel grinste überheblich. Offenbar war er gerade dabei, dem kleinen Dorfgendarmen die weite Welt zu erklären. Er fuhr fort. „Und wemma die passenden Häuser haben, dann erst, lieber Kollege, dann erst brauchen wir viele Leute, um tiefer zu forschen. Anrufe müssen erledigt werden, Objekte besichtigt, Personen befragt, net?"

Der Major erwartete offenbar Zustimmung zu diesen Erläuterungen. Krasberger fragte sich, ob dieser selbstzufriedene Heini tatsächlich glaubte, ihm die Polizeiarbeit von der Pieke auf beibringen zu müssen. Am liebsten hätte er jetzt doch gefragt, ob er nicht lieber Kaffee holen sollte. Aber er machte gute Miene zum bösen Spiel und mimte den Erstaunten: „Natürlich, Sie haben Recht, dass ich nicht sofort daran gedacht habe!"

Diese Aussage entlockte Major Walzkogel diesmal ein ehrliches Lächeln.

„Bravo! Ich sehe, Sie haben kapiert. Vielleicht werden Sie es doch noch zu was bringen in unserm Verein."

Auf einmal ertönte der Vogerltanz. Krasbergers Handy hatte diesen seltsamen Klingelton.

„Na, gehen S' nur ran. Vielleicht die Frau!" Walzkogel hatte seinen süffisanten Tonfall wieder gefunden.

Es war Reichhold, der Krasberger eine interessante Mitteilung machte. Krasberger ärgerte sich. Das war wahrscheinlich der lang ersehnte Glückstreffer, der vielleicht Licht in den Fall brachte. Doch jetzt, da das BKA an Bord war, kam er zu spät. Nicht, um den Fall zu lösen, aber zu spät, um dafür die Lorbeeren einzuheimsen. Krasberger sagte: „Des woar mei Kollege. Der is über was Interessantes g'stolpert. Do hat ana a Aussage g'macht. In Döbling am KOAT. Die Kollegen von dort schicken's glei weiter. I glaub, mir sollten uns des näher anschauen!"

Martin schlug die Augen auf. Sein Kopf brummte. Die Handgelenke schmerzten von den angelegten Fesseln. Seine Hose war feucht im Schritt. Wahrscheinlich war während seiner Bewusstlosigkeit Harn abgegangen. Er versuchte sich zu orientieren.

Er lag auf dem Boden. Es fiel ihm schwer, den Kopf zu heben.

Vermutlich war er in einer Abstellkammer eingesperrt worden. Nein, korrigierte er sich, das musste der Keller sein. Eine Luke, fast auf Höhe der Decke, erlaubte einem schwachen Lichtschein, sich als gräulicher Schleier in den Bau zu schieben.

Martin konnte einzelne verschwommene Konturen erkennen: Regale, Sessel, einen Tisch, auf dem allerlei Gerümpel abgelegt war, einzelne Holzstufen einer Treppe.

Er musste die ganze Nacht über bewusstlos gewesen sein. Sein erster Gedanke war, um Hilfe zu rufen. Aber was würde es nutzen, wenn ihn keiner hörte? Das Haus war nicht nah genug an der Straße gebaut, dass man dort seine Schreie hören würde. Und was, wenn er damit den Wahnsinnigen auf den Plan rufen würde? Was hatte der vor?

Martin versuchte sich zu beruhigen. Nur nicht panisch werden, sagte er sich vor. Nur nicht panisch werden! Er murmelte es immer wieder, bis es automatisiert aus seinem Mund kam.

Mit den Gedanken war er bei Michi Bogensberger. Er hoffte, dass er ihr nach seiner letzten Nachricht bald abgehen würde, wenn sie ihn jetzt nicht erreichte. Aber das würde vermutlich auch ein paar Tage dauern. Dann könnte es vielleicht zu spät sein. Manchmal kann Alleinsein tödlich enden. Zumal, wenn man an die falsche Tür klopft.

Er überlegte, wie er nur in diese Situation kommen konnte. Wollte der falsche Beheim ihn umbringen? Das Schicksal des Hauseigentümers wollte er sich nicht ausmalen. Sein eigenes noch weniger.

Unwillkürlich drängten sich ihm die Bilder seines alten Berufs auf.

Der Bestatter würde ihm den Urin vom Körper waschen. Die vom Schlag auf den Kopf herrührende Wunde säubern, ihm die Haare zurecht machen, Nägel schneiden. Wenn er ihm dann einen Anzug übergestülpt hatte, wäre er bereit für den Sarg. Ein wenig Make-up für das Gesicht, und die Verabschiedung konnte beginnen.

Martin schauderte. Er musste sich ablenken.

Ob wohl der Onkel den Anzug aussuchen würde? Als nächster Verwandter müsste er auch für die Kosten aufkommen. Das würde er sicher tun. Hoffentlich kam Anja, seine Schwester nicht. Mit ihr hatte er gebrochen, er wollte sie nicht einmal bei seiner Beerdigung dabei haben. Sie war so eine falsche Person geworden. Schon in der Schule hatte sie gerne andere Schüler denunzieert. Aber wie sie versucht hatte, Martin mit den absurdesten Anschuldigungen aus der Familie zu drängen, um ihm das spätere Erbe streitig zu machen, das war unterste Schublade. Ohne seinen Anwalt wäre er vielleicht sogar um seinen Pflichtteil umgefallen. Er dachte an Anjas jugendliche Brust, wie er sie schüchtern berührt hatte. Anja hatte sein eregiertes Glied in ihre Obhut genommen. Aber ihn dann des Inzests und der Vergewaltigung an der eigenen Schwester zu beschuldigen, war zu weit hergeholt. Sie hatten das beide so gewollt. Anja hatte eindeutige Signale geschickt. Er ist eigentlich nur auf ihre Wünsche eingegangen. Außerdem waren sie noch fast Kinder, was wussten sie schon?

Noch ein schlechtes Thema. Martin musste sich ablenken, an etwas ganz anderes denken. Er stand wieder an seinem Grab. Doch er fragte sich jetzt, welchen Scherz Onkel Alfred wohl bei der Grabrede einbauen würde. Er musste sich dringend ablenken!

Er fokussierte sein Denken auf den Fall, kehrte im Geiste zum Tag des Brandes zurück. Sein erstes Bild war die sich über die Dächer Neufrieds erhebende Rauchsäule. Dann, wie er in der Menge der Schaulustigen gestanden war. Er ging ab diesem Moment Aussage für Aussage durch. Er rekapitulierte alle Hinweise, wog die Indizien gegeneinander ab. Versuchte dies alles mit Fadingers Beichte in Einklang zu bringen. Da kehrte etwas in seiner Erinnerung zurück, etwas, das er beinah' vergessen hatte. Und das jetzt plötzlich einen Sinn ergab, weil es ein ganz anderes Licht auf die Vorkommnisse während des Kirtags warf.

Martin erwachte. Er musste vorher eingenickt sein. Jetzt waren hektische Schritte zu hören. Stimmen wurden lauter. Das war nicht sein Peiniger. Sicher nicht.

Er machte sich bemerkbar

„Hilfe! Hilfe, hier unten bin ich, H I L F E E E!!!"

Martin drehte seinen Kopf weg und er kniff die Augen zusammen. Der durch die geöffnete Kellertüre einfallende Lichtschein blendete ihn.

„Da unten is' wer!"

Schritte kamen näher, wurden lauter.

„Polizei, keine Bewegung!"

Martin drehte seinen Kopf, erleichtert lächelnd, zu den zwei vermummten Polizisten des Sonderkommandos.

„Wie sollt ich mich denn bewegen?"

2. Martin saß in eine Decke gehüllt auf der Krankentrage des Rettungswagens. Die Sanitäter hatten seine Platzwunde am Kopf erstversorgt. Der Notarzt empfahl eine Einweisung ins Spital. Zur Sicherheit.

Martin lehnte ab und unterschrieb das ihm ausgehändigte Revers. Er hatte noch etwas zu erldigen, und das duldete jetzt keinen Aufschub mehr.

Ein Mann in Uniform trat an die Liege heran. Er stellte sich Martin als Gruppeninspektor Krasberger vor.

„Verzeihen Sie, aber i müsst' Ihnen a poar Fragen stellen.

I weiß, es is jetzt ned günstig, aber ..."

Martin nickte zum Einverständnis. Krasberger fragte nach seinen Personalien und schien unangenehm überrascht, dass er nicht den vermuteten Hausbesitzer vor sich sitzen hatte.

„Se san also gar ned der Dokta Beheim?"

Martin verneinte. Ein weiterer Ermittler in Zivil trat heran. Er schickte in Martins Richtung ein knappes „Grüß Gott" und wandte sich dann Krasberger zu.

„Was gibt's? Ist das nicht der Mann?"

Krasberger schüttelte den Kopf. Der Zivilbeamte fragte nun Martin direkt, wer er sei und dieser erzählte die Geschichte, wie er in diese Situation gekommen war. Major Walzkogel pfiff durch seine Schneidezähne, dann sagte er: „Also gut, dann müssen wir suchen. Zuerst graben wir den Garten um. Zuerst dort, wo junge Bäume oder Sträucher gesetzt sind!" Und zu Martin: „Und an Sie haben wir eine Menge Fragen."

„Natürlich, aber hätten Sie was dagegen, wenn ich mich schnell umziehen gehe?" Er hob die Decke weg und zeigte auf die vom Urin auf seiner Hose hinterlassenen Spuren. „Ich wohne ganz in der Nähe", setzte er nach.

Noch während der Major vom BKA darüber nachdachte, setzte ein Rumoren bei den anderen Polizisten ein.

„Hierher, ich glaube, da ist etwas!"

Unwillkürlich wandte Martin seinen Blick zu der Stelle, wo das eine Team zuvor mit dem Graben begonnen hatte. Er sah, wie zwei Beamte einen dunklen Sack aus dem Erdreich hervorholten. Walzkogel eilte zu der Stelle. Er machte einen Blick in den Beutel und nickte den Beamten zu. Er rief: „Wir brauchen doch an Leichenwagen!"

Das war der Moment, wo Martin schwarz vor Augen wurde.

3. „Geht's Ihna wieder besser?"

Martin tat einen großen Schluck aus dem Wasserglas.

„Ja, danke. Danke auch fürs Bringen."

Der Schwindelanfall war gleich wieder vorüber gewesen. Das Rettungsteam hatte Martin nun doch ins Spital bringen wollen. Da der Notarzt aber nicht mehr anwesend gewesen war, hatten sie sich nicht gegen Martin durchsetzen können. Krasberger war ihm zu Hilfe geeilt, indem er angeboten hatte, ihn mit der Funkstreife nach Hause zu fahren.

Martin war nun umgezogen und Krasberger hatte mit der Vernehmung begonnen. Sie hatten sich auf der Sitzgruppe im Wohnzimmer niedergelassen. Martin konnte aufgrund seiner Profession eine genaue Personenbeschreibung geben, was aber wenig nützte, da der Mörder der Polizei ohnehin bekannt war. Martin hatte nach dem ersten Schock keinen klaren Gedanken fassen können. Langsam erwachte er jedoch aus dem Albtraum und kehrte in die Realität zurück.

„Ich muss mich bei Ihnen bedanken.Wie haben Sie mich so schnell gefunden? Wenn Sie nicht gekommen wären, wer weiß, was der noch mit mir vorgehabt hätte."

„Des woar a Zufall. Wir ham an Tipp aus der Bevölkerung kriagt. Dem san wir nach'gangen. So ham wir Sie g'funden."

„Ein Tipp?", fragte Martin.

„Schaun S', des bleibt aber unter uns, weil des san ja no laufende Ermittlungen. Der Herr Beheim hot a anders gelagerte sexuelle Orientierung gehabt, wesentwegen er a alleinstehend woar. Aner von seine Kontakte hat eam b'suchen woll'n und is, woarscheinlich vom Mörder, abgewiesen word'n. Der hot si als sei Neffe vorg'stellt, was bei an gewissen Altersunterschied typisch sein soi. Daher hat si der Besucher anfänglich ned vü 'dacht. Aber, wie der Beheim si auf seine Mails nimmer g'rührt hot, is dem des komisch vurkummen und er hat den Vorfall zwa Wochen später g'meldet. Wir san zwar dem Kramer auf der Spur g'wes'n, aber dadurch hamma des Haus so schnell g'funden."

„Sie meinen ...?" Martin wurde wieder weich in den Knien, als der Polizist den Kopf neigte und zustimmend die Augenlider zuklappte.

„Ich glaub', ich brauch jetzt was Stärkeres", sagte er. „Sie auch einen?"

„Na, danke, i bin im Dienst. I mecht Sie a ned lang aufhalten. Des Wichtigste hob i mir notiert. I werd' dann im Wachzimmer a Niederschrift machen und Sie bitten, dass' nachher zu uns kommen und des unterschreiben."

Martins Blick fiel auf den Briefumschlag, den er vor dem letzten Besuch bei Fadinger zu Hause vergessen hatte. Nachdenklich drehte er ihn in der Hand. Er fragte: „Kramer? ... So hat der geheißen?"

„Ja, wir sind in diesem Punkt ziemlich sicher."

„Warum hat er das gemacht?"

Krasberger wiegte seinen Kopf.

„Wie gesagt, da derf i Ihna leider nix sagen, wir sind noch mitten in die Ermittlungen. Aber glauben S' ma, wir san eam auf de Fersen."

„Was?!" Martin schnellte von seinem Sitz auf. „Heißt das, Sie haben den Wahnsinnigen gar nicht festgenommen?" Er riss das Kuvert auf. Irgendwo musste er seine Wut loswerden. Krasberger zuckte zusammen. Kleinlaut antwortete er: „Die Fahndung läuft und wir kennen sei' Masche. Lang kann si der nimmer verstecken."

„Und wenn er wiederkommt? Vielleicht, um sich an mir zu rächen."

„Sovü kann i Ihna scho sag'n. Der war ned hinter Ihna her. Des woar a unglücklicher Zufall, glauben S' mir. Sie ham nix zu befürchten. Aber i werd veranlassen, dass de Kollegen öfter bei Ihna nach dem Rechten sehn."

Ein unglücklicher Zufall? Martin ließ sich diese Worte auf der Zunge zergehen. Diesen Zufall hatte er dem Onkel zu verdanken. Er würde sich beizeiten bei ihm dafür „bedanken" müssen.

Krasberger stand von seinem Platz auf. Er sagte: „I muass dann wieder. I geb Ihna mei Kartl. Rufen S' mi bitte an, wenn S' vorbeikommen können, wegen Ihrer Unterschrift."

„Natürlich. Warten Sie, ich begleite Sie zur Tür."

„A Bitte hätt' i no. I miassert wohin." Krasberger setzte ein gequältes Lächeln auf.

„Natürlich, unten. Kommen Sie, ich zeig' es Ihnen."

Er zeigte Krasberger den Weg zur Toilette im Erdgeschoss. Während der sein Geschäft erledigte, wartete Martin bei der Eingangstür. Er hatte den Inhalt des von seinem Anwalt geschickten Briefumschlags hervorgeholt und überflog die verschiedenen Auszüge von Firmen- und Grundbuch. Dabei wurde ihm heiß. Das Adrenalin ließ seinen Herzschlag beschleunigen. Er konnte kaum glauben, was er da sah. Dabei hatte er es schon vermutet. Die Ausführungen Fadingers hatte ganz stark in die eine Richtung gedeutet. Aber mit diesen Urkunden wurde das Motiv klar.

Er hörte, wie die Spülung betätigt wurde. Krasberger erschien. Ein Polizist war jetzt genau das, was er brauchte.

4. Nachdem Martin Krasberger in die Geschehnisse um den Brand beim letzten Kirtag und in seinen Plan eingeweiht hatte, war dieser sofort bereit gewesen, Martin zu begleiten. Dieser schilderte dem Polizisten die letzten Details. Der war mit dieser geänderten Situation mehr als zufrieden. Die Chance auf eine Beförderung lebte damit wieder. Die Schlappe wegen des flüchtigen „Besichtigungsmörders" konnte ruhig das BKA einstecken. Das interessierte ihn jetzt nicht mehr. Ihm war ja die Verantwortung abgenommen worden. Dafür einen Brandstifter und vielleicht sogar Mörder zur Strecke zu bringen, das war bereits so gut wie ein Ticket auf den nächsthöheren Posten.

Vor dem Lokaleingang stoppten sie. Martin betrachtete die teilweise losen und abgeschlagenen Latten, die als Zaun das Grundstück säumten. Mittlerweile wunderte er sich nicht darüber, dass der Chef des Hauses kaum mehr in seinen Laden investierte. Das Geld war eben woanders zu verdienen. Martin drückte die Holztüre in den Vorgarten mit seiner Schulter auf. Er wusste, dass der eine Flügel klemmte und nicht versperrt war. Er hielt Krasberger davor zurück, mit ihm einzutreten und fragte: „Haben Sie ein Handy?"

„Sicherlich", antwortete Noch-Gruppeninspicktor Krasberger und holte sein Telefon hervor.

Martin ließ sich die Nummer geben und sagte: „Gut, ich schlage vor, wir machen es so..."

Martin betrat die Gaststube.

Probst wischte über einen der Stehtische neben der Schank.

„Servas! I mach heut ned auf. Du muasst wieder gehen!"

Probsts Gruß kam so unfreundlich wie die harten Strahlen der über dem Buffet angeschalteten Neonröhre, der einzigen Lichtquelle im Raum. Seit ihrem Streit war die Beziehung gleichermaßen unterkühlt. Sie hatten sich danach nur einmal kurz gesehen.

„Ich mag nichts trinken, keine Sorge, nur reden!"

Er setzte sich an einen der Tische.

„A denkbar schlechter Moment. Ich hab jetzt ka Zeit. I muss no amal weg." Probst wischte schneller über die Tischplatte.

„Fünf Minuten will ich von dir. Mehr nicht!"

Probst hob den Kopf. Er schaute Martin an und fragte: „Was willst du wirklich? Is es wegen dera G'schicht, wo wir g'strittn haben? Wegen dem Bauen? Des tuat mir e leid."

„Ich komm wegen eures Neubaus. Ich weiß jetzt, wer hinter der Pro Dinger GmbH steckt. Ich hätt mir's denken können. Nur glauben hab ich es nicht wollen."

„Was wüllst denn mit der Firma. Gut, is ja ka Geheimnis. Die g'hört mir zusammen mit dem Fadinger."

„Ja, aber du profitierst am meisten davon, weil du fast alle Anteile hältst. Und den Grund bringst auch ein, für euer Projekt in den Weinbergen. Deshalb war dir der Bogensberger auch im Weg, weil er nicht hat sterben wollen. Neunzig war er schon fast. Du hättest aber kein Jahr mehr durchgehalten, so kracht eure Firma. Da", Martin zog einen der angeforderten Auszüge hervor, „in der Bilanz steht's. Du hast das Ableben vom Bogi beschleunigen müssen, damit die Banken endlich wieder Geld locker machen. Für deinen Heurigen hast nichts mehr bekommen. Ein Prestigeobjekt musste her."

Probst ging zur Spüle. Er drückte den Fetzen aus. Dann trocknete er seine Hände.

„So a Bledsinn."

Probst wanderte hinter die Theke und brachte zwei halbgefüllte Gläser an Martins Tisch mit. Er setzte sich Martin gegenüber und schob ihm den Wein hin.

„Trink des, da kommst vielleicht wieder auf normale Gedanken!"

Er leerte sein Glas in einem Zug. Martin drehte das seine am Tisch. Er betrachtete die auf den Tisch hindurchfallende Reflexion.

„Ich hab genug Zeit gehabt, zum Nachdenken. Da ist mir plötzlich vieles klar geworden. Auch wenn alles zunächst auf Fadinger hingedeutet hat, bist du der Einzige, der wirklich davon profitiert. Du hast es mir selbst gesagt, gleich am Anfang."

„Wos soi i g'sogt haben?"

„Dass die Chemikalien den Brand ausgelöst haben. Auf der Straße sind wir gestanden, in die Flammen haben wir gestarrt, da hast du es schon gewusst, wie es zu dem Brand gekommen ist."

„Herst, des is ganz normal, dass es so was bei an Heurigen gibt. Vielleicht hab i nur g'raten, oder i hab's von an Feuerwehrmann gehört. Des zählt doch elfe."

Martin nahm einen Schluck vom Weißwein. Er hielt Probst das Glas vor die Augen.

„Den macht dir der Fadinger. Du hast ja kaum mehr Weingärten. Dein Lokal lasst' auch langsam sterben. Weil der Herr wird ja Immobilientycoon. Du hast dich beim Fadinger ausgekannt, du hast gewusst, wo er die Chemikalien aufbewahrt. Vielleicht hast du sie sogar selbst mitgenommen. Dann hast du den Bogensberger da liegen gesehen und hast dir gedacht:

Das ist die Chance, ihn los zu werden. Und das alte Gebäude dazu."

Probst grinste. Er sprach mit süffisantem Unterton: „I glaub, dei Onkel hat si täuscht, du bist do gar ned so a schlechta Detektiv. Der Fadinger hat dir also erzählt, dass er den Bogi derschlagen hat?"

Martin negierte den Seitenhieb und blieb sachlich: „Du wirst es nicht glauben, aber der Fadinger schwört Stein und Bein, dass der Herr Bogensberger noch gelebt hat, wie er ihn allein gelassen hat."

„Dann wird's wohl so gewesen sein. Was soi's! Der Oide hat scho lang unter die Erd' g'hört! A Schmarotzer war er. Sterben hat er ned wollen. Aber es is eh egal, was i dir erzähl. Des bleibt unter uns, des kannst nie beweisen."

„Bist dir da sicher?"

Martin zog sein Mobiltelefon aus der Tasche.

„Sie können jetzt reinkommen, Herr Inspektor!"

„Gruppeninspektor!", sagte Krasberger, das Handy an sein Ohr geklemmt. Als er in das entsetzte Gesicht Probsts blickte, sah er bereits einen weiteren Stern an seiner Uniform funkeln.

5. Nach all der Aufregung in den letzten Tagen, hatte Martin sich vorgenommen, sich eine Auszeit zu nehmen. Er wollte ausspannen, sich ein wenig seinem Hobby zuwenden. Die Figürchen gehörten wieder einmal abgestaubt, neu katalogisiert und manches, was sich mit der Zeit vielleicht doppelt angesammelt hatte, wartete schon geduldig auf ein geeignetes Tauschobjekt.

Zudem konnte er auch ausschlafen.

So hatte er das halbe Wochenende im Bett zugebracht. Sogar dem Onkel hatte er, nachdem der sich am Telefon mit den wesentlichen Details hatte begnügen müssen, abgesagt.

Es war Montag. An diesem Abend hatte er mit Michi Bogensberger ein Teffen vereinbart. Auch ihr hatte er bereits telefonisch eine Kurzfassung gegeben, vor allem aber hatte er ihr mitgeteilt, dass sie mit ihrem Zweifel an der Selbstmordvariante recht behalten sollte. Der Mörder sei überführt und bereits in Polizeigewahrsam.

Sie selbst hatte sich nach seiner Befindlichkeit erkundigt, denn die Sache mit dem Besichtigungsmörder war bereits medial breitgetreten worden. Die Hinweise auf den aus Döbling stammenden Privatdetektiv, der als Geisel von der Polizei befreit worden wäre, waren eindeutig gewesen. Auch für einen Laien, wie sie gemeint hatte. Martin sparte auch hier Details aus, weil er selbst nicht daran erinnert werden wollte.

Er streckte sich im Bett aus. Kurz nach sieben Uhr morgens. Er verspürte weder Lust aufzustehen, noch hatte er einen Zwang dazu. Er drehte sich zur Seite.

Auf einmal setzte ohrenbetäubender Lärm ein. Direkt vor seinem Fenster!

Sämtliche Höllenmaschinen, die der Satan fleißigen Häuselbauern, Wohnungsrenovierern und Gartenbesitzern zur physischen Malträtierung von Pflanzen oder Bauwerken sowie der phonetischen Drangsalierung leidgeplagter Nachbarn beschert hatte, schienen zugleich in Gang gesetzt worden zu sein. Dagegen nahmen sich die Trompeten von Jericho wie eine kammermusikalische Pianissimopassage aus.

Martin vergrub seinen Kopf im Polster. Den zweiten drückte er gegen sein Ohr. Das half aber nichts gegen die Vibrationen, die Bett und Körper schüttelten.

Korinek! Das war Martins erster Gedanke. Musste dieser Mister Do-It-Yourself denn seine Perversion bereits am frühen Morgen ausleben?

Er schnellte auf und sprang vom Bett direkt in sein Gewand, um nach dem Rechten zu sehen.

Kaum, dass er die Tür aufgerissen hatte, schnellte er entsetzt zurück. Eine ganze Armee bevölkerte den Garten vor Martins Haus. Die schwerbewaffneten Männer kürzten Äste, Sträucher und alles, woran noch Grün zu finden war, auf Bodennähe. Radikaler Rückschnitt der bislang üppig wuchernden Vegetation musste die ausgegebene Befehlsmaxime gewesen sein.

Frau Pribil verfolgte alles mit argwöhnischem Auge.

„Irgendwer muss si ja drum kümmern!", raunte sie Martin zu. Sie scharwenzelte um die Gärtner herum und gab wiederholte Anweisungen. Irgendwann kreischte sie entsetzt auf.

„A so a Sauerei! Des is da ja ka Altpapiercontainer!"

Sie stand direkt vor Martins Fenster. Dieser eilte zu ihr. Als er neben ihr zu stehen kam, endeckte er die Quelle ihres Unmuts. Ein Gärtner hatte soeben die Hecke auf den Grundstamm zurückgestutzt. Da, wo zuvor das Laubdach einen Sichtschutz geboten hatte, lagen nun Martins Sonntagsausgaben, vergilbt, durchnässt und zerfleddert am Boden.

Der Austräger hatte wohl in alter Gewohnheit die Zeitung Richtung Tür geschleudert. Die Seitenflanke seines Glasdachs hatte eben nicht nur neugierige Blicke oder Witterungseinflüsse abgefangen.

Wortlos bückte sich Martin, sammelte das Papier ein und verschwand in der Wohnung.

Am Ende wird alles gut

Martin hatte sich an das Versprechen, das ihm Fadinger abverlangt hatte, gehalten und seiner Auftraggeberin zunächst nichts verraten.

Diese war ohnehin damit zufrieden, dass der mutmaßliche Mörder ihres Großvaters gefasst war. Mehr hatte sie nicht erwartet.

Martin hatte seit der Verhaftung von Probst wöchentlich die Todesanzeigen studiert. Es hatte keine drei Monate mehr gedauert, dann war Fadinger gegangen. Ein Verfahren gegen ihn hatte es nicht mehr gegeben.

Sobald er die Todesnachricht erhalten hatte, rief er bei Michaela Bogensberger an. Sie hatten keinen Kontakt mehr zueinander gehabt. In beiderseitigem Einvernehmen war man nach dem Abschluss der Erhebungen auf Distanz gegangen. Wahrscheinlich hatte sie gespürt, dass die Sache noch nicht zu Ende war.

Daher war sie nicht sonderlich überrascht gewesen, als Martin ihr am Telefon erklärt hatte, dass er ihr etwas mitzuteilen habe.

Der Winter war ins Land gezogen und letzte Nacht hatte es geschneit. Martin war durch den frischen Schnee gestapft, vorbei an der Baustelle in der Ritterpolzergasse. Das oberste Stockwerk war mit einer weißen Schicht bedeckt.

Michaela Bogensberger begrüßte ihn an der Tür. Sie hatte das Baumwollkostüm, das sie bei ihrem letzten Treffen getragen hatte, gegen ein Strickkleid ausgetauscht. Um den Hals trug sie eine Kette mit großen, dunklen Steinen. Martin fiel sofort die veränderte Frisur auf. Die wilde Strähne, die ins Gesicht ragte, verpasste ihr ein ungewohnt rebellisches Outfit.

„Es passt dir, wie du dein Haar jetzt trägst."

Michaela lächelte geschmeichelt. „Man erkennt sofort den Detektiv in dir. Scharfe Beobachtungsgabe eben!"

Sie führte ihn hinein und sie setzten sich diesmal an den Tisch. Darauf stand auf einem Stövchen eine gläserne Teekanne, aus der sie sich eine Tasse einschenkte.

„Ich hab grad Tee aufgesetzt. Möchtest du auch einen?"

Martin wäre der gewohnte Averna zwar lieber gewesen. Er nickte dennoch.

„Du hast gesagt, du willst mir etwas geben? Oder hast du zeigen gesagt?"

„Beides!" Martin holte einen Brief aus seiner Innentasche und reichte ihn an die Frau weiter. Sie begann zu lesen. Schon nach wenigen Momenten fragte sie ungläubig: „Ein Testament?"

„Ja, Fadingers letzter Wille. Lies bitte weiter."

Bald begann das Papier in ihren Händen zu zittern. Kaum, dass sie das zweite Blatt gelesen hatte, ließ sie es auf die Tischplatte sinken und begann zu weinen. Martin legte ihr seinen Arm auf die Schulter.

„Du bist seine Tochter. Und er vermacht dir alles!"

„Ich kann's nicht glauben. Er und meine Mutter?"

„Warum nicht?" Martin dachte an die Schilderung Fadingers zurück. Wie er ebenfalls zunächst reserviert darauf reagiert hatte, weil er es nicht hatte glauben können. „Was denken Sie", hatte dieser ihm damals gesagt. „Die Mutter woar a flotter Käfer, und i woar a ned unfesch. Wir hätten a guats Paarl abgeben, aber der Vater war dagegen. Wia dann die Klane kommen is', hat er's sofort g'wusst. Von Anfang an. Irgendwann hat sie's dann nimmer ausg'halten und is davon. I hab immer drauf g'schaut, dass's der Michi guat geht."

Stumm erhob sich Michaela Bogensberger von ihrem Platz. Sie holte die Likörflasche und goss den obligaten Averna in zwei Gläser ein.

„Ich bin also mit allen beiden verwandt?"

„Sieht so aus. Und wenn nicht, ist das Testament dennoch verbindlich. Du erbst jetzt einen Heurigen mit Weinbaubetrieb. Den kannst du entweder verpachten oder verkaufen."

„Das werde ich nicht tun. Mein jetziger Vertrag ist mit Jahresende ausgelaufen. Es wird eh Zeit, dass ich mich beruflich verändere."

„Keine Veränderung. Du musst nur deine schlummernden Talente wecken."

„Was für schlummernde Talente?"

„Na bei dieser Ahnengalerie!"

Beide lachten.

Am Heimweg holte Martin sein Mobiltelefon aus der Tasche. Er wählte die Nummer von Anja. Der Onkel hatte sie ihm gegeben. Schon vor Wochen. Und in dieser Zeit hatte er ständig damit gerungen, seine Schwester anzurufen. Oder eben nicht.

Er führte das Telefon ans Ohr. Nach dem zweiten Tuten beendete er die Verbindung. Die Zeit war noch nicht reif. Dafür suchte er in seinem Speicher nach Sandrines Nummer.

Das Spiel geht in die Verlängerung

Vor drei Monaten hatte ihn der Zug hierher gebracht, nach Gmunden. Majestätisch hatte der Traunstein über dem dunkelgrünen See gewacht. Sofort hatte er gespürt, dass er sich hier wohlfühlen könnte. Und so war es auch.

Er legte die Zeitung beiseite. Es war Zeit zu handeln. Er hatte gefunden, wonach er gesucht hatte.

Er schlüpfte in die Jacke und sperrte sein Zimmer ab.

Auf der Stiege traf er seine Vermieterin. Sie grüßte ihn und er grüßte sie ebenso freundlich zurück. Wie jeden Tag, wenn sie einander begegneten.

Im Freien war die Luft klar und kalt. Sie ließ seinen Atem kondensieren. Sein Weg führte durch die Altstadt zur Traunbrücke. Wenige Minuten später hatte er sein Ziel erreicht. Er betrachtete das in den sechziger Jahren des vorigen Jahrhunderts errichtete Bauwerk, das sehr zweckentsprechende Architektur an den Tag legte. Das steil abfallende Grundstück reichte bis zur Traun hinab. Ein herrlicher Altbaumbestand säumte deren Ufer.

Er klingelte an der Tür.

Ein älterer Herr mit gestopften Strümpfen und zerschlissener Jogginghose öffnete.

„Guten Morgen“, grüßte er den ihm fremden Besucher. „Was möchten Sie?“

Dieter Kramer setzte sein einnehmendstes Lächeln auf. Er rückte die Sonnenbrille zurecht und sagte: „Ich habe gehört, Sie wollen verkaufen?“

Freuen Sie sich auf den nächsten großen Kriminalfall von Marco Martin. Bis bald im STEINVERLAG.

Weitere Fälle von Marco Martin zum Nachlesen finden Sie in „Die Presse am Sonntag“ unter http://diepresse.com/krimi

MEIN KUMPF

Müller Buch.

von Hans Kumpfmüller

Das große Mundart-Sammelwerk in Schrift und Bild. Neben der Auswahl an herrlich reschen innviertlerischen Kumpfmüller-Texten aus früheren Erscheinungen, sowie brandneuen Stücken, finden sich auf ganzen 250 Seiten auch ganz einzigartige Fotografien von Hans Kumpfmüller wieder.

ISBN 978-3-901392-15-3
250 Seiten im Format 148 x 210mm
gebundene Ausgabe, mit Hardcover
und Fotografien von Hans Kumpfmüller

IN MEINA WÖD

von Wolfgang Kühn

Der Mundartband „in meina wöd“ enthält zum einen Texte der gleichnamigen CD der Formation „Zur Wachauerin“ für die Wolfgang Kühn seit 2002 die Texte schreibt. Weiters findet man darin kürzere und längere Mundartminiaturen.
Inhaltlich geht es vordergründig um das Leben der Menschen am Land zumeist aus einem ganz eigen(willig)en Blickwinkel betrachtet – gleichsam der Autor „in seina wöd“ - alles um ihn herum beobachtend und nicht immer ganz ernst nehmend.

ISBN 978-3-901392-16-0
96 Seiten im Format 148 x 210mm
gebundene Ausgabe und Hardcover

Jetzt im Buchhandel und unter www.steinverlag.at